AGLIO, OLIO E ASSASSINO

Pino Imperatore

AGLIO, OLIO E ASSASSINO

DeA
Planeta

Edizione pubblicata in accordo con MalaTesta Lit. Ag. Milano

Prima edizione: maggio 2018
Seconda ristampa: ottobre 2018
Redazione: via Inverigo 2 - 20151 Milano
www.deaplanetalibri.it

Luoghi e personaggi principali

Napoli
La città più imprevedibile del pianeta

Premiata trattoria Parthenope
Luogo di delizie e di rocambolesche avventure

Gianni Scapece
Ispettore di polizia

Carlo Improta
Commissario di polizia – Capo di Scapece

Francesco Vitiello (alias Nonno Ciccio)
Fondatore e sovrintendente della trattoria Parthenope

Peppe Vitiello (alias Braciola)
Figlio di Francesco - Caposala e chef della trattoria Parthenope

Angelina
Moglie di Peppe

Isabella e Diego
Figli di Peppe e Angelina

Bettina e Cristina Giaquinto
Cuoche della Parthenope

Zorro
Cane custode della Parthenope

Bigodina
Barboncina fidanzata di Zorro

Ivan Cafiero
Agente scelto di polizia

L'assassino (o è un'assassina?)
Anonimo/a (per il momento)

Con la partecipazione straordinaria di:

Parthenope
Sirena protettrice di Napoli

Agli “ultimi”,
che ultimi non saranno mai

La faccenda in cui mi sono imbarcato
mi logora il cuoio capelluto. È strana,
perché formicola di moltissimi elementi,
ma non ha nessuna logica. Almeno, così sembra.

FRÉDÉRIC DARD, *La Gioconda in blu*

«C'è un momento in cui l'assassino
va a caccia, come una belva,
un felino, o, più semplicemente, come un gatto.
Ha mai osservato un gatto mentre sta cacciando?».
«Spesso, da ragazzo».
«I suoi movimenti non sono più gli stessi.
È tutto teso, con tutti i sensi all'erta.
È in grado di percepire ogni minimo rumore,
ogni minima vibrazione, ogni vago odore,
anche da molto lontano. Annusa il pericolo e lo evita».

GEORGES SIMENON, *La trappola di Maigret*

1
Premiata trattoria Parthenope

Il giorno in cui raggiunse il traguardo degli ottant'anni, Francesco Vitiello, meglio noto come Nonno Ciccio, chiamò a rapporto il suo unico figlio Peppe, gli appoggiò una mano su una spalla, lo guardò dritto negli occhi, schiuse le labbra per parlare e non disse niente.

«Che c'è, non ti senti bene?» chiese Peppe.

«Me so' commosso» gli rispose il padre. «È da tre giorni che mi sto preparando il discorso, e mo' m'è venuto 'o blocco della favella. Rifacciamo tutto daccapo».

«Sì, papà, ritentiamo».

Nonno Ciccio fece un respiro profondo, rimise una mano su una spalla di Peppe, si schiarì la voce e con solennità e tenerezza dichiarò: «Ho deciso di appendere le pentole al chiodo. Da oggi in poi sarai tu il comandante supremo della trattoria Parthenope. Fatti onore. E fai onore alla nostra beneamata Napoli. Ecco qua, ho detto quello che dovevo dire».

Peppe, che venerava suo padre alla stregua di un dio apparso sulla terra per dispensare felicità, saggezza e cibarie agli esseri viventi, si emozionò come un bambino. «Non so se sarò mai alla tua altezza».

«Questo è sicuro: da molti anni sei più alto di me».

«Intendevo l'altezza nel senso di bravura, non di statura».

«Nun fa' 'o modesto» disse Nonno Ciccio. «Hai imparato benissimo il mestiere e m'hai superato. Non potevo avere un discepolo migliore».

In effetti Peppe era un vero maestro dell'arte culinaria; dal padre aveva ereditato non solo l'abilità nel preparare piatti tipici della cucina partenopea e mediterranea, ma anche il carattere gioviale e allegro, la battuta pronta e un'arguzia fuori dal comune.

«Papà, perché vuoi lasciare?».

«E chi ha detto che voglio lasciare? Io in trattoria ci resterò. Come sovrintendente».

«Sovrintendente? Hai intenzione di far eseguire dei lavori nel locale?».

«No, come sovrintendente alla pubblica refezione e all'ospitalità. Vigilerò per fare in modo che tutto vada come deve andare e terrò i conti sotto controllo, perché tu sei abituato a spendere e spandere. Mi dovrai sopportare fino a quando il Padreterno vorrà. Si' ancora 'nu guaglione, puoi commettere qualche sbaglio».

Peppe sorrise. «Non è per contraddirti, ma ti rammento che tengo cinquantasei anni».

«Pure a cent'anni di età, per me sarai sempre un ragazzo».

«Quando io avrò cent'anni, tu ne avrai centoventiquattro. Ti pare possibile?».

«Non mettiamo limiti alla provvidenza».

«D'accordo, non mettiamo limiti. Per te resterò un eterno ragazzo; un ragazzo col panzone».

Per la silhouette tondeggiante e i rotolini di ciccia che gli cingevano i fianchi e l'addome, Peppe Vitiello era stato soprannominato Braciola. Lui ne era al corrente e non se ne crucciava, anzi menava vanto della sua opulenza corporale e la ostentava con fierezza insieme al faccione rubicondo, alla zazzera spettinata e a un paio di baffoni rossicci alla messicana che gli scendevano fino alla base del mento.

«Tieni il verme solitario, fin da piccolo» osservò Nonno Ciccio. «Quando andavi all'asilo eri già così. Per te una merenda doveva avere le dimensioni di un pranzo e di una cena messi insieme. Rosaria, la buonanima di tua madre, iniziava a prepararti la colazione alle sei del mattino».

«Tu invece sei sempre stato un figurino».

Nonno Ciccio non mostrava affatto la sua età. Aveva un fisico asciutto, poche rughe sul viso, gli occhi e la mente pronti a scattare a ogni minimo impulso. Un unico acciacco lo tormentava: un principio di artrosi a un ginocchio che lo costringeva a muoversi con l'ausilio di un bastone.

«Mi tengo in forma coi pensieri. 'A capa mia nun sta mai quieta e fa consumare calorie a tutto il resto. E 'a capa ha deciso che io e te dobbiamo fare un patto».

«Quale?» chiese Peppe curioso.

«Visto che terrò più tempo libero, ogni mese organizzerò in trattoria un torneo di Asso Pigliatutto».

«La tua specialità».

«Sì. Quando ci sarà il torneo faremo 'na chiusura straordinaria, e saranno le carte a parlare».

«Tu però promettimi che non ti arrabbierai se perderai qualche partita».

«Arrabbiarmi io?» fece Nonno Ciccio fingendo stupore. «Quando è capitato?».

«Spesso, papà, spesso. Vai in collera, ti sale la pressione e cominci a barare».

«Io non ho mai barato. So' 'e carte che barano, contro

la mia volontà. E la pressione mi sale quando vedo le cose storte del mondo».

«Su questo non posso darti torto. Mo' consideriamo le cose positive e festeggiamo il tuo compleanno».

«Chesta è 'na bella penzata! Vaco a piglia' 'na bottiglia di spumante?».

«Non c'è bisogno, ho preparato già tutto. Torta, candeline e tric-trac compresi».

«Dove?».

«In trattoria».

«E chi siamo, solo io e te?».

«No. Mettiti il vestito buono, prendi il bastone delle grandi occasioni e andiamo. Ti stanno aspettando 'na quarantina d'invitati».

«Azz... Invitati da chi?».

«Da me. Però le spese so' a carico tuo».

Nonno Ciccio aveva aperto la Parthenope nei primi anni Sessanta in via Mergellina, sotto la collina Monteleone, recuperando un'antica grotta di tufo abbandonata. La trattoria occupava le posizioni di vertice della classifica dei migliori punti di ristoro campani ed era ritenuta un universo di godurie e piaceri. Alcune riviste di settore ed enti specializzati nella gastronomia di qualità le avevano attribuito importanti riconoscimenti. Turisti, amanti della buona cucina, intellettuali, artisti, impiegati, persone sole, studenti: in tanti la avevano eletta a loro luogo del cuore. Un posto in cui si mangiava in modo eccellente e dove ci si poteva trattenere per conversare, rilassarsi, conoscere bella gente. In un clima di simpatia, cordialità e risate. Con l'antica Fontana del Leone, il lungomare di Napoli e le onde del Tirreno a quattro passi.

Il menu della Parthenope era composto da piatti di mare e di terra che ossequiavano la tradizione e la arricchivano con trovate geniali frutto di scoppiettanti discussioni durante le quali Vitiello senior e Vitiello junior trattavano tematiche di alta filosofia enogastronomica. A volte bastava solo aumentare o diminuire di qualche grammo le dosi degli ingredienti, o utilizzare una spezia al posto di un'altra, per dare a una ricetta un gusto diverso e più appetitoso.

In cucina Peppe poteva contare sulla destrezza e sull'esperienza di due cuoche provette sue coetanee, Bettina e Cristina Giaquinto; venivano dal borgo Santa Lucia, erano sorelle, entrambe nubili e devote alla Vergine di Piedigrotta, cui rivolgevano vivissimi ringraziamenti ogni volta che i commensali apprezzavano le loro prelibatezze.

La mascotte della Parthenope era un cane meticcio dal corpo svelto e dallo sguardo vispo che Peppe aveva trovato una mattina, affamato e denutrito, davanti alla trattoria. Dopo averlo rifocillato con tre salsicce e una costoletta di maiale avanzate dalla sera prima, si era persuaso ad adottarlo e lo aveva chiamato Zorro, perché il suo manto nero e un contorno di peli bianchi intorno agli occhi lo facevano assomigliare all'impavido spadaccino mascherato.

Zorro trascorreva le sue giornate in trattoria accucciato accanto a Nonno Ciccio, che ogni tanto gli versava nella ciotola un goccio di vino o di caffè; il cane gradiva i gentili omaggi, beveva con gusto e poi riprendeva il suo perpetuo turno di guardia, pronto a intervenire contro i cattivi che avessero osato disturbare la quiete della Parthenope.

Nel lavoro quotidiano Peppe faceva la spola tra i fornelli e i tavoli. Gli faceva piacere servire personalmente i clienti e spesso si sedeva a chiacchierare con loro. Nei fine settimana, quando c'era più gente, chiedeva l'aiuto di suo figlio Diego, che svolgeva le mansioni di cameriere e lavapiatti con una pigrizia tale da generare frequenti rimproveri, a voce alta e in napoletano creativo, da parte di Nonno Ciccio. Nelle occasioni in cui la trattoria ospitava banchetti per cresime, comunioni, battesimi e compleanni, le sgridate arrivavano anche da Braciola, che infarciva il napoletano con qualche parolina un po' spinta; cosa che provocava il sommo turbamento delle sorelle Giaquinto. Da ragazzo sensibile e rispettoso qual era, Diego non osava opporre obiezioni e riprendeva le attività di buona lena per farsi perdonare; indi ripiombava nella svogliatezza, causando l'avvio di un nuovo ciclo di rimbrotti.

Peppe aveva anche una figlia, Isabella, di dieci anni più grande di Diego, lodata da tutti per l'avvenenza e la disarmante dolcezza. Nonno Ciccio nutriva per lei un'adorazione la cui intensità era direttamente proporzionale, e diametralmente opposta, all'antipatia che provava per Angelina, la moglie di Peppe, un donnone la cui indole burbera era oggetto di continui dibattiti e pettegolezzi fra gli abitanti di Mergellina e zone limitrofe.

«Come hai fatto a sposarti 'na femmina accussì scorbutica e selvatica?» ripeteva Francesco Vitiello al figlio.

«Papà, lo sai: quando l'ho conosciuta non era come è oggi».

«Dovevi capirlo che sarebbe cambiata».

«E mica tenevo la sfera di cristallo».

«Te la procuravi. Altro che Angelina, chella è 'na diavolessa!».

«Ognuno deve portare la sua croce».

«Figlio mio, la tua non è 'na croce ma 'nu macigno. Meno male che Isabella e Diego hanno preso tutto da me».

«Se permetti, hanno preso pure da me, che sono il padre».
«Sì, ma 'e cromosomi so' partiti dal nonno».

Dopo l'investitura, Peppe decise di non apportare modifiche al locale. La fortuna della trattoria era dovuta anche alla semplicità dell'arredamento, che combinava lo stile rustico con quello marinaresco: tavoli in legno massiccio, sedie impagliate, tovaglie a scacchi biancorossi, una rete da pesca e il vecchio timone di una barca appesi alle pareti. E decine e decine di foto in bianco e nero e a colori in cui erano ritratti personaggi illustri che avevano onorato la Parthenope della loro presenza: attori, sportivi, scrittori, cantanti, qualche politico e persino il presidente americano John Fitzgerald Kennedy, immortalato davanti al locale durante la sua visita a Napoli del 2 luglio del '63.

Uno sfizio, però, Peppe se lo volle levare: ottenuto il consenso orale del genitore fondatore, ordinò una nuova insegna per il locale, con la scritta *Premiata trattoria* PARTHENOPE in oro su fondo azzurro. Sui vetri satinati della porta d'ingresso fece realizzare due serigrafie della sirena napoletana: una con il corpo di rapace, come era apparsa nella mitologia greca; l'altra con il corpo di pesce, come era stata reinterpretata in epoca medievale.

Peppe avrebbe voluto far aggiungere lo stemma araldico della famiglia Vitiello, con un elmo da guerriero ornato da un tralcio di vite e il motto *Prudens gubernat*, ma il padre si oppose: «Sarebbe 'na pacchianata. Noi non siamo nobili. Veniamo dal popolo e siamo nati per nutrire il popolo».

«Papà, però ci è capitato di saziare anche qualche aristocratico».

«E quindi? Un pezzo di pane non si nega a nessuno».

Con Peppe a comandare e Nonno Ciccio a sovrintendere, passarono altri tre mesi tranquilli e gioiosi.

Poi nel palazzo di fronte alla trattoria fu aperto un commissariato di polizia, e per i Vitiello e la Parthenope nulla fu più come prima.

2
Il cadavere in padella

Il corpo, completamente nudo, era disteso sul letto in posizione prona, con le braccia e le gambe divaricate, un coltellaccio conficcato nella schiena e un mazzetto di peperoncini rossi sulle natiche. La testa, reclinata su un lato, presentava due profonde ferite nella zona parietale. Fra i genitali e le lenzuola era infilata una padella colma d'olio e spicchi d'aglio.

Senza intralciare il lavoro del medico legale e dei tecnici della Scientifica, l'ispettore capo Gianni Scapece girò per diversi minuti attorno al cadavere, per osservarlo da ogni angolazione. Si mosse senza fretta. Scrutò tutto con la massima attenzione, studiò l'ambiente, cercò di cogliere un dettaglio dopo l'altro.

Quando interveniva sulla scena di un delitto, agiva con calma e metodo. E rifletteva.

"Maschio, età fra i trenta e i trentacinque anni, fisico atletico" rimuginò dentro di sé. "Abitazione arredata con gusto, in stile moderno. Nella stanza e nel resto dell'appartamento non sembrano esserci segni di colluttazione. La porta d'ingresso non è stata forzata. Il sangue è presente sulla schiena, sul letto, intorno alle ferite sulla testa e su una t-shirt posata sul pavimento. Per terra, accanto alla t-shirt, un paio di boxer. La posizione del corpo, la padella piena d'aglio e olio e i peperoncini fanno pensare a un rituale. Una vera e propria messinscena. Molto macabra. L'assassino ha voluto lanciare un messaggio. Sì, ma quale?".

Per catturare altri particolari, Scapece si avvicinò al letto e osservò il cadavere con una grossa lente d'ingrandimento che portava sempre con sé. Come uno Sherlock Holmes del terzo millennio.

"Un corpo parla anche dopo la morte" pensò.

La decisione di diventare investigatore l'aveva presa proprio grazie al personaggio creato da Conan Doyle; da ragazzo aveva letto tutti i libri di cui Holmes era protagonista, poi aveva fatto due viaggi in Inghilterra e si era recato in pellegrinaggio nei luoghi in cui il celebre detective aveva svolto le sue indagini.

Entrato a vent'anni nella polizia di Stato, Scapece si era subito distinto per le abilità intuitive e deduttive con le quali aveva contribuito alla risoluzione di casi complicati, fino a diventare uno dei più apprezzati detective d'Italia. Dopo aver lavorato per una quindicina d'anni in varie città del Centro e del Nord, si era fatto trasferire a Napoli. Nel nuovo commissariato di Mergellina, il quartiere in cui era nato.

L'ispettore si spostò nella cucina dell'abitazione, dove lo stavano aspettando la donna delle pulizie che aveva scoperto il cadavere e i due agenti di pattuglia intervenuti sul posto dopo la chiamata fatta dai vicini della vittima.

«Signora, fra poco la faccio tornare a casa» disse Scapece. «Vorrei prima rivolgerle qualche domanda».

«Dite...» mormorò la donna, tutta tremante, gli occhi arrossati dalle lacrime. Aveva una sessantina d'anni e un aspetto dimesso; indossava una tuta e un paio di scarpette da ginnastica.

«Lei come si chiama?» le chiese l'ispettore.

«Annamaria. Annamaria Ruggiero».

«La vittima è Amedeo Caruso?».

«Sì».

«Quanti anni aveva?».

«Trentaquattro».

«Cosa faceva nella vita?».

«Non ve lo so dire. Non me l'ha mai comunicato, e io per discrezione non gliel'ho mai domandato. Il padre è un costruttore. 'Na famiglia ricca. Questa palazzina è di proprietà loro».

«Amedeo viveva da solo?».

«Sì. Era *singolo*, come si dice oggi».

«Mi racconta come ha scoperto il cadavere?».

«Vengo qua ogni venerdì mattina alle otto per fare le pulizie e mettere in ordine. Apro io, perché solitamente Amedeo a quell'ora dorme ancora. Cioè *dormiva*... Mi aveva fatto i doppioni delle chiavi per entrare nella palazzina e aprire la porta dell'appartamento. E pure stamattina ho fatto così. So' entrata, ho cercato di non fare rumore per non svegliarlo, so' venuta in cucina, ho aperto le imposte e ho tolto di mezzo la roba che stava fuori posto. Dopo so' andata nel salone a fare 'na spazzata e a spolverare i mobili. Alle otto e mezzo è suonata la sveglia nella camera da letto. Amedeo la mette sempre a quell'ora. Cioè *la metteva*... So' passati 'na decina di minuti e lui non s'è alzato. "Che cosa curiosa" ho pensato, "dopo che la sveglia suona, salta subito dal letto. Forse stanotte non è tornato a casa?". Ho aspettato un altro poco e so' andata a vedere. La stanza era buia. L'ho chiamato, ma niente. Allora ho acceso la luce e l'ho visto... A faccia sotto, con tutto quel sangue addosso e il coltello dietro alla schiena... Che brutta cosa, che spavento...».

La donna ebbe un fremito e si mise a piangere.

Scapece le passò un pacchetto di fazzolettini di carta, aspettò che si calmasse e riprese le domande: «Da quanto tempo lavora per lui?».

«Tre anni. Da quando Amedeo era venuto a vivere qua da solo».

«Che tipo era?».

«Con me assai gentile e premuroso; mi trattava come 'na mamma. Era sempre elegante e signorile, tale e quale ai genitori. Vestiva bene, era bello e teneva 'na buona cultura».

«Quando l'ha visto per l'ultima volta? Venerdì scorso?».

«Sì».

«In quell'occasione ha notato qualcosa di strano? Era preoccupato, nervoso?».

«No, niente. È stato espansivo come al solito. È uscito dalla camera da letto, mi ha salutato e si è andato a lavare e a vestire. Gli ho preparato un caffè, l'ha bevuto, ha fatto delle battute ed è uscito».

«Era fidanzato?».

«Non credo. Però spesso e volentieri l'ho trovato a dormire con qualche ragazza».

«Quante volte è capitato?».

«Il conto esatto non ve lo so fare. Però è successo tante volte. Erano ragazze sempre diverse. Ospitava pure qualche signora. Le femmine gli piacevano, e lui piaceva alle femmine. Le conosceva nelle discoteche, nei locali, e poi le portava qua».

«Ha assistito a litigi fra Amedeo e queste donne?».

«No, mai».

«Amedeo si cucinava da solo?».

«Sì, ci badava lui. Però ogni tanto gli facevo 'na sorpresa e gli preparavo io qualcosa per il pranzo».

«Per cortesia, può controllare se fra le stoviglie e le posate mancano una padella e un grosso coltello?».

La donna guardò in un cassetto e in un pensile della cucina.

«I coltelli ci stanno tutti... Le padelle no, mi sembra che ne manca una... Sarà quella che sta di là, sotto a Amedeo?...».

«È possibile» fece l'ispettore. «Grazie, signora Ruggiero, ho finito. Lasci il suo indirizzo e il numero di telefono ai miei colleghi. Se avrò bisogno di lei, la convocherò in commissariato».

Nella stanza da letto gli agenti della Scientifica, con le loro tute bianche e le mascherine sul viso, stavano ancora scattando foto e raccogliendo indizi. Scapece li salutò e andò via.

Al pianterreno, in un gabbiotto, c'era il portinaio; un uomo mingherlino, di mezza età, le cui lenti da vista spesse mettevano in risalto uno sguardo impaurito.

«Siamo sconvolti» disse al passaggio dell'ispettore.

Scapece accennò un saluto e uscì dalla palazzina.

Fuori trovò un tiepido sole. Era l'8 dicembre, giorno dell'Immacolata; l'inverno e il Natale bussavano alle porte.

A passi lenti l'ispettore percorse via Orazio in discesa, fermandosi di tanto in tanto ad ammirare il panorama del golfo di Napoli. Non c'era foschia e il Vesuvio occupava quasi tutto lo sfondo del paesaggio.

Giunto in via Caracciolo, passeggiò sul lungomare fino alla Villa Comunale. I particolari della scena del delitto erano tante tessere di un mosaico che cominciava appena a formarsi nella sua mente.

"Corpo nudo, gambe aperte, coltello nella schiena" pensò. "Peperoncino sul sedere. Genitali immersi nell'olio e nell'aglio. Un bel rompicapo. Come prima indagine su un omicidio a Napoli, non poteva capitarmi di meglio. Aglio, olio e peperoncino. Anzi no. Aglio, olio e assassino".

3
Offre la ditta!

Nonno Ciccio chiuse il giornale che stava leggendo, lo posò sul tavolo e con un cenno della mano invitò Peppe ad avvicinarsi.

«Che c'è, papà?».

«Assiéttete».

Peppe prese posto accanto al padre.

«Mo' girati piano piano, senza dare nell'occhio».

«Mi stai facendo uno scherzo?».

«No. Statti zitto e fai quello che ti ho detto».

«Da che parte mi devo girare?» domandò Peppe con uno sbuffo.

«Alla tua sinistra. Guarda attentamente».

Peppe guardò. «E allora?».

«Chi è chillu signore assettato nell'angolo?».

«Quello al tavolo vicino al presepe?».

«Sì».

«Non lo so. Perché?».

«È già la terza volta che viene a cenare da noi. Arriva sempre alla stessa ora, alle nove in punto, si siede sempre là e ordina sempre lo stesso piatto: polipetti con i ceci».

«Evidentemente gli piacciono».

«Non dice mezza parola» proseguì Nonno Ciccio senza badare al commento del figlio. «Sembra che sta con la capa fra le nuvole. Guarda 'o telefonino, poi fissa qualcosa sotto al soffitto, finisce di mangiare, si piglia un limoncello, paga, ringrazia e se ne va».

«Embè, è così strano?».

Nonno Ciccio si grattò il mento. «La volta scorsa ha tirato fuori 'na lente d'ingrandimento, l'ha puntata sopra al tavolo per vedere qualcosa, si è fatto 'na risatella e se l'è rimessa nella giacca».

«'Na lente d'ingrandimento? Papà, te lo sto dicendo da mesi: devi farti 'na visita oculistica. Se non ci vuoi andare, faccio venire l'oculista qua, con tutta l'attrezzatura».

«Non dire stronzate. Io ci vedo bene; meglio di te. Era proprio 'na lente, quella che teneva in mano».

«Ammesso e non concesso che fosse 'na lente, secondo te è vietato usarla?».

«No, però non è un comportamento normale. Chillo è 'nu tipo misterioso. Ora ci vado a parlare, lo voglio conoscere».

«Lascia stare, puoi dare disturbo».

Nonno Ciccio non lo ascoltò; raccolse il bastone, si alzò, afferrò la sedia e se la trascinò dietro fino all'angolo della trattoria in cui era seduto il soggetto di cui voleva scoprire l'identità.

Raggiunto l'obiettivo, chiese con garbo: «Vi spiace se mi accomodo qua con voi?».

«Prego».

Nonno Ciccio si sedette e allungò la destra. «Piacere, sono Vitiello Francesco, il fondatore di questa trattoria. Potete pure chiamarmi Nonno Ciccio, se volete. Quel signore chiatto laggiù, quello che ci sta guardando con una faccia tale e quale a un monumento ai caduti, è mio figlio Peppe; fa lo chef e il caposala, mentre io sovrintendo a tutte le operazioni».

«Molto lieto, Gianni Scapece».

«Scusatemi se vi ho importunato, ma volevo darvi il benvenuto alla Parthenope, anche se è la terza volta che venite».

«Grazie. Penso che tornerò ancora, perché qui si mangia bene e si sta bene».

«E prenderete ancora i polipetti con i ceci? Provate pure gli altri piatti, non ve ne pentirete».

«Lo farò».

«Mi togliete 'na curiosità, signor Scapece? L'altra sera avete cacciato dalla giacca 'na lente d'ingrandimento?».

«Sì, eccola» fece Scapece estraendo da una tasca il suo fedele strumento di lavoro.

Nonno Ciccio si voltò verso il figlio. «Hai visto, Peppe? La lente la tiene veramente. 'A visita oculistica vattela a fare tu!».

Peppe arrossì.

«La porto sempre con me» spiegò Scapece. «La comprai a Londra da ragazzo, e da allora non me ne sono mai separato».

«E come mai la volta scorsa l'avete usata? Cosa stavate guardando sopra al tavolo?».

«Mi era sembrato di vedere una formica. Invece era un frammento di crosta di pane».

«Da noi le formiche non le vedrete mai» proclamò Nonno Ciccio con orgoglio. «Ci teniamo all'igiene».

«Non ne ho dubbi» si schermì Scapece. «Il mio è stato un gesto istintivo, causato dalla deformazione professionale».

«Che lavoro fate?».

«Sono ispettore di polizia».

«Quale onore!» esultò Nonno Ciccio, mettendo in serio pericolo la stabilità della sua dentiera. «Per caso lavorate nel commissariato che è stato aperto da poco qua di fronte?».

«Sì».

Nonno Ciccio si girò di nuovo verso Peppe. «Guaglio', pigliati 'na seggia e vieni ccà. Teniamo un ospite di riguardo».

Braciola si avvicinò cauto, con Zorro al seguito. «Dovete scusare mio padre, è un poco invadente» disse sistemandosi fra Nonno Ciccio e Scapece.

«Non si preoccupi, stavamo facendo amicizia».

«Peppe, lo sai questo bel signore che lavoro fa?» chiese Nonno Ciccio con tono euforico. «L'ispettore 'e polizia. Nel commissariato dirimpetto».

«Davvero? Io sono Peppe Vitiello e...».

Il padre lo interruppe: «Gli ho già detto chi sei, risparmia il fiato. Ispetto', proprio adesso stavo leggendo sul giornale un articolo sul cadavere che è stato trovato ieri mattina in via Orazio. 'Na storia orribile».

«Orribile sì. Orribile e bizzarra. Me ne sto occupando io».

«Uànema, state facendo voi le indagini? E che avete scoperto? L'assassino quando lo acchiappate?».

«Papà, le indagini su un omicidio so' riservate» intervenne Peppe. «L'ispettore mica può dirti quello che ha scoperto».

«E che fa? Io non vado a raccontarlo a nessuno».

«Non c'è ancora una pista concreta» rivelò Scapece. «Intorno al corpo della vittima abbiamo ritrovato vari elementi simbolici, come se l'omicida avesse voluto suggerirci un movente. Oppure l'ha fatto per confonderci, per depistarci».

«Aglio, olio e peperoncino» elencò Nonno Ciccio. «Se ci metteva pure gli spaghetti, il piatto veniva completo».

«Papà, su queste cose non si scherza» lo ammonì Peppe.

«Io sì, lo posso fare. Con la morte posso scherzare. Ci ho ottant'anni; fra non molto, la morte la andrò a conoscere; voglio proprio vedere che faccia tiene, quella svergognata.

Comunque, ispetto', se avete bisogno del nostro aiuto, stiamo qua, a vostra disposizione. Sapete com'è, fra 'na chiacchiera e l'altra vi possiamo aiutare a imboccare la strada giusta. Il cervello non lo teniamo mai a riposo».

Zorro, rannicchiato sotto il tavolo, guaì.

«Un bel cane» osservò Scapece.

«È il nostro tutore della legge» affermò Peppe.

«Come si chiama?».

«Zorro».

«Come il giustiziere mascherato».

«Sì. Gli mancano solo la spada e il cavallo. Glieli regaliamo a Natale».

Zorro sorrise.

«Siete simpatici e accoglienti» disse Scapece. «Credo che diventerò un vostro cliente fisso».

«Ispetto', visto che vi chiamate Scapece, siete napoletano?» domandò Nonno Ciccio.

«Al cento per cento».

«Di quale quartiere?».

«Sono di qua, di Mergellina. Mio padre aveva una pescheria alla Torretta, in via Giordano Bruno».

Nonno Ciccio sobbalzò. «Come?! Voi siete figlio a Nicola Scapece?».

«Sì».

«Uh Maronna! Io per tanti anni so' andato da lui a prendere il pesce per la trattoria. Che brava persona. E come m'è dispiaciuto, quando ci ha lasciati. Era un gentiluomo come pochi».

«Grazie».

«E di che mi ringraziate? Devo essere grato io a voi per avervi conosciuto e per aver fatto un tuffo nei ricordi. Non ci posso pensare: 'o figlio 'e Nicola Scapece...».

Zorro sospirò.

«Perdonatemi, ma ora devo andare» disse l'ispettore. «Domani avrò una giornata impegnativa. Mi preparate il conto, per favore?».

«Niente conto» replicò Peppe mettendo la sua mole in posizione eretta. «Stasera offre la ditta! È vero, papà?».

«Sicuro» confermò Nonno Ciccio. «Jateve a ripusa', ispetto'. E fate cose buone. Il delitto di via Orazio aspetta un colpevole. E noi lo acciufferemo!».

4
Zucchine alla scapece

Appena mise piede in casa, Peppe Vitiello sentì un urlo agghiacciante. Rabbrividì, gettò per terra il cappotto e si precipitò nel soggiorno.

«Angeli', che è stato?! Che ti stanno facendo?!».

Stravaccata sul divano, sua moglie Angelina, in stato di dormiveglia davanti al televisore acceso, aprì gli occhi. «Ué, Peppe, che vuo'?».

«Sei stata tu a gridare?».

«Io?» fece Angelina sollevando il busto. «E perché dovevo gridare?».

Peppe capì: la moglie stava guardando un film del suo genere preferito, l'horror; l'urlo era arrivato dalla tv.

«Mi stavi facendo veni' un colpo: ho aperto la porta e ho sentito alluccare».

«Sì? E che hai pensato?» chiese Angelina con astio.

«Che ti stavano scannando».

«Ti piacerebbe, eh?».

«No, mi farebbe senso».

Angelina si alzò. Sovrastava Peppe di mezza testa. I capelli corti, le braccia muscolose e un accenno di basette sulle guance le davano l'aspetto di un maschiaccio.

«Che ore sono?» chiese al marito.

«Quasi l'una».

«E perché ti sei ritirato così tardi?».

«Angeli', possibile che tutte le volte che torno a casa dopo una giornata di lavoro, mi devi fare sempre la stessa domanda?».

«Non tentennare, rispondi».

Peppe assunse un atteggiamento da scolaretto interrogato dalla maestra. «Sono stato in trattoria. Gli ultimi clienti hanno finito di mangiare a mezzanotte. Il tempo di rimettere in ordine i tavoli e la cucina, e ho chiuso bottega».

«Sempre la stessa scusa» esclamò Angelina riaccasciandosi sul divano. «Sempre buttato in quella trattoria».

«Ma che ragionamenti sono? Che dovrei fare?».

«Chiuderla».

«Chiudere la trattoria? E poi come campiamo? Con l'aria fritta?».

«Potresti trovarti un lavoro più decente e tornare a casa prima, così mi terresti compagnia».

Peppe stava per fare il gesto dell'ombrello, ma si trattenne.

«Perché non vieni tu a farmi compagnia? Mi potresti dare 'na mano».

«Di sicuro cucinerei meglio di te e di tuo padre. Nun sapite fa' manco 'na frittata».

Peppe si scurì in volto. «Questo non te lo permetto! Siamo uno dei migliori locali della regione. Cuciniamo dei capolavori e veniamo apprezzati da tutti. Mai nessuno s'è lagnato. Abbiamo quasi sempre il pienone. Stasera è venuto a cenare pure un ispettore di polizia».

«E nun v'ha arrestato?».

Peppe si stufò. «Angeli', basta! Io non capisco perché ce l'hai con me. Che t'ho fatto? Quando ti ho conosciuta eri affettuosa e premurosa. Mo' si' 'na iena. Peggio di Santippe».

«Non offendere i santi».

«Che ignoranza! Santippe non era una santa».

«Quello che era era, non hai il diritto di offenderla. Devi capire 'na cosa, Peppe: mi lasci troppo tempo da sola».

«M'he scucciato cu 'stu fatto d' 'a solitudine. Fatti qualche amicizia. Esci, frequenta un poco di gente. Oppure, ti ripeto, vieni a fatica' cu mme. Non startene sempre buttata 'ncoppe a 'stu divano. Che film stavi vedendo?».

«*La mummia*».

«Bella schifezza!».

«Nun capisci niente. Per colpa tua me so' perza 'na parte».

«Non dire bugie: quando so' arrivato stavi nel mondo dei sogni. I ragazzi che stanno facendo?».

«Forse dormono».

«E forza, vattene a letto pure tu».

«No, devo vedermi il finale del film».

«Allora abbassa 'o volume».

«È già basso».

Peppe ammutolì. Effettivamente l'audio era appena percettibile.

«Angeli', quindi il grido che ho sentito quando so' entrato non era della mummia. Era tuo!».

Prima di coricarsi, Peppe fece una capatina nelle camere dei figli.

Diego russava a pieni giri.

"Beato lui" pensò Braciola. "Ventidue anni, di cui la metà trascorsi a dormire. Be', almeno non sente gli strilli della mamma".

Isabella invece era ancora sveglia; aveva appoggiato il cuscino alla spalliera del suo lettino ed era concentrata a leggere un libro, con un paio di cuffiette nelle orecchie.

«Ciao, pa'!».

Peppe le si avvicinò e le diede un bacio sulla fronte. «Ciao, bellezza mia».

«Com'è andata la giornata?» chiese Isabella mettendo via il libro e gli auricolari.

«Alla grande. Con tuo nonno è sempre uno spasso. Come mai non hai fatto un salto? Cristina e Bettina ti aspettavano».

«Non ho avuto tempo, mi dispiace. Ho finito di lavorare tardi, poi sono andata a dare una mano ai ragazzi dell'associazione».

Capigliatura rossa, occhi smeraldo e il viso costellato di lentiggini, Isabella lavorava come biologa in un laboratorio di analisi cliniche e faceva volontariato a favore delle persone senza fissa dimora.

«Che stai leggendo?» si incuriosì Peppe sedendosi su una sponda del lettino.

Isabella gli mostrò la copertina del volume. «Un romanzo di García Márquez, *L'amore ai tempi del colera*».

«L'ho letto pure io qualche annetto fa» fece Peppe. «È 'na meraviglia».

«Vero. Una delle storie più romantiche della letteratura».

«E a te le storie romantiche so' sempre piaciute...».

Isabella credeva nell'amore vero e sincero, ma non l'aveva ancora trovato. I suoi fidanzamenti si erano tutti conclusi in modo traumatico, con l'addio o il tradimento del partner. Lei però non s'era arresa. Era convinta che da qualche parte nel mondo ci fosse un uomo disposto a donarle il cuore vita natural durante.

«Hai sentito che grido ha lanciato tua madre?» le chiese Peppe.

«No, avevo la musica nelle orecchie».

«'Na cosa impressionante; per la paura, tengo ancora i peli arrizzati. Angelina si mette a vedere quei film coi mostri e le vengono gli incubi. Non so come comportarmi per scuoterla, per farla uscire dall'intontimento».

Isabella gli strinse una mano. «Papà, devi avere pazienza. Io le parlo spesso e la faccio sfogare. Lo sai, è un po' depressa, bisogna aiutarla».

«Domani vieni in trattoria?».

«Ok, vengo domani sera».

«Promesso?».

«Promesso. Conservami il solito piatto».

«Il tuo preferito?».

«Sì. Zucchine alla scapece».

5
Con lentezza e leggerezza

Nel cuore di Mergellina, al centro della piazza dedicata a Jacopo Sannazaro, il poeta umanista dell'*Arcadia*, c'è un simbolo magico di Napoli: la Fontana della Sirena. Una vasca circolare da cui emerge uno scoglio sormontato da un gruppo scultoreo ricco di figure allegoriche. Nel basamento appaiono piante acquatiche e quattro animali: un leone marino, una tartaruga, un cavallo rampante, un delfino. In alto c'è Parthenope, con il petto nudo e un sorriso appena abbozzato, una lira nella mano destra, la coda da pesce arrotolata sui fianchi e il braccio sinistro sollevato, come a voler abbracciare la città intera.

I balconcini dell'appartamento in cui abitava Gianni Scapece, al quarto piano di un palazzo di inizio Novecento situato all'angolo fra la piazza e viale Gramsci, affacciavano proprio di fronte al monumento. Per l'ispettore era un rito iniziare la giornata salutando Parthenope. Appena sveglio guardava in basso e l'istinto orientava il suo sguardo in direzione della sirena ammaliatrice. Negli ultimi due mesi, da quando era rientrato a Napoli, l'aveva fatto ogni mattina.

L'abitazione era la stessa in cui aveva vissuto l'infanzia, l'adolescenza e parte della giovinezza; la casa dei suoi genitori, scomparsi a pochi mesi di distanza l'uno dall'altro, quattro anni addietro. Se n'era andato prima suo padre Nicola, il pescivendolo della Torretta amico di Nonno Ciccio; poi sua madre Maddalena, che non aveva retto al dolore della perdita del marito, a cui era legata da un amore indissolubile.

Dopo il secondo funerale, Scapece aveva serrato l'appartamento e non aveva voluto metterlo in vendita o in affitto. Lì c'erano troppi suoi ricordi, nessuno doveva profanarli.

L'ispettore era figlio unico come Peppe Vitiello. Ma a differenza di Braciola non aveva voluto seguire le orme paterne, non si era mai sposato e non aveva figli. Da ragazzo aveva aiutato il padre in pescheria; in seguito, la sete di conoscenza e la volontà di assicurare alla giustizia le persone colpevoli di reati lo avevano portato altrove. Quando già era in polizia, aveva conseguito la laurea in Scienze Criminologiche. Roma era l'ultima città in cui aveva lavorato prima di tornare a Napoli. Per trasportare dalla capitale i volumi della sua biblioteca personale aveva dovuto noleggiare un furgone. Gialli, noir, polizieschi, thriller, fantasy, saggi storici, trattati di psicologia criminale e investigativa: ogni mistero e delitto lo attraeva e affascinava. Non gradiva i libri in formato digitale; voleva sentire il contatto con la carta, l'odore dell'inchiostro nelle narici, la consistenza delle pagine sotto i polpastrelli.

Anche per la musica era *vintage*; possedeva molti dischi in vinile, soprattutto di jazz e blues, che ascoltava con un vecchio giradischi incastrato in un mobile in palissandro.

Mise sul piatto l'album *Like Someone in Love* di Art Blakey e sulle note di *Noise in the Attic* andò a farsi una doccia. Mentre l'acqua gli scorreva sul corpo, ripensò a un particolare che la signora Ruggiero aveva rivelato sulla vittima di via Orazio: «Le femmine gli piacevano, e lui piaceva alle femmine».

Pure a Scapece le donne piacevano, in qualità e abbondanza. E la sua attrazione per l'universo femminile era ricambiata in egual misura. I quarant'anni ben portati, i capelli corvini brizzolati sulle tempie e pettinati all'indietro, gli occhi grigi, le sopracciglia folte, le mascelle squadrate e un fisico prestante non lo facevano passare inosservato.

Alla bellezza da maschio latino associava una sobria eleganza e un impeccabile stile di comportamento; quando le dure circostanze della vita lo richiedevano, sapeva essere caparbio, volitivo, talvolta inflessibile; nei casi opposti, esibiva una pacata tenerezza.

Il bisogno di sperimentare nuove esperienze gli aveva sempre impedito di instaurare relazioni stabili: le sue storie, alcune delle quali molto burrascose, non erano mai durate più di un anno. Appena vedeva spuntare all'orizzonte lo spettro della routine, troncava di netto il rapporto in corso e si dileguava. Le gabbie affettive gli procuravano inquietudine.

Chi lo conosceva bene sapeva che era un flemmatico, un gaudente innamorato della sua indipendenza. Per Gianni Scapece la vita andava affrontata con lentezza e leggerezza, senza troppe complicazioni. "A rendermi difficile l'esistenza già provvedono gli assassini e i delinquenti" rammentava a se stesso.

Uscito dal bagno, spense il giradischi e diede un'occhiata a una *Crassula capitella* che aveva acquistato due giorni prima in un negozio di fiori. Ne sfiorò con le dita le foglie rossastre e ne ammirò le forme, che richiamavano le geometrie delle pagode giapponesi. Le piante grasse erano un'altra sua passione. In casa ne aveva una ventina, tutte di specie diverse. E a tutte dedicava cure maniacali.

Con lo smartphone consultò alcuni siti che avevano pubblicato, con dovizia di particolari e qualche fantasiosa congettura, cronache e commenti sull'omicidio di via Orazio. I titoli erano a effetto: "Il delitto dell'Immacolata", "Un crimine piccante", "Assassinio al peperoncino".

Tornò in bagno per radersi, poi indossò abiti casual, infilò la lente d'ingrandimento in una tasca interna del giubbotto e mise al sicuro la pistola d'ordinanza in una piccola cassaforte celata dietro un quadro. Anche quando era in servizio, preferiva non portarla con sé; la sentiva come un peso, come espressione di violenza.

Poco prima delle otto uscì dal palazzo e in un bar della piazza prese un caffè e un pasticcino crema e amarena.

«Ispetto', che si dice?» gli domandò uno dei ragazzi al banco. «'O pigliammo a 'stu criminale?».

«Certo che lo pigliamo».

«Visto che ha usato l'aglio, l'olio e il peperoncino, per questo fetente non ci vorrebbe un mandato di cattura ma un mandato di *cottura*».

«Lo proporrò ai miei superiori».

Fuori dal bar Scapece si accese una Rothmans, una delle tre o quattro che fumava ogni giorno, e si incamminò verso via Mergellina. Era domenica, in giro c'erano poche auto; Napoli stava riposando. Il commissariato distava appena duecento metri. L'ispettore in città adoperava il suo scooter personale solo se doveva affrontare tragitti lunghi.

Quando passò davanti all'imbocco della Galleria Laziale non si accorse che qualcuno, di nascosto, lo stava osservando.

6
Un odio smisurato

«Buongiorno, Gianni, accomodati. Il caffè te lo sei già pigliato?».

«Sì, commissario, grazie» rispose Scapece sedendosi di fronte alla scrivania del suo capo. «L'ho abbinato a un pasticcino appena uscito dal forno».

«Sei uno specialista».

«Visto che gli assassini ci fanno lavorare pure di domenica, è meglio iniziare correttamente la giornata».

«Hai ragione. Gli assassini non riposano mai».

Carlo Improta univa l'esperienza al giudizio. Prima di essere nominato dirigente del commissariato di Mergellina aveva combattuto mille battaglie contro il crimine, vincendole quasi tutte; quelle che aveva perso le definiva "sconfitte fisiologiche". Era un poliziotto vecchio stampo, austero e coriaceo, e lo dimostrava già dall'aspetto: altezza al di sotto della media, corporatura robusta e massiccia, capelli radi, faccia da duro. Il naso schiacciato, dovuto a una scazzottata in cui era rimasto coinvolto a inizio carriera durante una retata, era il suo indelebile biglietto da visita.

Pure lui era napoletano e aveva lavorato in vari commissariati e questure d'Italia, per poi tornare nella sua città.

Con Scapece aveva subito legato; nell'ispettore rivedeva se stesso con vent'anni di meno.

«Gianni, che novità abbiamo?».

«Per il momento nessuna di rilievo. Ho fatto avvisare gli abitanti della palazzina di via Orazio di farsi trovare a casa stamattina, così ci faccio 'na visita a domicilio e cerco di rintracciare qualche indizio utile. Oggi pomeriggio, invece, vado dai genitori della vittima».

«Procedi con cautela» avvertì il commissario. «È gente danarosa, che può romperci le scatole. Ma tu non guardare in faccia a nessuno; le indagini so' indagini, e chiunque si permettesse di ostacolarci troverebbe pane per i suoi denti. Io ti proteggo le spalle, non ti preoccupare. Vuoi che ti affianchi qualcuno dei nostri?».

«No, faccio da solo» replicò Scapece sicuro. «Qua in commissariato siamo in pochi, non voglio distogliere i colleghi dalle loro attività. Se dovessi averne necessità, glielo farò sapere».

«Concentrati sull'indagine e metti in secondo piano tutto il resto. Alle scartoffie e agli adempimenti burocratici provvedo io. L'opinione pubblica ci ha messo gli occhi addosso e il questore ieri m'ha chiamato due volte. Dobbiamo muoverci in fretta, senza commettere errori. Ho chiesto alla Scientifica di farci avere al più presto i risultati dei rilievi sul luogo del delitto. Intanto una società di consulenza informatica sta controllando il cellulare, il computer e le chiavette USB di Caruso, e m'ha promesso che entro dopodomani consegnerà un rapporto».

«E l'autopsia? Quando la eseguiranno?».

«Oggi, al Secondo Policlinico. Per i risultati definitivi dovremo aspettare un poco di tempo. Tu però domani vatti a fare 'na chiacchierata col medico che esaminerà il corpo e raccogli informazioni».

«Come lo posso rintracciare?».

«Questo è il suo numero» disse Improta porgendo un biglietto all'ispettore. «L'ho sentito ieri sera e s'è messo a disposizione. Ho anche avvisato il magistrato a cui è stata affidata l'inchiesta».

«Perfetto».

«Gianni, che idea ti sei fatto di questo omicidio? È vero, stiamo ancora a bocce ferme, però l'impressione iniziale è spesso quella giusta. E poi tu tieni un carattere intuitivo, capisci al volo le situazioni. Sei un criminologo e hai la stoffa del detective».

Scapece si concentrò su quanto aveva da dire. «Appena ho visto il cadavere, ho capito che si trattava di un delitto inconsueto, non commesso a scopo di rapina. La Scientifica ce lo confermerà. Attorno al corpo e in tutto l'appartamento non c'era disordine, a parte una maglietta e i boxer della vittima abbandonati per terra. È un omicidio premeditato, studiato nei minimi dettagli. L'assassino aveva le chiavi di casa del ragazzo, oppure questi lo conosceva e l'ha fatto entrare. Ha agito soltanto in camera da letto, con freddezza e ferocia, colpendo violentemente Caruso alla testa per due volte mentre dormiva. Poi l'ha spogliato e trafitto alla schiena. Ha usato un coltello per non fare rumore; un colpo di pistola avrebbe svegliato tutto il palazzo. Peraltro, penso che non si tratti di un delinquente comune e che non possegga un'arma da fuoco. Dopo essersi accertato della morte di Caruso, ha prelevato una pentola dalla cucina, ci ha versato dentro dell'olio e alcuni spicchi d'aglio e l'ha sistemata sotto il pube della vittima. Tocco finale: il mazzetto di peperoncini sulle natiche. Ha voluto farsi beffe del cadavere. Per oltraggiarlo, metterlo in ridicolo. Per vendicarsi di qualcosa che il ragazzo gli aveva fatto».

«Ma l'omicida come poteva essere certo che la vittima avesse in casa una padella?» chiese il commissario. «Caruso era giovane, viveva da solo e stava carico di soldi. Questi tipi di ragazzi mangiano sempre fuori, nei locali».

«Infatti l'assassino non lo sapeva. È andato in cucina e l'ha cercata. Se non l'avesse trovata, avrebbe adoperato un piatto, una scodella, un vasetto. L'importante, per lui, era compiere il rito».

«E le altre cose che ha usato? L'olio, l'aglio, il coltello?».

«Su quelle è andato sul sicuro: le teneva con sé. Le avrà trasportate con un sacchetto o uno zaino».

«E con quale oggetto ha colpito Caruso alla testa?».

«Forse un martello. Ho osservato le ferite da vicino: erano circoscritte e profonde. Gli ha praticamente sfondato il cranio con due botte violentissime».

«Quindi prima della coltellata alla schiena, il ragazzo era già morto?».

«Può essere. Ce lo dirà l'autopsia».

Improta si fece cupo. «Perché tanto accanimento?».

«Odio, commissario. Solo un odio smisurato può portare a un atto così crudele. Non c'è altra spiegazione. Un odio accumulato nel tempo, dovuto a motivi che dobbiamo scoprire».

«E perché la coreografia culinaria? L'aglio, l'olio, il peperoncino, la padella...».

«Io qualche supposizione ce l'ho. Ma devo elaborarla meglio, per non trarre delle conclusioni affrettate».

«Avanti così» disse Improta appoggiando le mani sulla scrivania. «Entro Natale dobbiamo sbattere l'assassino in galera. Tu pensi che il delitto sia opera di una sola persona?».

«È altamente probabile. La dinamica lo lascia pensare».

«Buon lavoro, Gianni. E non ti scordare la lente d'ingrandimento».

«Mai» fece Scapece cavando dal giubbotto la sua inseparabile compagna di investigazioni.

Il commissariato occupava i primi due piani di uno dei tanti palazzi costruiti a Mergellina dopo le colmate con cui, fra il diciannovesimo e il ventesimo secolo, era stata avanzata la linea di costa. Quattro appartamenti riadattati, con stanze alte e ampie, fregi in stucco sui soffitti, resti di affreschi con scene campestri e marine su alcune pareti.

L'ufficio di Scapece, al secondo piano, aveva un finestrone che dava sulla strada. L'ispettore si accostò ai vetri e guardò verso la trattoria Parthenope. Le serrande del locale erano alzate, le luci all'interno accese. Al di là della porta d'ingresso si intravedevano ombre in movimento.

"Chissà che stanno combinando" pensò l'ispettore con un sorriso.

7
Oro, incenso e birra

Braciola era a un tavolo al centro della sala, la testa posata sul palmo di una mano e l'aria rassegnata.

Diego, faccia assonnata e capelli spettinati, appoggiato a uno sgabello a sorseggiare un caffè, attendeva comandi.

Nonno Ciccio depositò un borsone su un tavolo e li scrutò. «Sembrate la *Pietà* di Michelangelo. Forza, 'nu poco 'e allegria!».

Peppe e suo figlio non reagirono.

Zorro, acciambellato in un angolo, sbadigliò.

«Diego, sei pronto a cominciare le manovre?» chiese Nonno Ciccio.

«Sì» rispose il ragazzo. «Hai portato l'attrezzatura?».

«Sta tutta qua dentro» fece il sovrintendente della Parthenope puntando un indice sul borsone.

«Io che compito tengo?» domandò Peppe.

«Nessuno» ribatté suo padre. «Osserva».

«Sei convinto di voler fare 'sta cosa?».

«Convintissimo».

«È proprio necessaria?».

«Necessarissima. La Vergine di Piedigrotta m'è venuta in sogno stanotte e m'ha dato la sua approvazione».

Braciola sollevò le mani in segno di resa.

Nonno Ciccio aprì la cerniera del borsone, ne estrasse un metro avvolgibile e lo consegnò al nipote. «Per prima cosa, misura la lunghezza della sala dalla porta d'ingresso fino a laggiù, dove abbiamo messo il presepio. Se la memoria non m'inganna, dovrebbero essere quasi quattordici metri».

Diego eseguì l'operazione e confermò: «Tredici metri e ottanta centimetri».

Nonno Ciccio prese dal borsone un trapano elettrico. «Fa' 'nu buco sopra allo stipite della porta d'ingresso e un altro là in fondo, sopra al presepio. Calcola con precisione le distanze: i buchi devono stare alla stessa altezza e tutt'e due al centro delle pareti».

Aiutandosi con lo sgabello, Diego misurò e trapanò.

Zorro si mise le zampe sulle orecchie.

Peppe sudò freddo.

«Dentro ai buchi incastraci questi» disse Nonno Ciccio porgendo al nipote due tasselli con ganci ad anello.

Diego incastrò.

Nonno Ciccio gli passò un rotolo di cordoncino rosso. «Lega questo ai ganci. Mi raccomando: stringi forte i nodi e fa' in modo ca 'o cordoncino sia ben teso».

Diego eseguì gli ordini alla perfezione.

«E adesso il gran finale» fece Nonno Ciccio prelevando con cura dal borsone due scatole di cartone. Dalla prima spuntò la statuina di un Gesù Bambino. Dalla seconda un piccolo bassorilievo raffigurante i Re Magi in viaggio sotto un cielo stellato, con la cometa a indicare la via. Entrambi gli oggetti erano in porcellana dipinta a mano e avevano sul retro un gancio a molletta.

Peppe e Diego si avvicinarono per ammirarli. Zorro per annusarli.

«So' belli, eh?» disse Nonno Ciccio. «Li ho presi a San Gregorio Armeno. Mo' li appendiamo al cordoncino, ma con criterio. Diego, quanto hai detto che è lunga 'a distanza fra 'a porta e 'o presepio?».

«Tredici metri e ottanta».

«Oggi è il 10 di dicembre, perciò mancano quindici giorni al Natale. Dividi tredici virgola ottanta per quindici e dimmi quanto fa».

Diego, che aveva uno strabiliante cervello matematico, fece la divisione a mente e ne diede il risultato: «Zero virgola novantadue».

Nonno Ciccio gli passò il Gesù Bambino. «Tiè, appendilo alla cordicella. A novantadue centimetri dalla porta. E ricordati: ogni giorno devi spostarlo in avanti di novantadue centimetri, in modo che a Natale arriva 'ncoppe 'o presepio. Nella notte fra il 24 e il 25, a mezzanotte spaccata, lo stacchiamo dalla cordicella, lo facciamo scendere dal cielo fino alla grotta di Betlemme e lo sistemiamo fra san Giuseppe e la Madonna».

Diego, la cui notevole massa corporea tendeva a emulare le rotondità paterne, salì sullo sgabello e si inclinò su un lato.

«Statt'accorto, che t'accappotti!» gli gridò Peppe.

Il ragazzone si raddrizzò, prese le misure e agganciò la statuina alla cordicella.

«Bravo» lo elogiò Nonno Ciccio. «Ora dimmi: quanti giorni mancano al 6 di gennaio?».

«Ventotto».

«E quanto fa tredici virgola ottanta diviso ventotto?».

«Approssimativamente, zero virgola quarantanove».

«Allora approssimativamente appendi i Re Magi a quarantanove centimetri dalla porta. E non ti scordare: devi farli avanzare di quarantanove centimetri al giorno, in modo che il 6 di gennaio, festa dell'Epifania, arrivano anche loro sopra al presepio. A quel punto li sganciamo e li piazziamo davanti alla grotta, così vanno a consegnare l'oro, l'incenso e la birra a Gesù Bambino».

«La mirra, non la birra» corresse Peppe.

«Lo so che portarono la mirra, ma tenevano pure 'a birra, senti a me» fece Nonno Ciccio. «Per fare un tragitto lungo e scomodo in groppa a dei cammelli, 'a birra serve».

«Sì, papà, però regalare la birra a un neonato non sarebbe stata 'na scelta corretta».

«Difatti la diedero a san Giuseppe. Sapevano che era un bravo operaio e che ogni tanto, fra un lavoretto e l'altro, un sorso se lo faceva. Non c'era niente di male. Già quel povero santo doveva sopportare il fatto di essere un padre putativo e di spezzarsi la schiena nella falegnameria dalla mattina alla sera; se gli toglievi la possibilità di scolarsi un bicchierozzo di birra, che vita era? E poi, scusatemi l'ignoranza, 'sta mirra che è?».

Braciola esibì le sue conoscenze bibliche ed erboristiche: «Una resina aromatica; veniva usata come pianta medicinale. Come raccontano le Sacre Scritture, la portò Melchiorre. Gaspare, invece, portò l'oro; Baldassarre l'incenso».

«Ecco, l'incenso è un'altra cosa che non ho mai capito. Caro Baldassarre, tu sei un re e vai a fare visita a un neonato, no? Un neonato che non è uno qualsiasi: è il figlio di Dio. Di conseguenza, dico io, e te lo dico senza offesa, cerca di fare 'na bella figura come Gaspare: portagli un oggetto prezioso. Che so, un braccialetto d'argento, 'na collanina, un diamante. Invece no: l'incenso. Che se ne doveva fare Gesù Bambino dell'incenso? Con un regalo del genere, a

’stu criaturo gli fai capire che la vita è una delusione e una sofferenza. E se proprio non vuoi spendere tanti soldi, caro Baldassarre, portagli ’na cosa utile: ’na confezione gigante di pannolini, ’nu set ’e biberon, ’na culletta, ’nu carruzzino. Oppure un giocattolo: ’nu cavalluccio a dondolo, ’na trottola, ’nu trenino. Accussì ’o faje felice. Oppure ’nu Vangelo illustrato, che poteva risultargli istruttivo. E visto che ti trovi, porta pure ’na stufa a gas, che Maria e san Giuseppe stanno al freddo e al gelo e non ce la fanno più a sentirsi il fiato del bue e dell’asinello dietro al collo».

Peppe e Diego scoppiarono a ridere.

Zorro leccò le mani di Nonno Ciccio in lungo e in largo.

Per alcuni secondi, il Gesù Bambino appeso alla cordicella oscillò.

8
Visite a domicilio

Via Orazio numero 190. La palazzina di tre piani in cui era avvenuto l'omicidio. Uno stabile moderno, panoramico, con ampi spazi verdi ben curati all'esterno.

Scapece si fermò nell'androne.

Il portinaio gli andò incontro. «Buongiorno, ispettore. L'altro ieri mattina non ho avuto modo di presentarmi: mi chiamo Pasquale Fabozzi, sono l'addetto alla custodia del fabbricato. Ho avvisato tutti i condomini, vi stanno aspettando».

L'ispettore imboccò la prima rampa di scale; l'edificio non aveva un ascensore. Giunto sul pianerottolo dell'ultimo piano, guardò alla sua sinistra, verso l'abitazione in cui era stato ucciso Amedeo Caruso. Sulla porta, incorniciato da quattro strisce di nastro adesivo, un foglio intestato *Questura di Napoli* aveva al centro la scritta *Immobile sottoposto a sequestro penale*.

Accanto alla porta a destra, su una targhetta, due cognomi: Mancini e Garofalo. Scapece suonò il campanello. Gli aprì un signore anziano, alto, dall'aspetto distinto.

«Ispettore Scapece del commissariato di polizia di Mergellina».

«Piacere, Mancini. Prego, entri pure».

L'uomo fece accomodare l'ispettore in un salottino e si diresse verso un corridoio. «Vado a chiamare mia moglie».

La stanza, arredata con mobili di legno scuro, era molto luminosa. Da una vetrata si scorgeva il mare.

Nel salutare Scapece, la moglie di Mancini manifestò agitazione e stanchezza. Aveva le occhiaie e un leggero tremolio a una mano.

«Questo non è un interrogatorio» puntualizzò l'ispettore. «È solo un colloquio informale. Sto raccogliendo elementi utili per l'indagine. Voi siete i vicini di casa più a stretto contatto con la vittima. Conoscevate Caruso? Avete notato fatti anomali che possano riguardarlo? Ditemi ciò che ritenete più opportuno, in piena libertà».

«Io e mia moglie siamo scossi» esordì Mancini. «In questa palazzina non è mai successo niente di strano. Ci abitiamo da più di vent'anni. Fra noi condomini non c'è mai stato un battibecco, uno screzio. Amedeo lo conoscevamo, ma non avevamo con lui una frequentazione. È venuto a vivere qui tre anni fa. Lo vedevamo poco. In alcuni mesi ci è capitato di incontrarlo una sola volta, quando veniva a ritirare i soldi dell'affitto».

«Era il proprietario di questo appartamento?».

«I proprietari sono i suoi genitori. La palazzina la fece costruire suo padre negli anni Settanta. Però negli ultimi tre anni la pigione è venuto a prenderla lui. Qui siamo tutti affittuari. I Caruso non hanno mai voluto vendere».

«Io e mio marito abbiamo fatto più volte un'offerta per l'acquisto dell'abitazione, ma loro si sono sempre rifiutati» aggiunse la signora Garofalo. «Paghiamo una cifra abbastanza alta, come gli altri inquilini, e certe volte c'è venuta voglia di trasferirci. Poi ci abbiamo ripensato, perché siamo affezionati a questo posto. Via Orazio è una zona tranquilla, lontana dal caos della città. Ma magari adesso rimettiamo tutto in discussione. Io da due notti non dormo, a pensare a quello che è accaduto. Amedeo era un ragazzo educato, di buone maniere. Certo, a casa sua c'era un grosso viavai. Però non abbiamo il diritto di giudicare: ognuno sceglie di fare la vita che vuole».

«Che tipo di viavai, signora?» chiese Scapece.

«Donne, ispettore. Molte donne».

«E anche nella notte tra giovedì e venerdì Caruso ha ospitato una donna?».

«Su questo posso informarla io» intervenne Mancini. «Era più o meno l'una di notte e io stavo nel mio studiolo, che affaccia sulla strada, a leggere un libro. Sono abituato a fare tardi; ho una certa età, mi bastano poche ore di riposo. Ho sentito fermarsi una macchina davanti alla palazzina, con una frenata brusca. Ho guardato dai vetri e ho sentito delle voci. Dopo un poco s'è aperta la portiera dal lato passeggero ed è sceso Amedeo. Ha detto qualcosa a chi stava alla guida e barcollando si è avviato verso il palazzo. La macchina ha sgommato ed è corsa via».

«Era ubriaco?».

«Forse».

«L'auto di che tipo era?».

«Sportiva. Non vorrei sbagliarmi, ma credo che fosse una Bmw».

«L'aveva già vista in precedenza?».

«Qualche settimana fa. Però in quella occasione Amedeo era uscito dall'auto con una ragazza».

«Invece l'altra notte nel palazzo è entrato da solo».

«Sì. L'ho sentito arrivare sul pianerottolo e aprire e chiudere la porta. Poi più niente».

«Nessun rumore? Nessuna voce?».

«No, ispettore. Un poco dopo ho raggiunto mia moglie a letto e mi sono addormentato».

«Voi vivete da soli?».

«Sì. Siamo pensionati. Abbiamo una figlia sposata che abita fuori Napoli».

«Vi ringrazio per la disponibilità» concluse Scapece. «Se vi dovessero venire in mente altri particolari, cercatemi in commissariato».

La coppia che abitava nell'appartamento sottostante era composta da due avvocati quarantenni, Massimo Orlando e Giuliana Ranieri. Lui penalista, lei civilista. Lavoravano in uno dei più rinomati studi legali di Napoli e avevano due figli, entrambi piccoli.

«Un maschietto di dieci anni e una femminuccia di otto» precisò la signora Ranieri. «Hanno intuito che al piano di sopra è successo qualcosa di grave, ma abbiamo preferito non dire loro la verità».

«Si sarebbero spaventati» aggiunse il marito.

Scapece approvò: «Avete preso una buona decisione. I bambini è meglio tenerli lontani da certe cose. Ora dove sono?».

«A casa dei miei» rispose la donna.

«Cosa pensate di quest'assassinio?».

«È un delitto pazzesco» intervenne Orlando.

«Perché dice che è pazzesco? Pensa che sia opera di un folle?».

«Non saprei...» esitò l'avvocato. «Bisognerebbe chiederlo a uno psichiatra. Nella mia carriera mi sono occupato di alcuni casi di omicidio, e non me ne è mai capitato uno con queste caratteristiche. Non vorrei stare nei suoi panni, ispettore. Penso che la soluzione sia complessa. O forse più semplice di quanto si creda».

«Cosa intende dire?».

«Il modo in cui il cadavere è stato "allestito", mi perdoni il termine, fa pensare a un assassino sicuro di sé, che ha lanciato un guanto di sfida. È come se avesse detto: "Guardate cosa sono stato capace di fare; ora dimostratemi quanto siete bravi a scoprirmi". Ma una sicurezza eccessiva porta a degli errori. Il delitto perfetto, come lei ben sa, non esiste. A mio parere la chiave dell'enigma è nascosta nella vita privata di Amedeo».

«Che tipo di rapporti avevate con lui?».

«Praticamente nessuno. Di giorno non lo vedevamo mai. La sera rincasava tardi».

«Giovedì lo avete visto?».

«No» rispose Giuliana Ranieri. «Alle nove e mezza io e mio marito siamo tornati insieme dallo studio. I bambini erano con la babysitter. L'abbiamo fatta andare via, abbiamo messo i piccoli a letto, poi una cena leggera, un po' di televisione e ci siamo coricati anche noi. Venerdì mattina ci siamo svegliati con le grida della donna delle pulizie che ha scoperto il cadavere e abbiamo chiamato il 112».

«Però c'è un fatto su cui io e mia moglie stiamo riflettendo da ieri, dopo che il portiere del palazzo ci ha avvisato che lei, ispettore, sarebbe passato a trovarci» disse l'avvocato Orlando. «A novembre, quando Amedeo è venuto a ritirare l'affitto, si è fermato a chiacchierare con noi più del solito. Le altre volte entrava, prendeva il nostro assegno della pigione, ci firmava la ricevuta e scappava via. Il mese scorso, invece, è andato oltre i convenevoli, e senza motivo ha chiesto il mio parere su un argomento specifico».

Scapece drizzò le antenne. «Quale argomento?».

«L'usura. Di punto in bianco mi ha domandato se mi fosse mai capitato di partecipare, come legale, a processi per il reato di usura, e quali fossero le pene applicabili agli strozzini».

«Sì, adoperò proprio questa parola: *strozzini*» confermò la signora Ranieri.

L'ispettore aggrottò le sopracciglia. «Vi ha dato la sensazione di essere finito in un giro di usura?».

Orlando allargò le braccia. «Chi può saperlo, ispettore? Le domande ce le ha fatte con nonchalance, come se la cosa non lo riguardasse. Se stava recitando, ha interpretato la parte con grande naturalezza».

Di tutt'altro tenore fu l'incontro fra l'ispettore e l'inquilina dell'altro appartamento al secondo piano, una bionda trentenne che spalancò la porta in una *mise* così conturbante da mandare in crisi l'apparato ormonale di Scapece: vestaglietta trasparente in tulle nero con rifiniture in seta; reggiseno e mutandina in pizzo rosso; ciabattine dello stesso colore, con tacco a spillo e pompon in pelliccia di procione; uno scintillante lucidalabbra sulla bocca.

«La signora Mazza?» balbettò l'ispettore.

«Qui per servirla» fece la donna con voce sensuale. «Lei è l'ispettore Scapece, presumo».

«Sì, sono io. Vuole che passi più tardi?».

«No, prego, la stavo attendendo».

Seguendo il moto armonico dei glutei della signora, Scapece si addentrò nell'abitazione, in cui c'era un dolce profumo di gelsomino. Nascoste da qualche parte, le casse di uno stereo diffondevano una musica ambient.

La donna lo fece sedere sul divanetto del soggiorno. Lei

adagiò il posteriore sul bracciolo di una poltrona e con una mano si buttò all'indietro una ciocca di capelli.

«Mi chiami pure Viola» disse accavallando le gambe. «È il mio nome».

«Come vuole» acconsentì l'ispettore, sforzandosi di mantenere un contegno professionale. «Lei è coniugata?».

«Sì, ma mi sto separando. Mio marito non vive più con me».

«Sa perché sono venuto?».

La donna fece una smorfietta di dispiacere. «Per l'omicidio di Amedeo. Che brutta morte. Era un bel ragazzo. Muscoloso, aitante, garbato. Quando mi sono sposata e sono venuta ad abitare qua, l'ho notato subito».

«Ha avuto modo di frequentarlo?» la stuzzicò Scapece.

«Be', mi sarebbe piaciuto, era un tipo interessante» confessò Viola. «Ma a parte qualche chiacchierata per le scale, ho evitato ogni contatto, perché mio marito era geloso assai. Che posso farci, io non riesco a resistere al fascino maschile. E pure lei, caro ispettore, chiedo venia per la sincerità, di fascino ne ha tanto. Vuole qualcosina da bere?».

Scapece scansò la provocazione: «No, grazie. Da quanto vive qui?».

«Due anni e mezzo».

«Ha figli?».

«No. Io e mio marito avremmo voluto averne uno, ma non è arrivato. Meglio così, preferisco sentirmi libera».

Per marcare la dichiarazione, la signora si frizionò una tetta.

«De gustibus» improvvisò Scapece abbassandosi la cerniera del giubbotto, per far prendere aria al torace accaldato.

Viola Mazza fece ondeggiare la gamba accavallata, e la ciabattina che aveva al piede le volò via, insieme all'allegato pompon.

«Uh!» si stupì la signora. E si chinò per raccoglierla, piazzando il suo posteriore a mezzo metro dal naso dell'ispettore.

Scapece sentì nella testa delle voci. Prima quella di uno spiritello buono: "Stai calmo, stai calmo, stai calmo, ricordati che sei in servizio". Poi quella di uno spiritello furbetto: "Questa è proprio una stronza, approfittane, allunga una mano".

Lo spiritello furbetto stava per avere il sopravvento sulla mano medesima, quando l'ispettore udì alle sue spalle un'altra voce. Reale, energica e femminile.

«Viola, che stai facendo?!».

Scapece e la Mazza si voltarono.

Una donna con i capelli lunghi, color pantera. Aveva indosso soltanto un perizoma. I suoi seni erano enormi. "Sicuramente pompati" sentenziò lo spiritello buono. "Chi se ne frega" affermò quello furbetto.

«M'è caduta la ciabattina» chiarì la signora Mazza.

«Ne hai ancora per molto?».

«Pochi minuti».

«Fai presto, ti aspetto in camera» intimò la panterona. E senza degnare Scapece di uno sguardo, sparì.

«È Loredana, una cara amica» spiegò Viola. «Ha un caratterino un po' vivace, ma non è cattiva. Eravamo impegnate a fare una cosa insieme, per questo si è innervosita».

Scapece non osò chiedere *quale* cosa e tagliò corto: «Non le rubo più tempo, signora. Facciamo in questo modo: se avesse qualcosa di interessante da dirmi sull'omicidio di Caruso, mi contatti».

«Dove?».

«Al commissariato di polizia di Mergellina».

“Dalle il numero del tuo cellulare” disse lo spiritello furbetto.

“Non darglielo e fila via” ammonì lo spiritello buono.

«Anzi, facciamo in un altro modo» propose l’ispettore alla signora. «Mi chiami adesso sul mio telefonino, così mi segno il suo numero e lei si segna il mio».

“Bravo!” gioì lo spiritello furbetto.

«Sì sì sì» squittì Viola.

Scapece e Viola si squillarono e si rubricarono.

La donna si congedò con una bollente stretta di mano e una promessa: «Ci sentiamo presto, mio intrigante ispettore».

Prima di proseguire il giro, Scapece uscì nei giardinetti della palazzina a respirare un po’ d’aria fresca. Mentre i suoi pensieri vagavano fra pizzi, lucidalabbra e peli di procione, il portinaio lo raggiunse.

«Ispettore, come va? Siete riuscito a cavare qualche ragno dal buco?».

Non sapendo se interpretare la domanda come un’allusione all’incontro con la signora Viola e la sua amica panterona, Scapece si tenne sul vago: «Sono state chiacchierate fruttuose».

«Qua abitano persone perbene, riservate, che a stento si conoscono. Ognuno si fa i fatti suoi».

“Per questo, come ha dichiarato Mancini, fra i condomini non c’è mai stato uno screzio” rifletté Scapece. “Si ignorano l’un l’altro”.

«Tutti so’ rimasti scioccati dalla tragedia» continuò il portinaio. «Io stesso ancora non riesco a farmene ’na ragione. Amedeo, questo va detto, teneva la capa a vuoto a perdere, ma nessuno poteva immaginare 'na cosa raccapricciante come quella che è successa».

«Che significa "teneva la capa a vuoto a perdere"?».

«Era un giovane un poco sregolato. Gli piaceva scialacquare soldi e fare la bella vita. Usava il denaro che prendeva dagli affitti e altre agevolazioni che gli arrivavano da suo padre. Per carità, non voglio dire che stava in qualche giro di malavita, questo no, non era proprio il tipo. Se ne andava a spasso per i locali, viaggiava, era iscritto a 'na palestra, faceva lo sciupafemmine».

«Consumava alcolici, droghe?».

«Droghe non lo so. Quanto a bere, sì, beveva, e pure assai. Una volta tornò talmente 'mbriaco che non riuscì a infizzare la chiave nel cancello. Mi citofonò, io gli aprii, poi dovetti accompagnarlo sopra; da solo non ce la faceva. Mentre salivamo le scale, vomitò».

«Uno dei condomini mi ha detto che l'altra notte è rientrato intorno all'una, portato in auto da qualcuno».

«Sì, io tengo il sonno leggero, ci ho fatto caso. Però non mi sono alzato per guardare. Ormai ero abituato a sentirlo tornare tardi».

«L'ha mai visto discutere o bisticciare con qualcuno?».

«No, mai».

Scapece alzò lo sguardo verso i balconi dell'edificio. «Mi manca il primo piano. Chi ci abita?».

«Al primo piano ci sto io che vivo da solo» rispose il portinaio. «E poi ci sta Guido Pappalepore. È un ex capitano di vascello della Marina militare. Ispetto', se fossi in voi, eviterei di andarci a parlare».

«Perché?».

L'uomo si roteò un indice accanto a una tempia. «È 'nu

poco pazzariello. Non ci sta con la testa. Vi farà perdere un sacco di tempo. Per lui esistono solamente il mare e le barche. Anni fa sua moglie se l'è squagliata e s'è andata a nascondere chissà dove. Manco la trasmissione *Chi l'ha visto?* è riuscita a rintracciarla».

Il portinaio aveva ragione. Pappalepore imbarcò Scapece sul vaporetto delle sue fisime mentali e lo costrinse a fare un viaggio nella storia della navigazione: dalle imbarcazioni vichinghe ai transatlantici, dalle caravelle di Colombo alle corazzate lanciamissili della Seconda guerra mondiale.

L'ex capitano lo trattenne per oltre un'ora, mostrandogli decine di modellini di navi che teneva sparpagliati in tutta la casa. Su mensole, tavolini, colonnine di marmo, scrivanie, persino sui comodini della camera da letto.

L'ispettore imparò le differenze fra galee e galeoni, corvette e fregate, e seppe – dettaglio importante per l'accrescimento delle sue conoscenze storiche – quante perdite subì la flotta ottomana durante la battaglia di Lepanto.

Per osservare nei dettagli le riproduzioni in miniatura dei leggendari vascelli Victory e Santísima Trinidad, Scapece sfoderò la sua lente d'ingrandimento. Non l'avesse mai fatto. Pappalepore interpretò il gesto come vivo interesse per la materia e si lanciò in una erudita disquisizione sulle eccezionali capacità militari di Horatio Nelson e di Baltasar Hidalgo de Cisneros, che si fronteggiarono al largo di Trafalgar, e citò con grande partecipazione le parole che l'ammiraglio britannico rivolse a un suo capitano prima di morire: «Kiss me, Hardy!».

Più volte l'ispettore provò a deviare la rotta della conversazione sull'omicidio di Caruso, ma Pappalepore, preso e compreso dalla opportunità di poter illustrare la propria passione, non prestò orecchio alle esortazioni dell'ispettore. In un solo momento si lasciò scappare un giudizio sul coinquilino assassinato: «Era un giovinastro smidollato, meritava di fare la fine che ha fatto».

«Per quale motivo?» domandò Scapece.

«In tutte le occasioni in cui l'ho incontrato, non mi ha mai rivolto il saluto militare».

L'ispettore capì che non c'erano speranze e decise di accomiatarsi.

Pappalepore ricambiò la visita regalandogli una piccola piroga polinesiana.

«Così ci fa giocare suo figlio».

«Capitano, io non ho figli».

«Li avrà».

Nell'androne il portinaio era in agguato.

«Com'è andata, ispetto'?».

«M'ha fatto venire il mal di mare».

«Io vi avevo avvertito».

«Tenga, signor Fabozzi, gliela regalo» gli disse Scapece mettendogli fra le mani la piroga. «Ci faccia giocare i suoi nipoti».

In strada l'ispettore telefonò a Improta.

«Buone notizie, Gianni?» chiese il commissario.

«La personalità e i comportamenti della vittima mi sono più chiari. Ho anche avuto un abboccamento quasi erotico e appreso interessanti nozioni di nautica».

«Cosa?».

«Poi le racconto».

«M'hanno contattato i colleghi della Questura: Amedeo Caruso aveva la patente sospesa, perché due mesi fa è stato trovato alla guida della sua macchina in stato di ebbrezza. A ottobre, invece, è rimasto coinvolto in una rissa in un locale al Vomero».

«Una condotta coerente con il suo stile di vita. Più tardi incontrerò i genitori e cercherò di andare più a fondo».

Una seconda chiamata l'ispettore la fece alla trattoria Parthenope.

Gli rispose Braciola. «Ispettore amabile, come state?».

«Una bellezza, Peppe. Per favore, potete conservarmi un tavolo per stasera? Torno a trovarvi».

«Il solito angolino?».

«Sì».

«Però niente polipetti con i ceci. Stasera vi faccio provare un bel baccalà al forno con patate. 'Na delizia. Avete obiezioni?».

«Nessuna».

9
L'infelicità

I Caruso vivevano in via Manzoni, in una villa in stile Liberty circondata da un parco pieno di piante esotiche. Quando ne vide la facciata, Scapece meditò sulla ricchezza dei proprietari. Ludovico, il padre di Amedeo, era uno dei personaggi più controversi dell'alta borghesia napoletana. Titolare di un'impresa edile molto conosciuta in città, negli anni Novanta era finito in carcere con l'accusa di aver corrotto alcuni politici per ottenere appalti e finanziamenti; poi l'inchiesta si era sgonfiata e il costruttore se l'era cavata con una lieve condanna.

Fissando con maggiore attenzione l'edificio, l'ispettore notò dei segni di decadenza. In alto, sul cornicione, l'intonaco era scrostato, e dal tetto spuntavano ciuffi di erbacce; una delle finestre al pianterreno aveva il vetro spaccato.

Tramite una scala interna con balaustre in ottone e sculture che si ispiravano all'arte classica, una domestica scortò Scapece fino al piano nobile.

In un salone colmo di specchi e dipinti, seduto su una poltroncina accanto a un camino in cui ardevano grossi ceppi, Ludovico Caruso era in attesa. Indossava un completo beige con panciotto. Nei suoi occhi c'era irritazione.

La conversazione non fu cordiale. L'imprenditore era preoccupato più del disonore che il delitto aveva gettato sulla sua famiglia che della brutale uccisione di Amedeo.

«Arrestate l'assassino il prima possibile» ingiunse. «Così su questa faccenda calerà il silenzio e potremo tornare alla normalità. Non mi piace stare sotto i riflettori della stampa. La mia azienda può subire contraccolpi negativi».

«Stiamo facendo del nostro meglio» disse freddamente Scapece, infastidito dal cinismo di Caruso. «Ma per arrivare a catturare il colpevole, dobbiamo innanzitutto trovare un movente. Quale può essere, a suo parere?».

«Spetta a voi scoprirlo» rispose il costruttore con un tono seccato.

«Il suo aiuto potrebbe esserci utile. Amedeo aveva dei nemici? Qualcuno lo odiava?».

«So poco o niente della vita che conduceva mio figlio».

«Aveva un lavoro?».

«Non faceva un cazzo!» sbottò Caruso. «Campava di rendita. Una rendita non ottenuta con i suoi sforzi, ma regalata da me. I soldi per campare glieli davo io. E lui li sperperava per soddisfare i suoi vizi».

«Quali vizi?».

«Femmine, macchine, stronzate varie».

«E poi?».

«Poi cosa?».

«Anche alcol e droghe?».

Caruso si irrigidì. «Sta forse cercando di far passare Amedeo per un delinquente? Il delinquente è quello che l'ha ucciso, non lui».

«Sto cercando la verità» dichiarò Scapece.

«Sa qual è la verità, ispettore? La verità è che mio figlio

era un imbecille. E io gliel'ho rinfacciato tante volte, minacciando di ripudiarlo e di tagliargli i rifornimenti finanziari».

«L'ha fatto?».

«No, e ne sono ancora pentito, perché magari le maniere forti potevano raddrizzarlo. Non l'ho fatto per colpa di mia moglie Viviana, che s'è messa in mezzo e m'ha convinto a continuare a foraggiarlo».

«Sua moglie è in casa?».

«No. Ieri l'ho fatta trasferire a Sorrento a casa di un suo fratello. Viviana ha quasi settant'anni, come me, e soffre di cuore. La notizia della morte di Amedeo ha peggiorato il suo stato di salute».

«Mi spiace. Avete altri figli?».

«Sì, un altro figlio maschio, Andrea, che è più grande di Amedeo e ha preso una strada diversa. Vive e lavora a Milano, dove gestisce una società finanziaria legata alla mia azienda».

«Prima di trasferirsi in via Orazio, Amedeo è vissuto in questa villa?».

«Sì».

«Perché ha deciso di andare a vivere da solo?».

«Qui si sentiva sotto controllo e non poteva fare i suoi porci comodi».

«I soldi degli affitti di via Orazio li tratteneva tutti per sé?».

«Tutti. Settemila euro al mese».

«Veniva mai a trovarla?».

«Poco».

«Di recente è passato?».

Caruso abbassò il tono di voce. «Una decina di giorni fa».

L'ispettore capì di aver toccato un tasto dolente e affondò il colpo: «In quella occasione cosa è accaduto fra voi due?».

L'imprenditore si alzò, raccolse una pipa dalla mensola sul camino, la riempì con qualche manciata di tabacco, pressò con un pigino all'interno del fornello e con un accendino diede inizio alla combustione. Dopo tre boccate, si decise a rispondere.

«Avemmo uno scontro duro. Mi confessò che era al verde e mi chiese dei soldi».

«Quanti soldi?».

«Trentamila».

«E lei glieli diede?».

«No».

«Le spiegò a cosa gli servivano?».

«Si inventò delle scuse poco plausibili».

«Per caso le disse di essere finito in mano agli usurai?».

«No».

«Come terminò il vostro incontro?».

«Lo presi a schiaffi e lo cacciai via».

«Lui come reagì?».

Con un moto di stizza, Caruso gettò la pipa tra le fiamme del camino. «Mi minacciò di tornare qui con una pistola per ammazzarmi».

Scapece lasciò la villa con un forte senso di disagio addosso. Durante il colloquio con l'imprenditore aveva provato indignazione, rabbia, tristezza. Nonostante la loro potenza economica, i Caruso vivevano nell'infelicità.

Al di là dei motivi che avevano portato alla sua morte, Amedeo era rimasto imprigionato proprio in quella infelicità. E nella lontananza dagli affetti. L'assassino aveva approfittato del suo isolamento. Chi poteva essere? Qual era il suo volto, la sua identità? Era uno strozzino con cui il ragazzo aveva contratto dei debiti? Qualcuno che aveva preso parte alla rissa nel discopub del Vomero? Una delle sue amanti occasionali? O un folle?

"Il padre non mi ha manco chiesto quando potrà riavere la salma del figlio" si disse l'ispettore. "Se penso troppo a questa storia, mi viene l'angoscia. Speriamo che i Vitiello mi facciano tornare il buonumore".

10
Una bellissima famiglia

Scapece si portò la forchetta alla bocca, fece il primo assaggio e mosse lievemente la testa in segno di assenso. Poi ne fece un altro e bevve un sorsetto di Greco di Tufo.

Seduti ai suoi fianchi, col fiato sospeso e le labbra schiuse, Peppe e Nonno Ciccio lo guardavano come si guarda un oracolo che deve dare il suo responso su un dilemma da cui dipendono le sorti dell'umanità.

Zorro, col muso su una gamba di Nonno Ciccio, seguiva attento ogni movenza dell'ispettore.

Per celia, Scapece prolungò la suspense e non fiatò.

«Ispetto', allora?» sollecitò Braciola.

«Allora che?».

«Che ne pensate?».

«Di che?».

I due Vitiello e Zorro si scrutarono esterrefatti.

«Come, di che?» fece Nonno Ciccio. «Del baccalà».

«Non c'è malaccio» disse Scapece nettandosi le labbra con un tovagliolo.

«Non c'è malaccio?» protestò Vitiello padre. «Volete dire che è 'na chiavica?».

Lo scherzo era durato troppo, e all'ispettore scappò da ridere. «Ma no, è buonissimo, vi stavo pigliando in giro!».

«Mamma mia, mi stava venendo 'na mossa» fece Peppe afflosciandosi sulla sedia.

Zorro scivolò sotto il tavolo a pancia all'insù.

«E bravo all'ispettore!» esplose Nonno Ciccio mollando una pacca su una spalla di Scapece. «Ci stavate sfottendo! Quindi vi piace?».

«Un piatto eccezionale. Io il baccalà lo adoro. Oltre alla cipolla, si sente pure un sapore particolare. Dentro che ci avete messo?».

«L'alloro» svelò Braciola. «Una fogliolina tritata di alloro. Insaporisce e aiuta la digestione».

«Questo momento di relax mi serviva proprio».

«La giornata è andata male?» domandò Nonno Ciccio.

«È stata movimentata. Ho fatto visita ai vicini di casa di Amedeo, il ragazzo che è stato ucciso in via Orazio, poi ho avuto un colloquio con suo padre».

«Ludovico Caruso?».

«Sì. Lei lo conosce?».

«E chi non lo conosce, a Napoli» esclamò Nonno Ciccio. «'Nu tipo discutibile, da prendere con le molle. Meglio perderlo che trovarlo. Tiene 'na villa a via Manzoni, se non sbaglio».

«L'ho incontrato lì».

«Che impressione v'ha fatto?».

«È un uomo solo, consumato dai dispiaceri e dal rancore. In pubblico forse esprime un'immagine forte, sicura. Nel privato affiorano le sue debolezze. La realtà non è mai quella che vediamo o che gli altri vogliono farci vedere».

«Quant'è vero, ispetto'!» assentì Nonno Ciccio. «Guardate, per esempio, la sala di stasera».

I tavoli della trattoria erano tutti occupati. Scapece lanciò una rapida occhiata ai commensali.

«Ognuno vi sembra sereno e contento, eh?» continuò Nonno Ciccio. «Non è così. La vedete quella coppia sulla vostra destra? Lui ci ha la giacca grigia e lei un maglioncino bianco. Li avete individuati? Sono i coniugi Cimmino. Abitano a Chiaia e spesso vengono a mangiare qua. Danno l'idea di andare d'amore e d'accordo, invece si fanno le corna un giorno sì e uno no. E manco a farlo apposta, al tavolo di fianco al loro ci sta un'altra coppia, la vedete? Ecco, non è proprio 'na coppia regolare. So' due amanti clandestini, si chiamano Enrichetta e Filippo, vanno e vengono da Napoli per motivi di lavoro, e ogni domenica sera cenano da noi e poi vanno a fare l'amore in un albergo qua vicino».

«Papà, tu che ne sai?» fece Braciola.

«Lo so, Peppe, lo so, lasciati pregare. Andiamo avanti. Ispetto', lo vedete quell'uomo in fondo a sinistra, vicino alla porta? Quello con la barba, con la faccia stralunata? Ci ho fatto amicizia, con me si è confessato. È da un mesetto che sta venendo da noi; si chiama Gabriele Barbuto, di nome e di fatto, e sta in crisi con la moglie; gli piace bere e dice che nella Parthenope ha trovato un rifugio al suo fallimento. E poi ci sta quella bella donna al centro della sala, la vedete? È vestita elegante, tailleur rosso. Si fa chiamare Lola. Quella viene qua pecché ha perzo 'a capa per mio figlio Peppe».

«Ma quando mai!» ruggì Braciola.

«È così, e tu lo sai. Zorro mi è testimone». Il cane unì le zampe anteriori. «Tutte le volte che le porti il piatto a tavola, ti fa gli occhi zuccherosi. "Peppe di qua, Peppe di là, Peppe su, Peppe giù, Peppe cucini una favola, Peppe sei un bijou". Una volta t'ha pure accarezzato la mano e ti ha chiamato "patatino"».

«Ispetto', non gli date retta».

«Indagherò per scoprire chi dice la verità» giocherellò Scapece, che nel frattempo aveva ingurgitato il baccalà, le patate, le cipolle e l'alloro. E s'era fatto anche la scarpetta.

«Peppe, tu sei maggiorenne, puoi fare quello che vuoi».

«Grazie, padre».

«Ispetto', vi ho fatto la testa quadrata» disse Nonno Ciccio. «Potrete pensare che io sia un antiquato, un nostalgico, ma comprendetemi: vengo da una generazione lontana, e certi fatti odierni li accetto fino a un certo punto. I valori di un tempo nun esistono cchiù. 'A famiglia, 'o rispetto, l'onore, il dialogo. A proposito di famiglia, lo vedete quel giovanottone che sta servendo ai tavoli? Quello col mantesino davanti. È mio nipote Diego, figlio di mio figlio Peppe qui presente. Gli piace dormire, però allo stesso tempo è sveglio e tiene 'na mente matematica da premio Nobbèl. È bravo nelle cose manuali. Ci avete fatto caso a questa cordicella rossa appesa sopra alle nostre teste? L'ha messa lui, sotto la mia direzione. Ha fatto un lavoretto a mestiere».

«L'ho notata» attestò Scapece. «E ho visto che laggiù, vicino all'ingresso, ci avete appeso i Re Magi e un Gesù Bambino».

«Sì. Ogni giorno li sposteremo in avanti di un'esatta misura di centimetri, così il Bambinello atterrerà sul presepe la notte di Natale, mentre i Re Magi ci arriveranno per la Befana. Diego, vieni un momento qua!».

Con quattro falcate, il figlio di Peppe raggiunse il nonno.

«Diego, ti presento l'ispettore di polizia Scapece Giovanni».

«Molto piacere» fece il ragazzo stendendo una manona che era il doppio di quella dell'ispettore.

«Diego, spiega di quanto devono avanzare quotidianamente in proporzione le statuine, come abbiamo stabilito stamattina».

«Novantadue centimetri il Gesù Bambino e quarantanove i Re Magi».

«Domanda a bruciapelo: quanto fa quattro elevato alla quinta?».

«Semplice: milleventiquattro».

«Si' 'nu genio!» enfatizzò Nonno Ciccio battendo la punta del suo bastone sul pavimento.

«Diego è campione regionale di Risiko» comunicò Peppe.

«Veramente?» esclamò Scapece. «A me il Risiko piace tantissimo. Magari organizziamo una partita».

«Non mettete niente in palio, ispetto', perché la perdete di sicuro» avvisò Nonno Ciccio. «Va', Diego, torna al tuo lavoro. E dici con gentilezza a madama Lola di non agitarsi troppo col culetto sopra alla sedia, ché ce la scassa».

Peppe si mise una mano sulla faccia.

Diego andò a riferire alla signora.

«Siete una bellissima famiglia» fece l'ispettore.

«Aspettate, non avete ancora conosciuto il pezzo forte della casa» disse Nonno Ciccio. «Peppe, dove sta Isabella?».

«In cucina. Sta facendo compagnia a Bettina e a Cristina».

«Valla a chiamare, presentiamo pure lei all'ispettore. Poi mancherebbe tua moglie Angelina, ma quella è meglio tenerla da parte, per il momento. L'ispettore potrebbe spaventarsi».

Quando Isabella sbucò dalla cucina insieme al padre, Scapece si ricordò di una scena del film *Chi ha incastrato Roger Rabbit*. Quella in cui la *femme fatale* Jessica dice al detective privato Eddie Valiant: «Io non sono cattiva; è che mi disegnano così».

La figlia di Peppe era uno splendore. Capelli sciolti sulle spalle, un jeans attillato infilato in un paio di stivali alti di camoscio, un pulloverino turchese corto. E il sorriso abbagliante.

Per presentarsi, l'ispettore si alzò di scatto e urtò il Greco di Tufo. La bottiglia si rovesciò e il vino finì sulla tovaglia e per terra, con grande godimento di Zorro che lo leccò fino all'ultima goccia.

«Sono mortificato...» sussurrò Scapece.

«Tranquillo, ispetto', porta fortuna» fece Nonno Ciccio. «Avete visto che meraviglia di nipote?».

«Mio nonno mi vuole troppo bene» minimizzò Isabella. «Ispettore, lei lavora nel commissariato qui di fronte?».

«Sì» rispose Scapece, in stato di trance.

«Si sta occupando del delitto di via Orazio?».

«Sì» ripeté Scapece.

«Le piacciono le nostre proposte gastronomiche?».

«Sì».

Nonno Ciccio intervenne a modo suo: «Ispetto', vi siete imbambolato? Vi si è seccata la gola? Peppe, va' a piglia' 'o limoncello!».

Nella pancia di Scapece le patate e il baccalà si rallegrarono per l'imminente opportunità di prendersi una sbronza.

11
Uno stomaco di ferro

Gianni Scapece per gli ospedali nutriva una profonda antipatia. Non ne sopportava gli odori, che entravano nelle narici, impregnavano i vestiti e non andavano più via; odori di medicinali, disinfettanti, malattie. Non gradiva i colori delle camere di degenza, dei corridoi, delle corsie; colori che spesso si riducevano al grigio cenere e al lavanda malinconia. Sentiva una stretta al cuore quando entrava nei reparti in cui le cure riuscivano a stento a tenere il passo delle sofferenze.

Da tempo era giunto a una conclusione: "Negli ospedali la vita e la morte si mettono sempre d'accordo per pareggiare i conti".

Suo padre Nicola prima di morire aveva trascorso un lungo ricovero in una clinica oncologica, e lui, insieme alla madre, s'era fatto in quattro per stargli vicino. Appena riusciva a ritagliarsi mezza giornata di libertà, saliva sul primo treno in partenza da Roma per Napoli e correva a tenergli compagnia. Gli leggeva qualche brano di un libro, gli rivelava particolari delle sue attività investigative, si faceva raccontare storie e leggende legate al mare, a Mergellina, alla sirena Parthenope e alle sue sorelle Ligea e Leucosia. Sapeva che il genitore stava attraversando l'ultimo tratto della sua esistenza. I medici avevano concesso poche speranze; il cancro era in uno stadio troppo avanzato.

«Gianni, io me ne sto andando. Fatti forza. Tu e tua madre siete stati per me quanto di più bello io potessi avere dalla vita. Cammina sempre a testa alta. E sii fiero di essere figlio di questa città».

Erano state le parole che il padre gli aveva detto allo stremo delle forze, con un filo di voce. Scapece se ne ricordò mentre con il suo scooter percorreva uno dei viali della cittadella ospedaliera del Secondo Policlinico. Era diretto all'istituto di medicina legale, dove aveva appuntamento con Ennio Lucignano, l'anatomopatologo che aveva eseguito l'autopsia sul corpo di Amedeo Caruso.

Il medico, in camice verde e con una cartellina sottobraccio, lo accolse in una stanzetta spoglia, gelida, arredata con un tavolo in fòrmica, due sedie e tre armadietti di metallo.

«Ispettore, la ricevo qui perché sto facendo alcuni esami autoptici e non mi è possibile allontanarmi per raggiungere la mia stanza, che si trova in un altro edificio del Policlinico» si giustificò Lucignano.

«Non c'è problema, dottore. Lei comprenderà l'urgenza di acquisire notizie utili per l'indagine».

«Sì, il commissario Improta mi ha chiarito tutto. Mi è già capitato di offrire agli inquirenti la mia collaborazione subito dopo un delitto. Sediamoci, così le spiego».

Presero posto su un lato del tavolo.

«È mio dovere precisare che quanto le dirò rappresenta un'informativa di massima» fece il medico aprendo la cartellina, che conteneva alcuni fogli su cui erano stampati appunti e immagini. «Consegnerò il verbale fra qualche giorno, e lì ci troverete i dettagli emersi dall'autopsia. Però sono in grado di fornire fin d'ora, con un margine di approssimazione ristretto, alcuni dati sui quali mi sono confrontato con il medico legale che ha esaminato la salma nell'appartamento di via Orazio. Prima di tutto si può ritenere, con una certezza quasi assoluta, che Caruso sia deceduto per i colpi ricevuti al capo. Gli impatti hanno interessato l'area sinistra dell'osso parietale e, in minima parte, l'osso temporale. I due fori di entrata, distanti fra loro poco più di dieci centimetri, avevano un diametro di circa tre centimetri. L'oggetto che li ha causati è penetrato nella scatola cranica generando forti emorragie. Ecco, guardi queste foto scattate da un mio assistente».

L'anatomopatologo prese dalla cartellina alcune immagini e le esibì all'ispettore.

«Avevo pensato anch'io che Caruso fosse morto per le botte alla testa» disse Scapece.

«Lei ha visto il cadavere?».

«Sì, sono arrivato sul posto dopo l'allarme lanciato dai vicini di casa».

«La coltellata è intervenuta in una fase successiva» proseguì Lucignano. «La lama, lunga venti centimetri e molto affilata, è penetrata per intero. Ha attraversato il muscolo trapezio e la cassa toracica ed è giunta fino al cuore. Considerando l'età e il tono muscolare della vittima, il colpo è stato vibrato con una forza notevole. O addirittura l'assassino si è appoggiato su Caruso con tutto il peso e gli ha conficcato il coltello nella schiena».

«L'assassino aveva colpito violentemente Caruso alla testa. Che bisogno c'era della coltellata?».

«Forse non era sicuro che il ragazzo fosse già deceduto» ipotizzò il medico. «O magari il coltello faceva parte della scenografia che ha creato post mortem, con la padella sotto i genitali e i peperoncini sui glutei».

«Ha rilevato segni di violenza sessuale?».

«No».

«A che ora è avvenuto il decesso?».

«Comparando i risultati dell'autopsia con i rilievi fatti dal medico legale, c'è uniformità di valutazione: Amedeo Caruso è stato ucciso fra le due e le tre del mattino».

«Nel corpo ha riscontrato la presenza di sostanze alcoliche o stupefacenti?».

«Dobbiamo attendere i risultati degli esami ematici e tossicologici. C'è però un particolare evidente che mi fa pensare all'abuso di alcol: Caruso aveva una steatosi epatica; in pratica, il suo fegato era colmo di grassi».

«Che cosa ha usato l'assassino per colpirlo alla testa? Un martello?».

«Un oggetto appuntito, di metallo, o comunque di un materiale duro e compatto. Il fatto singolare è che le due ferite hanno la stessa profondità, quasi sette centimetri, e sono entrambe oblique».

«Oblique?».

«Sì, hanno la stessa inclinazione, ma sono divergenti. All'interno dell'encefalo una va verso sinistra e l'altra verso destra. È probabile che il colpo sia stato uno solo, e che sia stato inferto con uno strumento a forma di vu, a doppia punta. Sul luogo dell'omicidio non lo avete trovato?».

«No».

L'anatomopatologo arricciò il naso. «Questo significa che l'assassino ha uno stomaco di ferro. Non solo ha estratto dalla testa di Caruso l'arma del delitto ma se l'è anche portata con sé, con la materia cerebrale che c'era attaccata sopra».

Scapece ebbe un moto di ribrezzo e rimase sovrappensiero per alcuni secondi.

«Spero di non averla turbata» fece Lucignano.

«No, dottore, no. Stavo riflettendo su una cosa: lei prima ha detto che è probabile che l'assassino abbia adoperato uno strumento a doppia punta, esatto?».

«Esatto».

«Allora mi scusi un attimo...». L'ispettore prese il suo smartphone, fece una ricerca su Google, cliccò su una foto e girò il display verso il medico. «Potrebbe essere questo l'oggetto che ha usato?».

«Potrebbe» confermò il medico fissando l'immagine. «Dovrei approfondire. La conformazione sembra compatibile con le ferite letali al capo».

«*Quanto* compatibile?».

«Molto».

12
Per una curiosità

"Non c'è due senza tre" si disse Scapece parcheggiando lo scooter davanti alla palazzina di via Orazio 190.

Per la terza volta si recava nell'edificio in cui era stato assassinato Amedeo Caruso. Dopo l'incontro con l'anatomopatologo, nella mente gli era balenata un'idea. Poco più di un'intuizione, ma valeva la pena di fare una verifica.

«Ispettore, ci si rivede!» disse il portinaio.

Scapece accennò un sorriso. «Come va, signor Fabozzi?».

«Male, malissimo».

«Perché?».

«Stamme assediati dai giornalisti e dai fotoreporter. Non so quante interviste m'hanno fatto. Domandano le cose più impossibili. Vogliono sapere vita, morte e miracoli di Amedeo. Scattano foto, so' invadenti, provocano. M'hanno pure offerto dei soldi per vedere la stanza dove è stato ucciso. Siamo diventati famosi, ma in negativo. Ieri pomeriggio il colmo: è arrivato un fruttivendolo ambulante e pretendeva di piazzarsi qua davanti con un Apecar per vendere trecce d'aglio e peperoncini a mazzetti. Ho dovuto cacciarlo a male parole».

«Ha fatto bene».

«Come mai questa visita, ispettore? Dovete salire all'appartamento?».

«No, sono venuto per una curiosità».

«Ditemi».

«Chi cura gli spazi verdi del condominio?».

«Io» dichiarò Fabozzi battendosi una mano sul petto.

Scapece lo guardò con stupore. «Lei? Non vi rivolgete a un giardiniere?».

«No, me ne occupo personalmente. Le piante non vi sembrano in buone condizioni?».

«No, anzi. Sono in buonissime condizioni».

«Io, oltre a fare il custode, eseguo lavoretti vari. Riparazioni elettriche e idrauliche, tinteggiature, piccoli interventi di carpenteria. Tengo 'na certa praticità. E quando serve, metto a posto le aiuole e il giardino che sta dietro al palazzo. Tolgo le erbacce, faccio le potature, annaffio, semino, metto il concime».

«E per fare queste belle cose, utilizza degli strumenti?».

«Sì, li tengo dentro alla casetta degli attrezzi».

«Posso vederli?».

«Certamente. Vi posso domandare il motivo?».

«Così, per una curiosità...».

Dietro le lenti, gli occhi di Fabozzi si fecero piccoli piccoli. «Ispetto', è la seconda volta che dite "per una curiosità". Mi state nascondendo qualche cosa?».

Scapece glissò sulla domanda: «No, niente. Andiamo a controllare».

Tramite un vialetto, il portinaio condusse l'ispettore nell'area retrostante l'edificio, dove c'erano alberi di arance e di limoni, agavi e arbusti sempreverdi. Al centro, una vasca da cui si ergeva una riproduzione, di dimensioni ridotte, della Fontana della Sirena.

"Che coincidenza" pensò Scapece.

«Venite» fece Fabozzi dirigendosi verso un angolo del giardino, dove si trovava una piccola costruzione in muratura con il tetto spiovente ricoperto di tegole.

Il portinaio girò la maniglia della porticina d'ingresso, accese una luce al neon e fece entrare l'ispettore. L'ambiente era ingombro di materiali e attrezzature da lavoro. Secchi di vernice, pennelli, rastrelli, ramazze, tenaglie, martelli, cacciaviti, una vanga, un tosaerba, cavi elettrici, un trapano, chiodi e viti di ogni misura. Sembrava un negozio di ferramenta in formato mignon.

«Qua ci ho tutto quello che mi occorre» disse il portinaio. «Ultimamente all'avvocato Orlando del secondo piano s'è appilato il lavandino del bagno grande, perché il figlio maschio, che è 'na peste, ci ha buttato dentro 'na pallina. So' salito e in una mezz'oretta gli ho risolto il problema».

Scapece, concentrato a guardarsi attorno, gli fece cenno di stare zitto, si accostò a un ripiano e gridò: «Eccola!».

«Che cosa?» chiese Fabozzi cambiando espressione.

«È lei, proprio lei!».

«Lei chi?».

«La zappetta. La zappetta bidente».

Un attrezzo per il giardinaggio, con una piccola forca da un lato e una lama squadrata dall'altro; la prima serviva a estirpare le erbacce, la seconda a smuovere il terreno. Scapece l'aveva notato nelle serre in cui andava a comprare le sue piantine e se n'era ricordato durante il colloquio con l'anatomopatologo.

«Ispetto', e per una zappetta urlate in questa maniera?» disse il portinaio. «Che avete visto, il demonio?».

«Peggio».

«E che vi ha fatto 'sta povera zappetta? Quella è così utile. Mi serve per scavare la terra nelle aiuole e per seminare qualche fiore...».

Fabozzi stese un braccio per afferrare l'attrezzo.

«Fermo!» ordinò Scapece. «Non la tocchi!».

Il portinaio rimase con l'arto a mezz'aria. «Maronna mia bella, e che è? È difettosa?».

«Di più!».

«È contaminata?».

«Peggio!».

«Ha ammazzato a qualcuno?».

L'ispettore fissò Fabozzi come una moglie fissa il marito dopo averlo sorpreso a fare la pipì fuori dalla tazza.

«Cooome?!».

Il portinaio sbiancò. «Ispetto', non mi guardate così, mi mettete paura. Che cosa ho detto di sbagliato?».

«Cosa ha detto di sbagliato? Ha collegato la zappetta a un assassinio».

«Chi, io?».

«Sì, lei. Mi ha chiesto se la zappetta ha ammazzato qualcuno».

A Fabozzi scappò un risolino forzato. «Ma era 'na cosa tanto per dire. Vi pare che 'na zappetta può uccid...». Il portinaio si coprì la bocca con una mano. «State pensando che... che 'sta zappetta tiene a che fare con... con la morte di Amedeo? È questo che... che volete dire?».

«Veramente lo sta dicendo lei, non io».

Fabozzi volse i palmi in avanti. «Io non ho fatto niente!».

«La sto forse accusando di qualcosa?».

Il portinaio si fece ancora più piccino di ciò che era. «Io sono innocente, ve lo giuro! Chiamiamo la polizia!».

«La polizia sta già qua. Sono io la polizia».

«Ah, è vero...».

«La vedo troppo nervoso, signor Fabozzi. Usciamo da qui».

L'ispettore fece sedere il portinaio sul bordo della vasca e gli si piantò davanti. «Quando è stata l'ultima volta che ha usato la zappetta?».

«Non me lo ricordo, ispetto'... Devo fare mente locale...».

«Faccia 'sta mente locale e me lo dica».

«'Na settimana fa» disse Fabozzi dopo aver riflettuto. «Sì, sì, è capitato 'na settimana fa».

«E cosa ci ha fatto?».

«M'è servita per seppellire un piccione».

«Come?».

«Ho trovato un piccione morto qua nel giardino. Ho preso la zappetta, ho fatto 'na buca sotto a un albero di limoni, quello là nell'angolo, ho messo il piccione dentro alla buca e l'ho sepolto».

«Chi ha accesso alla casetta degli attrezzi?».

«In teoria solo io. Nella pratica chiunque, perché la porta non tiene un catenaccio. Ma penso che nessuno ci è mai entrato. E nessuno ci ha mai rubato».

«Forse nella notte fra giovedì e venerdì qualcuno ci è entrato. Lei ne sa qualcosa?».

Fabozzi rimise le mani avanti. «Io sono innocente! Non ho fatto niente!».

«Non si agiti. E resti qui».

Scapece si allontanò di qualche passo e chiamò Improta: «Credo di aver trovato l'arma del delitto».

«Non muoverti di lì, Gianni» gli disse il commissario dopo essersi fatto raccontare i particolari della scoperta. «Faccio venire qualcuno della Scientifica».

Conclusa la telefonata, Scapece udì una voce dietro di sé: «Caro ispettore, è un piacere rivederla». Era l'ex capitano di vascello Guido Pappalepore, con una busta fra le mani. «È venuto a cogliere le arance del nostro giardino? Sono buone, sa? Io ci faccio delle belle spremute. Fanno bene alla salute. Pasquale, e tu che ci fai sulla vasca?».

«Rifletto, capita'» rispose Fabozzi.

«Bravo, rifletti. Pure la riflessione fa bene alla salute».

«E lei che ci fa qua?» domandò Scapece.

Pappalepore estrasse dalla busta il modellino di una nave a remi con le vele spiegate. «Ho portato Odisseo a fare visita alla sua sirena».

«Cosa?».

«Questa è la riproduzione dell'imbarcazione del re di Itaca. Lui sta qui, guardate». Sul modellino c'era un Ulisse in miniatura legato all'albero maestro. «Ora sistemo la barca sulle onde della vasca e la faccio circumnavigare attorno a Parthenope. Faccio questa operazione ogni mese, da undici anni. Fra nove anni la interromperò».

«Perché fra nove anni?» chiese Scapece per assecondare le paranoie dell'ex capitano.

«Perché undici più nove fa venti. E come narra Omero, Odisseo si ripresentò nella sua isola dopo vent'anni di accidenti e peripezie».

«Giusto» fece l'ispettore sollevando un pollice.

I due agenti della Scientifica che intervennero per prelevare la zappetta e scattare foto nella casetta degli attrezzi trovarono Scapece e Fabozzi intenti ad ammirare Pappalepore che con potenti soffi gonfiava le vele della nave e la faceva navigare intorno alla sirena.

«Che sta facendo quel tizio?» chiese uno di loro all'ispettore.

«Sta aiutando Ulisse a tornare da Penelope. Un'impresa mica facile: ci vorranno altri nove anni per finirla».

«Interessante...» fece l'agente, indeciso se considerare più matto Scapece o Pappalepore.

13
Uno spettacolo

«Io non mi faccio capace: come fanno certe persone a volere la morte degli altri in una città così bella?» si chiese Improta lanciando un occhio goloso a una graffa fritta che un cameriere gli aveva appena messo davanti. «Napoli non merita di essere macchiata dal sangue; Napoli vuole colorarsi di gioia. Sembra 'na banalità; io invece penso che sia una considerazione giustissima».

«Commissario, lei è un sognatore» disse Scapece conficcando una forchettina in una fetta di torta caprese. «Il panorama la sta ispirando?».

La coppia investigativa aveva deciso di concedersi una pausa dolciaria in uno chalet di via Caracciolo, dalle cui vetrate si scorgevano il Vesuvio, il molo Luise e le imbarcazioni ormeggiate nel porticciolo di Mergellina.

«Gianni, la questione non è essere sognatori o meno. Io in tanti anni di carriera ne ho viste e ne ho sentite tante. Eppure, anche quando ho avuto a che fare con delitti che in qualche modo avevano una giustificazione, un minimo di spiegazione logica, il male non l'ho accettato in nessun modo. Il male non dovrebbe far parte di questo mondo; è al di fuori di ogni sistema di valori».

«Se la pensa così, le devo presentare Francesco Vitiello».

«Chi è?».

«Il fondatore e soprintendente della Parthenope, la trattoria che sta di fronte al nostro commissariato».

«L'ho notata. Ci sei stato?».

«Sì, già quattro volte. Si mangia divinamente. E i proprietari so' spassosi assai».

«Magari uno di questi giorni ci vado insieme a mia moglie».

«Vi accompagnerò io».

«E che tipo è questo Vitiello? Perché me lo vuoi presentare?».

«Perché le assomiglia».

«Nel senso che è bruttariello come me?».

Scapece dribblò l'argomento: «Mi riferivo al modo di pensare. Quanto all'estetica maschile, non me ne intendo».

«Eh, lo so» fece Improta sfrattando con le dita i granelli di zucchero che la graffa gli aveva lasciato sulla giacca. «Tu te ne intendi solo di estetica femminile. Tu e le donne siete come la parmigiana con le melanzane: indivisibili. Quando ieri m'hai chiamato da via Orazio, hai accennato a un abboccamento "quasi erotico". Che volevi dire?».

«Avevo appena avuto un incontro ravvicinato con una condomina del palazzo. 'Na sventola. M'ha ricevuto con una vestaglia trasparente addosso. Sotto teneva solo 'na mutandina e un reggiseno; di pizzo rosso».

«Non dirmi che...».

«No, commissario, non sono andato oltre. Quando sto in servizio faccio il bravo».

"Che bugiardo!" gli mormorò nella zucca lo spiritello buono.

"Che recitazione!" disse lo spiritello furbetto.

«Seeeh, t'avrei voluto vedere» fece Improta, che poi entrò nei panni del buon padre di famiglia: «Gianni, ti devi sistemare. Sei un uomo fatto, i quarant'anni li hai superati, e tieni pure 'na casa di proprietà. I tuoi genitori, sia benedetta l'anima loro, non ci stanno più. Che aspetti?».

Scapece scrollò le spalle. «Non riesco a decidermi».

«Perché pensi solo a scopare. E perché non ti è ancora capitata la donna giusta, quella che ti fa perdere la testa e tiene a freno i tuoi bollenti spiriti. Guardati meglio attorno: ci stanno tante ragazze serie e in gamba».

«Questo è vero. Una l'ho conosciuta ieri sera: è proprio la nipote di quel Francesco Vitiello che le ho nominato prima. Uno spettacolo di donna, commissa'».

«E muoviti, allora».

«Uno spettacolo di donna...» ribadì l'ispettore guardando attraverso le vetrate come se fosse sotto ipnosi. «Un vero spettacolo... Uno spettacolo incredibile...».

«Ho capito, Gianni, non ripetere come un pappagallo».

«Mi aspetti qui!» esclamò di botto Scapece saltando all'impiedi, senza dare il tempo a Improta di afferrare cosa stesse accadendo.

Velocissimo, l'ispettore corse fuori e gridò: «Isabella!».

La figlia di Peppe, che stava camminando sul marciapiede accanto alla scogliera, si girò e lo riconobbe. «Ispettore!».

Con passo sciolto e disinvolto, Scapece la raggiunse. «Buongiorno. Come mai da queste parti?».

«Ho staccato un attimo dal lavoro e sto andando in trattoria».

«Lei lavora qui vicino?».

«Sì, in via Posillipo. In un laboratorio di analisi».

«Io ero di fronte, nello chalet, e l'ho vista passare».

Isabella abbassò la voce. «È appostato per catturare qualche delinquente?».

«No, un semplice break con il mio commissario. Venga, glielo presento».

Al cospetto della chioma rossa e del sorrisone di Isabella, Improta sentì rallentarsi il respiro. «Onorato» disse facendole il baciamano.

«È un piacere» rispose lei. «È la prima volta che conosco un commissario di polizia».

«Onorato» ribadì Improta senza scollarle lo sguardo di dosso.

Scapece spezzò l'incantesimo: «Isabella, sul mio superiore sta producendo lo stesso effetto magnetico che ha prodotto ieri sera su di me».

Il commissario riaccese i circuiti cognitivi. «Lei ha un fascino irresistibile. Stavamo appunto parlando di lei».

«Di me?» si sorprese Isabella.

Scapece intervenne a gamba tesa per evitare che Improta rivelasse particolari imbarazzanti: «In un certo senso sì. Stavamo parlando della sua famiglia e della Parthenope. Uno di questi giorni porterò a mangiare da voi il commissario e sua moglie».

«Sarà una gioia accogliervi».

«Vuole accomodarsi con noi?» domandò Improta.

«No, grazie» fece Isabella. «Ho una certa premura. Insieme a papà devo organizzare una sorpresa a mamma per stasera, poi devo rientrare al lavoro».

«Brava» sancì il commissario. «Prima il dovere e poi il piacere. Scapece, prenda esempio. E ora faccia il cavaliere e riconduca la signorina alle sue occupazioni».

«Sfizioso, il suo commissario» disse Isabella sul marciapiede davanti al locale.

«È una persona affabile e alla mano» testimoniò Scapece. «Lavorare con lui è una gioia. Sto cominciando un po' a considerarlo come un padre».

«Mio nonno mi ha raccontato delle disgrazie che l'hanno colpita...».

«Sì, quattro anni fa ho perso entrambi i genitori».

«Mi dispiace» fece Isabella poggiando una mano su un avambraccio dell'ispettore. «Quando tornerà in trattoria?».

«Quando ci sarai anche tu... Oh, mi scusi, mi è scappato... Le ho anche dato del tu...».

«Hai fatto bene. Oh, mi perdoni, è scappato anche a me...».

Risero.

«Allora è andata: diamoci del tu» concluse Scapece. «Buona giornata, e salutami tuo padre, tuo nonno e Diego. E pure Zorro».

«Servirò» fece Isabella lanciandogli un bacio con una mano.

«Gianni, tu questa ragazza non devi fartela scappare» disse Improta quando l'ispettore tornò al suo posto. «È un pezzo di guagliona. Positiva e genuina. Se avessi venti, venticinque anni di meno, farei l'impossibile per conquistarla».

«Mi sforzerò».

«Devi! Mo' però torniamo a noi e parliamo dell'indagine. 'Sto Fabozzi, il custode, può essere implicato nel delitto?».

«Non sembrerebbe, commissario. All'apparenza è un fessacchiotto; però, lei mi insegna, le apparenze ingannano. Non possiamo metterlo sotto torchio fino a quando non ci arrivano i risultati delle analisi sulla zappetta. E anche in quel caso, se dovessero dirci che sull'attrezzo ci sono tracce di sangue e di materia cerebrale della vittima, non potremmo considerarlo responsabile».

«Sì, perché può darsi che l'assassino abbia usato e rimesso a posto la zappetta per spostare la colpevolezza su di lui».

«Infatti sulla forca dell'attrezzo ho notato delle macchioline. L'omicida le avrà lasciate di proposito».

«Abbiamo altri sospettati?».

«Il padre della vittima. Un uomo ambiguo. Aveva un grande risentimento verso il figlio. Lo considerava un degenerato; per lui era come se non esistesse più. Amedeo era andato a chiedergli dei soldi e lo aveva minacciato di morte. Nulla toglie che Ludovico Caruso abbia mandato qualcuno a eliminarlo».

«Io intanto ho chiesto a due dei nostri di acquisire informazioni sugli usurai della zona» comunicò Improta. «Se Amedeo era finito tra le grinfie degli strozzini e non poteva più restituire il denaro, potrebbero aver deciso di fargliela pagare cara».

«E poi c'è la faccenda della persona che è stata con Amedeo prima del delitto. Le consiglierei, commissario, di contattare qualche giornalista e di comunicargli che stiamo cercando uno sconosciuto che nella notte fra giovedì e venerdì ha accompagnato la vittima a casa con una Bmw. Facciamo girare la notizia sul web, soprattutto sui social, e vediamo se qualcuno viene allo scoperto».

«Buona idea. Lo farò tra poco, appena torno in ufficio».

«Io invece stasera vado in un discopub».

«A ballare?».

«No, a lavorare. Vado al Moby Dick, il locale dove c'è stata la rissa in cui è rimasto coinvolto Amedeo. Magari trovo qualche indizio».

«Non fare tardi».

«Anche se volessi, non potrei: oggi è lunedì, il Moby Dick funziona solo come pub. Ho chiamato la titolare, mi aspetta».

«Ah, la titolare è femmina? Non allargarti troppo».

«Agli ordini».

«Mo' andiamo. Le scartoffie mi attendono».

Nelle ultime ore c'era stato un calo delle temperature. Dal mare arrivava un vento gelido.

Scapece e Improta si sollevarono i baveri dei loro giacconi e si diressero verso via Mergellina.

Dalla veranda di un ristorante, qualcuno li guardò con attenzione e abbozzò un ghigno.

14
Vamos a comer!

Alle venti in punto Peppe Vitiello, riparato da un maxi piumino che lo faceva sembrare ancora più voluminoso di ciò che era, con un berretto di lana calato fin sopra le orecchie e un contenitore da trasporto sottobraccio, dal corso Vittorio Emanuele svoltò in via Fedro e percorse col fiato corto gli ultimi cento metri che lo separavano dal palazzo in cui abitava con moglie e figli. Nello stesso edificio viveva suo padre, insieme a Zorro.

Braciola appoggiò la confezione sul cofano di un'auto in sosta e col telefonino chiamò Isabella.

«Via libera?».

«Via libera» gli rispose la figlia.

«Lascia la porta socchiusa».

Con l'ascensore salì al terzo piano, spinse la porta di casa senza far rumore, diede in custodia il contenitore a Isabella, si tolse il piumino, sostituì il berretto con un cappello rosso a punta e si diresse verso il soggiorno.

Come di consueto, sua moglie era davanti alla tv. E tanto per cambiare stava guardando un film horror, *Ghost House*.

Silenzioso come un ninja, Peppe le arrivò alle spalle e gridò: «Cucù, setteté!».

Angelina non reagì.

Peppe ritentò con un «Bubù, setteté!».

Nessuna reazione.

«Cucù e bubù, setteté setteté!».

Niente.

«Sarà morta?» chiese a Isabella.

Al rallentatore, Angelina ruotò il capo e sussurrò un «Oh, Peppe» di misurata meraviglia.

«Sei viva!».

«Che ci fai qua a quest'ora?».

«Ho voluto farti 'na sorpresa».

«Ah...».

«Babbo Natale è arrivato in anticipo. Così non potrai più dire che faccio sempre tardi».

«Ah...».

«Che entusiasmo. Jamme, stuta 'a televisione e mettiamoci a tavola. Stasera ceniamo insieme. Io, tu e Isabella. Diego l'ho lasciato in trattoria a servire ai tavoli al posto mio».

Angelina tornò a fissare lo schermo. «Non se ne parla proprio. Devo finire di vedermi il film».

«A che ora finisce 'sto film?».

«È iniziato da cinque minuti».

Per la disperazione, Peppe si batté le mani sulle gambe.

«Dài, mamma, accontenta anche me» implorò Isabella. «Non so da quanto tempo non mi siedo a tavola con te e papà. Il film te lo vedi un altro giorno».

«E vabbuo'» si risolse Angelina spegnendo il televisore. «Ma che ci mangiamo? Io non ho preparato niente».

«Ho portato tutto io» fece sapere Peppe. «Isabe', apparecchia».

«Alt!» ruggì Angelina. «Chi ha cucinato?».

Peppe si aspettava il quesito e rispose sicuro: «Bettina e Cristina».

«Tu e tuo padre ci avete messo le zampe?».

«Giammai» mentì Peppe. «Abbiamo solo osservato».

«E che hai portato?».

Conoscendo i gusti complicati della moglie, Braciola si era premunito. «Tre varietà di primi. Proposta number one: pasta e fagioli con le cotiche».

«Te si' 'mparato l'inglese?».

«Yes, Madam. Abbiamo una clientela mondiale, dobbiamo adeguarci».

«La pasta e fagioli con le cotiche nun me piace» fece Angelina.

«No problem: me la mangio io. Proposta number two: risotto al nero di seppia».

«Nun me piace».

«No problem: se lo mangia Isabella. Proposta number three: pignatiello di gnocchi alla sorrentina».

«Questi mi piacciono».

«Ottima scelta, mia gentile consorte. Passiamo ai secondi. Tenemos tres opciones».

«Conosci pure 'o spagnolo?».

«Ciertamente. Te l'ho detto: siamo internazionali. Opción número uno: salsicce con friarielli».

«Quelle te le mangi tu».

«Infatti me le pappo io. Opción número dos: carne alla pizzaiola».

«No».

«Aggiudicata a Isabella! Opción número tres: calamari 'mbuttunati».

«Questi sì».

«Está bien: aggiudicati ad Angelina! Mettiamoci a tavola. Vamos a comer!».

Angelina divorò il primo piatto in un nonnulla. Gli gnocchi erano una delle poche pietanze che gradiva; quando ne aveva voglia, li preparava lei stessa in casa.

Tra un fagiolo e una cotica, Peppe fece un paio di volte l'occhiolino a Isabella, raggiante per essere riuscita, con la complicità del padre, a strappare Angelina al torpore. I genitori erano per lei, insieme a Nonno Ciccio, un punto di riferimento imprescindibile; in ogni difficoltà piccola o grande che aveva dovuto affrontare nella vita, se li era sempre trovati accanto, pronti a difenderla e a proteggerla.

«Angeli', che dici, dopo le feste ci vogliamo fare un bel weekend da qualche parte?» propose Peppe. «Un venerdì, un sabato e 'na domenica. Ci portiamo anche i ragazzi, se vogliono venire».

«No, papà, andateci voi due da soli» ribatté Isabella. «Io e Diego ti sostituiamo in trattoria».

Angelina si mostrò interessata. «Dove vorresti andare?».

«Sulla neve, per esempio. Ci siamo stati solo 'na volta tanti inverni fa, a Roccaraso. Ti portai sulla seggiovia e stavamo precipitando in un burrone. Ci bevemmo mezzo litro di grappa e facemmo a botte con l'istruttore di sci. E ti ricordi la foto che ti feci vicino a quel pupazzo di neve? Eravate tali e quali».

«No, io ero più colorita».

Peppe applaudì. «Grande battuta, Angeli', grande battuta. Quando ti ci metti d'impegno, sei irresistibile».

«Non sfottermi. 'A neve non mi attira. Mi piacerebbe un posto più caldo».

«Andate in Sicilia» consigliò Isabella.

Braciola e Angelina la trovarono una buona idea.

«Sicura che tu non vuoi venire?» chiese lui alla figlia.

«Sicura, pa'».
«Devi uscire con l'ispettore Scapece?».
«Ma se lo conosco appena...».
«Chi è questo ispettore Scapece?» si intromise Angelina.
«Quello di cui t'ho parlato l'altra sera» spiegò Peppe. «Un nostro nuovo cliente. Fatica nel commissariato dirimpetto alla trattoria; sta facendo le indagini sull'omicidio di via Orazio. Dovresti conoscerlo: è un uomo educato e affascinante. Quando ieri sera ha visto Isabella, gli è venuta 'na paresi».
Angelina strinse una mano della figlia. «Isabella è un fiore più unico che raro; tiene 'na bellezza e 'na bontà d'altri tempi. Lasciamo fare a lei. Quanto a questo ispettore, è meglio che si sta attento».
«In che senso?».
«Non hai detto che sta indagando sul delitto di via Orazio?».
«Sì».
L'espressione e la voce di Angelina si fecero tenebrose. «Allora deve starsi attento. Non poco, ma assai».
Isabella sentì un brivido lungo la schiena. «Perché, mamma?».
«A furia di vedermi i film horror e 'na buona quantità di thriller, so' diventata 'n'esperta. E dai particolari che ho sentito dai telegiornali sull'omicidio di Amedeo Caruso, penso che l'assassino sia furbissimo e più viscidoso di una comitiva di vipere. È pronto a fare qualsiasi cosa; è cattivo, si porta il male dentro al cervello. Ucciderà ancora, ne so' convinta. Sì, ucciderà ancora. Io tengo un fiuto infallibile, non mi sbaglio. Mi potete assegnare tutti i difetti che volete, ma sulle mie percezioni non si discute».
Era vero. Angelina riusciva ad avvertire un pericolo anche quando tutto sembrava andare per il verso giusto. E fa-

ceva sogni premonitori. Come quella notte in cui, durante una visione onirica, aveva dialogato con un supereroe dalle fattezze canine, e la mattina dopo Peppe aveva trovato Zorro davanti alla trattoria.

«Angeli', te l'ho detto un sacco di volte: tu hai sbagliato mestiere» scherzò Braciola. «Invece della casalinga, avresti dovuto fare l'investigatrice».

«Eh già. Mo' passami i calamari, che faccio un'investigazione su di loro. E versami un poco di vino, così brindiamo alla salute nostra e alla faccia di tutti gli assassini».

15
Moby Dick

"O limpido spirito, tu mi hai fatto del tuo fuoco, e come un vero figlio del fuoco io te lo rendo in respiro".

La frase campeggiava su una parete del discopub Moby Dick.

«Evocativa» disse Scapece dopo averla letta.

«Melville è il mio scrittore preferito» rivelò Anna D'Ambrosio, titolare del locale. «Le persone che vengono qui devono essere animate dalla passione. Passione per la musica, per i cibi, per la vita».

«Anche per le risse?» provocò l'ispettore.

«Non è come crede» fece la donna mordendosi un labbro. «Mi segua, andiamo a parlare nel mio ufficio».

La stanza, molto ampia, aveva un che di inquietante. Dalle sedie alla scrivania, dai vasi di arredo ai posacenere, tutto era di colore nero. La stessa D'Ambrosio sfoggiava uno stile da dark lady: pantaloni e scarpe in pelle lucida, camicetta antracite, smalto bordeaux sulle unghie delle mani. L'unica nota vivace veniva dall'anello nuziale d'oro che portava all'anulare sinistro.

L'ispettore occupò una poltroncina. Nera.

«Le dà fastidio se fumo?» gli chiese la donna prendendo un portasigarette dal ripiano della scrivania.

«No, prego» rispose Scapece osservandone i movimenti nervosi.

«L'anno scorso io e mio marito, con grossi sacrifici, abbiamo investito un sacco di soldi in questo locale, rilevandone la gestione e mettendolo a nuovo da cima a fondo. Lo spiacevole episodio capitato due mesi fa è stato una batosta da cui non ci siamo ancora ripresi. Quella rissa ci ha procurato danni notevoli: più del trenta per cento della clientela è andato via. E lei può capire cosa significa in termini finanziari».

«Non me ne intendo ma posso immaginarlo».

«Decine e decine di migliaia di euro in fumo: ecco cosa significa. Per colpa di chi? Di tre balordi sfuggiti ai controlli all'ingresso. E pensare che la rissa vera e propria avvenne fuori dal locale, per strada».

«Mi racconta come si svolsero i fatti?».

«Ancora una volta?» sbuffò la donna cacciando dalla bocca una nuvola di fumo. «Dalla polizia sono già stata sentita due volte».

«E questa sarà la terza» calcolò Scapece. «Quella rissa causò il ferimento di una ragazza, e fra le persone che presero parte allo scontro c'era Amedeo Caruso, ammazzato pochi giorni fa in via Orazio. Sull'omicidio sto indagando io, e vorrei capire se l'episodio avvenuto qui può essere collegato alla sua morte».

Per assemblare i ricordi nella sua mente, Anna D'Ambrosio prese a passeggiare per la stanza. Il rumore dei tacchi delle sue scarpe assomigliava al ticchettio di una sveglia meccanica.

«Era un venerdì sera» iniziò. «Nel locale c'erano più di cinquecento persone. Amedeo venne intorno alle undici, insieme a una comitiva di amici. Lo conoscevamo, era già stato da noi altre volte, non ci aveva mai dato problemi. Andò tutto liscio fino alla mezza, quando sulla pista da ballo si sentirono delle grida. Ci furono degli spintoni, uno scambio di parolacce, un fuggi fuggi generale. Secondo le dichiarazioni dei ragazzi presenti, i tre balordi avevano cominciato a fare apprezzamenti pesanti su una delle ragazze della comitiva di Amedeo, arrivando anche a palpeggiarla. Amedeo era stato il primo a scattare in difesa dell'amica, e ne era nato un parapiglia. Prima che la situazione degenerasse, facemmo intervenire i buttafuori, che espulsero dal locale le persone che stavano litigando. Contemporaneamente chiamammo la polizia».

«Fra quelli condotti fuori c'era Amedeo?».

«Sì. All'esterno i tre attaccabrighe continuarono a provocare. Ne nacque una colluttazione, con calci, pugni e urla, e Amedeo partecipò attivamente alla rissa. Da qualche parte spuntò un coltello, e una ragazza rimase ferita a un fianco».

«Un mese di prognosi» rammentò Scapece. «E altri quattro ragazzi finiti al pronto soccorso per ematomi ed escoriazioni. Più una dozzina di fermi e identificazioni da parte dei miei colleghi. Una notte abbastanza movimentata. Signora D'Ambrosio, in tutta quella confusione notò se Amedeo fosse ubriaco?».

«Ubriaco no. Solo un po' brillo».

«Al Moby Dick gira droga?».

«Assolutamente no. Su questo siamo rigidi. Se abbiamo sentore di qualcosa che non va, prendiamo i nostri provvedimenti».

«Cioè?».

«Quando vediamo qualcuno troppo su di giri, lo invitiamo a uscire».

«Quella sera Amedeo venne qui con un gruppo di amici. E nelle precedenti occasioni?».

«Mai da solo. Si presentava soprattutto insieme a ragazze. Oppure con donne più grandi di lui».

«Dopo la rissa è più tornato?».

La signora fece passare qualche istante, prima di rispondere: «Una sola volta».

«Quando?».

«La sera del suo assassinio».

Scapece trasalì. «Cosa? È stato qui giovedì scorso?».

«Sì».

«Perché non me l'ha detto subito?».

«Perché lei non me l'ha chiesto».

«E se non gliel'avessi chiesto non me l'avrebbe detto?».

«No. La pubblicità negativa che abbiamo avuto a causa della rissa ci è già bastata. Ora vuole darci di nuovo in pasto alla stampa?».

Scapece alzò la voce. «Io non voglio darvi in pasto a nessuno! Voglio sapere cosa è accaduto ad Amedeo prima che venisse ucciso. Se lei non parla, mi impedisce di acquisire elementi che potrebbero risultare decisivi per la risoluzione del caso. Lo capisce questo?».

«Ispettore, io ho cinquantacinque anni e mio marito sessanta» disse la donna passandosi una mano tra i capelli. «Finora abbiamo svolto tante attività. Qualcuna è andata bene, altre male. Ma non ci siamo mai arresi, e quando abbiamo visto che il Moby Dick funzionava e attirava gente, ci siamo acquietati. "Finalmente abbiamo trovato la nostra dimensione" ci siamo detti. Poi è arrivata quella sciagurata sera di ottobre e il mondo ci è crollato addosso. I locali come il nostro seguono percorsi imponderabili; un giorno fanno tendenza e attirano clienti, il giorno dopo si svuotano perché la gente ha scoperto posti più attraenti. Dipende dalla moda del momento. Se a questa imprevedibilità si aggiunge una cattiva nomea, il disastro è inevitabile. Siamo indebitati con le banche e non possiamo correre il rischio di fallire».

L'ispettore si mostrò moderatamente comprensivo: «Dal punto di vista umano mi dispiace. Dal punto di vista professionale non tollero le reticenze. Lei fa il suo lavoro, io il mio. Quindi adesso mi dice cosa ha fatto Amedeo quando è venuto qui la sera del 7 dicembre».

«È arrivato intorno alle dieci. L'ho riconosciuto subito, e in un primo momento ho pensato di bloccarlo all'ingresso. Il brutto ricordo della rissa era ancora troppo forte. Poi lui mi si è avvicinato e mi ha chiesto scusa. "Non fu colpa mia, volevo difendere la mia amica" mi ha detto. Ho accettato le scuse e l'ho lasciato entrare, invitandolo a non combinare casini. Si è trattenuto nel locale fino a mezzanotte e un quarto. Uno degli addetti alla sicurezza l'ha tenuto d'occhio».

«Con chi è venuto?».

«Con un ragazzo e una ragazza che non avevo mai visto prima».

«Cosa hanno fatto?».

«Ballato, chiacchierato, bevuto qualcosa».

«Amedeo come le è sembrato?».

«Tranquillo».

«Niente di strano?».

«È uscito dal locale un paio di volte, per pochi minuti».

«Per fare cosa?».

«Immagino per fumare o per telefonare. Quando all'interno il volume della musica è alto, è difficile conversare al telefono».

«Ha lasciato il locale da solo?».

«No, con l'amico con il quale è arrivato».

«E la ragazza?».

«È rimasta qui a ballare fino a tardi».

«Questo ragazzo con cui Amedeo è andato via potrebbe avere una Bmw?».

«Non glielo so dire. Il Moby Dick non ha un parcheggio, e i clienti lasciano le auto in sosta nelle strade adiacenti».

«Avete videocamere a circuito chiuso?».

«Sì».

«Anche fuori?».

«Ce n'è una puntata sull'ingresso e sulla strada».

«Per domani può farmi avere in commissariato le registrazioni dall'arrivo di Amedeo fino a quando se n'è andato?».

«Va bene».

«Signora D'Ambrosio, la ringrazio per la collaborazione» disse Scapece alzandosi.

«Posso sperare di non ricevere altri danni d'immagine?» supplicò la donna.

«Questo dovrebbe chiederlo ai giornalisti. Per quanto mi riguarda, auguro a lei e a suo marito tutto il successo che meritate».

«"Chi non ha mai fallito in qualcosa non può essere grande". Sa chi lo scrisse, ispettore?».

«Melville, scommetto».

«Sì».

16
Il diavolo di Mergellina

Aiutandosi col bastone, Nonno Ciccio valicò le tre rampe della scala che conduceva alla chiesa di Santa Maria del Parto, la cui facciata tinteggiata di giallo faceva da contrasto al cielo grigio e nuvoloso. Si riposò per un minuto sul sagrato, poi salì i cinque gradini sotto l'arco d'ingresso, entrò nel luogo di culto, ne attraversò la navata e si sistemò in prima fila. Al suo banco preferito, a sinistra dell'altare maggiore; davanti alla statua della Madonna col Bambino. Qui chiuse gli occhi e si mise a pregare, con l'immagine del volto di sua moglie Rosaria nella mente. Un rito che osservava da più di mezzo secolo; da quando era nato Peppe, che considerava un miracolato.

Francesco Vitiello e Rosaria s'erano sposati giovanissimi: lui vent'anni e lei diciotto. Avevano cercato di avere subito un figlio, ma per tre lunghi anni non c'erano riusciti. Prossimi ormai alla rassegnazione, avevano invocato un aiuto ultraterreno, promettendo alla Madonna del Parto di renderle visita almeno una volta al mese, per tutta la loro esistenza. Una settimana dopo il solenne impegno, Rosaria era rimasta incinta.

La coppia aveva mantenuto il voto con coerenza e costanza, senza mai saltare l'appuntamento. Quando Rosaria era morta, Nonno Ciccio aveva continuato a onorare la promessa da solo.

La scelta della chiesa di Santa Maria del Parto, che lo storico Gennaro Aspreno Galante aveva definito "pezzo di ciel caduto in terra", non era stata casuale: il sacro edificio, fatto costruire in pieno Rinascimento da Jacopo Sannazaro su un terreno di sua proprietà, era il sito di devozione prediletto dalle donne che desideravano la maternità o che avevano una gestazione difficile. E Sannazaro, il cui monumento funebre si trovava nell'abside della chiesa, proprio a Mergellina aveva composto il poema in esametri *De partu Virginis*, dedicato alla nascita di Cristo.

In realtà, sulla individuazione del luogo più adatto a favorire la gravidanza, Francesco Vitiello e sua moglie avevano avuto un articolato scambio di opinioni. Rosaria avrebbe preferito la Casa della Santarella in vico Tre Re a Toledo, dove era conservata una seggiola prodigiosa appartenuta a santa Maria Francesca delle Cinque Piaghe, il cui utilizzo procurava, a detta di molte donne, un concepimento certo.

«Noi andiamo là, io m'assetto 'ncoppe 'a seggia e ti faccio vedere che appena torniamo a casa, so' già prena».

«Rosa', e io come ti fecondo, strada facendo? E poi, con tutto il rispetto, vuoi mettere la Madonna con una santa? La Madonna sta più in alto, è più potente».

«Non offendere la Santarella, che si arrabbia e ti fa cadere lo strumento».

«Non sia mai. Senza 'o strumento come procreiamo?».

Alla fine Vitiello aveva convinto la consorte con un ragionamento di natura geografica: «La chiesa di Santa Maria del Parto la teniamo a un tiro di schioppo da dove abitiamo e la possiamo raggiungere in cinque minuti. 'A seggia 'e santa

Maria Francesca, invece, sta lontana, sopra ai Quartieri Spagnoli, e per arrivarci ci vuole tempo e fatica; che facciamo, un pellegrinaggio al mese? Sfruttiamo la comodità che teniamo sotto casa, no?».

Concluse le orazioni, Nonno Ciccio riaprì gli occhi e si fece il segno della croce. Alzò una mano per salutare la Madonna, si staccò dal banco e raggiunse l'uscita. Erano le otto e mezza del mattino. Alla Parthenope la sua postazione di sovrintendente attendeva di essere occupata.

Mezz'ora più tardi, sfuggente come un'ombra, una persona entrò nella chiesa per compiere un rito differente: rendere omaggio a san Michele, presente in una cappella su un dipinto.

Nell'opera, alta più di due metri, l'arcangelo ha un viso androgino ed è rappresentato nell'atto di trafiggere con una lancia il collo di un essere mostruoso e grottesco: busto e testa femminili, due lunghe code di serpente intrecciate, ali da pipistrello e un terrificante volto senile sull'addome.

Il famoso "Diavolo di Mergellina".

Secondo un racconto popolare, il dipinto era stato realizzato nel 1542 da Leonardo Grazia, detto Leonardo da Pistoia, su commissione di Diomede Carafa, vescovo di Ariano Irpino, dopo che quest'ultimo s'era liberato di una fattura d'amore cui l'aveva sottoposto una splendida nobildonna napoletana, Vittoria d'Avalos.

Con una pozione magica che si era fatta preparare da una fattucchiera detta l'Alamanna, l'avvenente dama aveva confezionato delle squisite *zeppulelle* e le aveva offerte in pasto a Carafa, facendolo cadere in turpi tentazioni.

L'ecclesiastico era scampato alle lusinghe solo grazie all'intervento di un monaco esorcista procidano. Poi, onde vendicarsi dell'affronto subìto, aveva chiesto a Leonardo da Pistoia di usare un ritratto dell'aristocratica per raffigurare il viso dell'essere mostruoso.

«E il volto all'arcangelo di chi deve essere?» aveva chiesto il pittore.

«Prendi ispirazione dal mio» gli aveva risposto il vescovo.

Vera o falsa che fosse, la storia era entrata nell'immaginario collettivo e aveva fatto nascere un'espressione adoperata dai maschi napoletani in presenza di una donna affascinante e tentatrice: "Si' bbella e 'nfama comme 'o riavulo 'e Margellina". Sei bella e infame come il diavolo di Mergellina.

Nella parte inferiore del dipinto c'erano quattro parole:

ET FECIT VICTORIAM
HALLELUIA

Un chiaro riferimento non solo al risultato positivo ottenuto da Carafa ma anche al nome della nobildonna.

«Avrò anch'io la mia vittoria» disse la persona a fior di labbra, guardando la maestosa figura di san Michele. «Sei il mio ispiratore. Il mio fratello maggiore. Come te, eliminerò le fonti del male».

Poi si allontanò dalla chiesa e svanì nella città.

17
Un corpo solo

Le sorelle Giaquinto, le due impareggiabili cuoche della Parthenope, avevano imparato a destreggiarsi tra i fornelli per porre rimedio alla loro scarsa avvenenza. Consapevoli di non essere particolarmente attraenti, da ragazze s'erano decise, di comune accordo, a intraprendere le loro conquiste amorose facendo ricorso a piatti succulenti e a squisiti manicaretti, preparati fra le mura domestiche con l'assistenza e l'assenso dei loro genitori Mansueto e Sabina.

La strategia che per anni avevano adottato era divisa in tre fasi distinte e consequenziali.

Primo passo: individuazione della preda. Quando per strada, in chiesa o nei negozi dove andavano a fare compere notavano un maschio appetibile, lo allettavano con smancerie e sorrisetti, stuzzicandone la curiosità.

Allorché il soggetto rispondeva ai richiami, aprivano il sipario sul secondo tempo, che si concretizzava nella richiesta di fare una passeggiata sul lungomare di Napoli. In caso di maltempo, scattava il piano B: andare al cinema o a teatro oppure a bere un tè o un caffè in un localino romantico. Se l'esortazione veniva accolta, Bettina e Cristina sciorinavano, nel corso dell'incontro, tutto il loro repertorio di coccole e moine, in modo da stringere un guinzaglio attorno al collo dell'esemplare prescelto.

Nella terza fase, quella decisiva, portavano l'eletto a casa loro, in via Serapide, e gli davano il colpo di grazia con un pranzo e una cena che dagli antipasti al dolce – passando per due primi, due secondi, una pausa sorbetto e una libagione più che abbondante – durava non meno di tre ore.

Così facendo, le sorelle erano riuscite a collezionare, per il loro carnet sentimentale, cinque morosi a testa. Ma attenzione: i loro fidanzamenti dovevano essere sempre concomitanti. Quando Cristina si impegnava, Bettina accelerava la ricerca di uno spasimante; viceversa, se era Bettina ad affidare il suo cuore all'amore, Cristina si dava da fare per interrompere il suo nubilato. E se una delle due si sfidanzava, l'altra, per solidarietà, faceva altrettanto.

In un unico caso il dilemma non era sorto: quando in contemporanea avevano iniziato una relazione bilaterale con due fratelli gemelli, Cesare e Augusto. Cristina aveva fatto coppia con Cesare e Bettina con Augusto. Dopo sei mesi di passeggiate, scampagnate e pappatorie, il doppio fidanzamento era finito in malo modo il giorno in cui Cesare aveva tentato di fare uno sgarbo al fratello palpeggiando Bettina e Augusto aveva ricambiato la scortesia pizzicottando il sedere di Cristina. Le sorelle Giaquinto, offese e adirate, avevano liquidato i loro sconci fidanzati molestatori schiaffeggiandoli in pubblico a turno.

Il legame affettivo che univa Bettina e Cristina era totalizzante.

«Dobbiamo essere felici insieme» si dicevano. «Dobbiamo agire come un corpo solo».

L'intendimento era lodevole ma non teneva conto degli eventi fortuiti della vita. Esclusi Cesare e Augusto, gli altri otto uomini con cui avevano intrapreso intime frequentazioni si erano dati per dispersi o erano passati a miglior vita a causa di accidenti inattesi.

Rocco, indefesso vigile del fuoco, era finito in cenere per salvare un micio intrappolato in un palazzo in fiamme.

Remigio, specializzato in furti con destrezza, era finito in carcere dopo aver tentato di svuotare le tasche di un prestigiatore.

Tommaso si era volatilizzato dopo essersi fratturato una gamba per la caduta in un tombino aperto; l'infortunio era stato causato da una spintarella involontaria di Cristina, che voleva far assaporare al suo innamorato un tarallo sugna e pepe appena acquistato in un chiosco.

Abramo, cattolico osservante, da un giorno all'altro si era convertito all'ateismo rendendosi incompatibile con la spiccata religiosità delle due sorelle.

Aspreno aveva ricevuto un'improvvisa chiamata da Dio ed era entrato in seminario per iniziare una carriera sacerdotale che lo avrebbe portato a diventare missionario in Congo.

Mauro, vegetariano praticante, si era scandalizzato ed era svenuto quando aveva visto Bettina sgranocchiare con gusto un piedino di maiale cotto in umido.

Feliciano aveva dovuto sottoporsi a una lavanda gastrica per aver ingerito detersivo per la lavatrice versato per errore da papà Mansueto in una scodella contenente una zuppa di lenticchie.

Silvestro, infine, era andato a convivere con un trans.

Con il succedersi delle sciagure, a Bettina era venuto un dubbio: «Non è che siamo scalognate?».

«No, non lo siamo» aveva risposto Cristina. «Dobbiamo semplicemente scegliere un'altra strada».

Così, passata la quarantina, avevano adottato, sempre in perfetta sintonia, cinque risoluzioni per il loro futuro:

1. archiviare nel baule dei ricordi le loro tormentate storie d'amore e i propositi matrimoniali;

2. accettare placidamente la loro condizione di zitellaggine, con tutti i vantaggi e gli svantaggi annessi e connessi;

3. dedicarsi ai loro genitori, che avevano varcato la soglia della terza età ed erano bisognosi di cure;

4. affidare la protezione delle loro anime a santa Maria di Piedigrotta, venerata nell'omonima chiesa di Mergellina;

5. trovare uno sbocco occupazionale alle loro competenze culinarie.

Per mettere in pratica quest'ultima decisione, si erano rivolte senza indugio a Francesco Vitiello: «Pigliateci a fatica' alla Parthenope, e vedrete che sappiamo fare».

«Tutt'e due insieme?» aveva chiesto Nonno Ciccio.

«O tutt'e due o nessuna».

«Lavorate in tandem?».

«Noi *viviamo* in tandem. Potete darci anche un solo stipendio, l'importante è che non stiamo separate».

«Un solo stipendio no, sarebbe ingiusto e sbagliato. Il lavoro di ogni persona va rispettato e pagato. Iniziamo con un periodo di prova di tre mesi; poi decidiamo in modo democratico se continuare o no. In caso positivo, faccio a tutt'e due un regolare contratto».

«Grazie. Pregheremo la Santissima Vergine di farvi avere la santità».

«'A santità mi sembra un poco esagerata. M'abbasta 'na bbona salute».

In modo pacifico e democratico, i tre mesi erano diventati tredici anni, durante i quali Bettina e Cristina avevano dato prova costante di fedeltà, preparazione e affiatamento.

«Quando me lo raccontavano non ci credevo: sembrano veramente un corpo solo» diceva Nonno Ciccio. «Trovarle è stata 'na fortuna. Guai a chi me le tocca».

Peppe aveva coniato per loro un motto: «Con i piatti delle Giaquinto resuscitiamo pure il caro estinto!».

Cristina e Bettina ne sorridevano, e fra mestoli e pignatte, taglieri e strofinacci, cucinavano cucinavano cucinavano.

18
Da mezzanotte e un quarto all'una

Tre starnuti, uno dietro l'altro.

«Ma 'stu Moby Dick è all'aperto?» fece Improta.

«No» rispose Scapece soffiandosi il naso. «Ci sono andato con lo scooter e ho preso freddo. Mi fa male anche la gola».

«Tu vuo' fa' 'o giuvinotto! 'Na bella tisana con acqua calda, zenzero, miele e una fetta di limone: ti passa tutto. Se vieni a casa mia, te la faccio preparare da mia moglie».

«Ci farò un pensierino».

«Le ho parlato di te, è curiosa di conoscerti. Forse ti vuole adottare. Noi non abbiamo figli, e avremmo desiderato un maschio. Quindi stai in guardia».

«Terrò l'occhio vigile» garantì l'ispettore sorridendo.

Il commissario sollevò due fascicoli dalla sua scrivania e li mostrò a Scapece. «La società di informatica è stata di parola: ci ha fatto avere la perizia. In più, abbiamo i dati sui movimenti bancari della vittima. Cominciamo da questi: Caruso aveva un conto corrente al Banco di Napoli, e negli ultimi sei mesi lo sai quanto ha speso? Centoventimila euro. Capisci? Centoventi».

«Cacchio! E che ci ha fatto?».

«Li ha buttati nel cesso. Sul conto c'è traccia di centinaia di pagamenti effettuati in ristoranti, discoteche, gioiellerie, negozi di abbigliamento, alberghi di lusso, palestre, centri estetici. Se la spassava, il ragazzo. Aveva la carta di credito facile. E quando gli occorrevano somme consistenti, le riscuoteva personalmente nella sua filiale. L'ultimo prelievo, di diecimila euro, l'ha fatto una quindicina di giorni fa, dopodiché è rimasto quasi a secco. Gli erano rimasti poco più di mille euro».

«Questo spiegherebbe perché è andato a bussare a soldi da suo padre. A cosa gli sarà servito tutto questo denaro?».

«Gli agenti a cui avevo dato incarico di setacciare il mondo dell'usura a Posillipo, Mergellina e dintorni hanno eseguito dei confronti incrociati, hanno parlato con un nostro informatore e mi hanno riferito di non aver trovato niente. Nessuno ha mai visto Caruso bazzicare l'ambiente degli strozzini alla ricerca di prestiti».

«Dobbiamo buttarci su altre piste, dunque».

Improta aprì il fascicolo della perizia informatica. «Andiamo sulle tecnologie. Le chiavette USB non contengono niente di rimarchevole, a eccezione di alcune cartelle in cui Caruso aveva raccolto le foto di due viaggi fatti l'estate scorsa: uno a Praga e uno in Grecia, a Mykonos. Nelle immagini sta con altri ragazzi, probabilmente suoi amici, e soprattutto belle donne. In questo, mio caro *Gianni dongiovanni*, ti faceva concorrenza».

«Lui era più giovane e più ricco di me».

«Appunto: *era*» puntualizzò il commissario. «La gioventù e la ricchezza se l'è portate nella tomba. Sai quando ci saranno i funerali?».

«Credo venerdì prossimo, quando il corpo sarà restituito alla famiglia».

«Ci andrai?».

«Sì».

«Passiamo al cellulare» continuò Improta. «Qua la cosa si fa interessante. Alcuni sms, molti messaggi su WhatsApp, centinaia di telefonate, una rubrica con millecinquecento numeri. Tra le chiamate ce n'è una ricevuta da Caruso nella notte fra giovedì e venerdì, alle due in punto».

«Quando è stato ucciso!».

«Sì. E lui non ha risposto».

«Da quale numero è partita la telefonata?».

«Il chiamante è risultato anonimo; avrà sfruttato qualche procedura per nascondere il numero».

«Dovremmo capire dove Amedeo teneva il telefono, e se aveva attivato il "silenzioso". Quando ho visitato la stanza del delitto, non ho visto cellulari in giro».

«Gianni, i nostri cervelli riflettono in contemporanea» disse compiaciuto il commissario. «Poiché mi sono fatto la stessa domanda, ho chiamato la Scientifica per avere l'informazione: lo smartphone di Caruso era in camera da letto, nella tasca interna di un giubbotto».

«Il giubbotto me lo ricordo: stava buttato su una sedia insieme a un paio di jeans».

«Esattamente. E il cellulare aveva la suoneria al massimo. Quando è arrivata la telefonata, Caruso era talmente stordito dall'alcol da non riuscire neanche ad alzarsi dal letto per rispondere. Oppure stava facendo i suoi sogni conclusivi su questa terra e non ha sentito gli squilli».

«La telefonata l'ha fatta l'assassino» affermò Scapece con sicurezza. «Magari si trovava già nell'appartamento, e ha chiamato Amedeo per accertarsi che stesse dormendo a sonno pieno. Dal computer, invece, cosa è emerso?».

«Caruso possedeva un portatile. Utilizzava raramente la posta elettronica: la sua casella era intasata di spam. Di scarso interesse anche i file che teneva archiviati. Quanto alla navigazione internet, andava su Facebook, dove aveva un profilo con migliaia di contatti; postava foto scattate in vacanza o durante feste in discoteca, attorniato da sciami di donne».

«Quando ha fatto l'ultimo collegamento?».

Improta consultò una pagina del fascicolo. «Giovedì pomeriggio. Ha pubblicato una citazione di John Donne: "Nessun uomo è un'isola, intero in se stesso; ogni uomo è un pezzo del continente, una parte del tutto"».

Scapece ci ragionò su: «Amedeo trascorreva le sue giornate in modo convulso e si circondava di gente, ma sostanzialmente era solo. Non aveva amicizie vere, soltanto conoscenze casuali. Sono arrivate segnalazioni sulla persona che l'ha portato a casa in macchina?».

«Non ancora. Io l'amo l'ho gettato. La notizia è apparsa su vari siti. Aspettiamo che qualcuno abbocchi».

«Intanto ho una sorpresa da farle vedere, commissario» disse Scapece mostrando al suo capo un DVD. «La titolare del Moby Dick mi ha fatto avere i filmati registrati giovedì sera dalle videocamere del locale».

«Li hai già guardati?».

«Sì. All'inizio Amedeo è sereno. Si diverte, balla, scherza con tutti, va avanti e indietro dai tavolini al banco bar e consuma cocktail a più non posso. Poi esce un paio di volte per fare delle telefonate e qualcosa cambia». L'ispettore inserì il DVD nel lettore del computer di Improta e gli fece visionare le parti interessate. «Nella seconda occasione passeggia sul marciapiede accanto all'ingresso del locale. È nervoso, agitato. Stacca e richiama più volte, forse perché la persona a cui sta telefonando non risponde o ha la linea occupata. Torna dentro con un'espressione incupita e va a dire qualcosa al ragazzo con cui è arrivato. I due discutono, gesticolano, poi salutano la loro amica e vanno via».

Il commissario sfogliò il rapporto della perizia informatica e puntò l'indice su un foglio. «Eccole: quattro chiamate allo stesso numero, fatte poco dopo la mezzanotte».

«A chi risulta intestata l'utenza?».

«A un certo Eduardo Greco. Faccio fare subito una ricerca».

La conversazione fu interrotta dal suono dell'apparecchio telefonico collocato sulla scrivania.

Improta rispose, ascoltò, poi diede un ordine: «Accompagnatelo nella mia stanza». Il commissario abbassò la cornetta e fissò Scapece. «Giù c'è un giovane che vuole parlare con noi. Dice che ha delle notizie da darci su Amedeo Caruso».

Il ragazzo, sulla trentina, indossava un giubbotto nero di pelle, aveva un aspetto curato ed era pallido in viso.

«Mi chiamo Roberto Cioffi e sono il proprietario della Bmw che state cercando».

Scapece e Improta si scambiarono un'occhiata d'intesa: era la persona con cui Caruso era stato al Moby Dick.

«Si accomodi» fece il commissario.

Cioffi prese posto davanti alla scrivania, accanto a Scapece.

«Giovedì notte l'ho accompagnato io in via Orazio» cominciò. «Amedeo aveva la patente sospesa e non poteva guidare».

«Eravate amici?» domandò Improta.

«Non proprio. Ci siamo conosciuti tre mesi fa in una palestra. Ci frequentavamo, andavamo nei locali...».

«Giovedì sera siete stati insieme?».

«Sì. Sono passato a prenderlo verso le nove e mezza con una mia amica e siamo andati tutti e tre al Moby Dick, un discopub che si trova al Vomero».

«E lì cosa avete fatto?».

«Niente di particolare. Abbiamo ballato, chiacchierato con altre persone che conoscevamo».

«E bevuto».

«Io pochissimo» esclamò Cioffi sulla difensiva. «Sono quasi astemio, non sopporto gli alcolici».

«Amedeo invece li sopportava?».

«Disgraziatamente per lui sì. Ho provato a fargli capire che esagerava, ma non mi è stato a sentire».

«A che ora siete andati via dal discopub?».

«Verso mezzanotte e un quarto».

«Da soli?».

«Sì. La mia amica ha deciso di rimanere».

«Poi?».

«L'ho portato a casa».

«Amedeo era ubriaco?».

«Abbastanza. Diceva frasi sconnesse, rideva».

«Un testimone ci ha riferito che è sceso dalla sua auto barcollando. Perché lei non l'ha portato su?».

«Non ha voluto. Mi ha detto che non c'era bisogno».

Improta fece segno a Scapece di intervenire e l'ispettore agì a carte scoperte. «Signor Cioffi, siamo in possesso dei filmati delle telecamere a circuito chiuso del Moby Dick, e la sua versione combacia con quanto mostrano le immagini. Ora, però, concentriamoci su un fatto avvenuto poco dopo la mezzanotte: Amedeo esce per la seconda volta dal locale e col telefonino fa una serie di chiamate a vuoto; è teso, turbato; rientra e parla con lei. Cosa le dice?».

«Mi ha chiesto di tornare a casa. Io gli ho fatto presente che volevo restare ancora, lui ha insistito per farsi accompagnare».

«Avete lasciato il locale quindici minuti dopo la mezzanotte. In via Orazio siete arrivati all'una. La distanza fra il Moby Dick e la palazzina di Amedeo non è eccessiva: sono pochi chilometri. E a quell'ora non c'era traffico. Come mai ci avete messo così tanto?».

Una delle gambe di Cioffi iniziò ad agitarsi.

«Ci siamo fermati a chiacchierare in macchina».

L'ispettore inclinò il busto verso il ragazzo. «Lei si è presentato qui di sua spontanea volontà, e noi lo abbiamo apprezzato. Ci sta dicendo la verità, e questo lo stiamo apprezzando ancora di più. Ora faccia un ulteriore sforzo e continui a essere sincero: cosa avete fatto da mezzanotte e un quarto all'una?».

«Amedeo voleva incontrare una persona» fece Cioffi tormentandosi le dita.

«Chi?».

«Uno spacciatore».

«Dove?».

«Davanti al Vanessa, un altro locale del Vomero».

«Cocaina?».

«...».

«Ne faceva un uso abituale?».

«Sì».

«E cosa è accaduto?».

«Arrivati davanti al Vanessa, Amedeo è sceso dall'auto e si è messo a discutere con questa persona».

«Lo ha chiamato per nome?».

«Sì. Eduardo».

«Cosa si sono detti?».

«Non sono riuscito ad ascoltare tutta la conversazione, ma a un tratto lo spacciatore gli ha dato una spinta e l'ha minacciato: "Da me non avrai più niente. Consegnami primma 'e 'soldi che mi devi dare, altrimenti vengo fino a casa toja e t'acciro". Amedeo è risalito in macchina e io l'ho portato in via Orazio. Era molto scosso».

Improta riprese la parola: «Amedeo le ha mai chiesto dei soldi?».

«Un mese fa gli ho prestato duemila euro».

«Lei che lavoro fa?».

«L'assicuratore. Non ho mai avuto a che fare con la giustizia, potete controllare. E non faccio uso di droghe. Questa è la prima volta in vita mia che entro in un commissariato. Ho letto che cercavate la persona che ha accompagnato Amedeo a casa con una Bmw e mi sono deciso a venirvi a parlare. In tutta sincerità, se la notizia non fosse stata pubblicata, avrei evitato di venire, perché io con questa storia non c'entro nulla».

«Avrebbe commesso uno sbaglio» disse Improta con fermezza. «Con le testimonianze dei cittadini, le indagini di polizia giudiziaria diventano più facili».

«Ho avuto paura, non so perché».

«Se non ha nulla da temere, non deve aver paura. Noi comunque la ringraziamo per la collaborazione. Lasci le sue generalità e i suoi recapiti ai colleghi nella stanza a fianco. Arrivederci».

«Spero che riusciate a catturare al più presto l'assassino» disse il ragazzo prima di andare via. «Amedeo conduceva una vita disordinata ma non era cattivo. Il male lo procurava solo a se stesso».

19
La vedova allegra

«E questo è Kennedy sulla sua Lincoln nera decappottabile, mentre passa proprio qui davanti» fece Nonno Ciccio indicando una foto sulla parete. «Insieme a lui ci sta Antonio Segni, che all'epoca era il nostro presidente della Repubblica. Mi ricordo quel giorno come fosse ieri. Avevo inaugurato la trattoria da poco e i due presidenti mi vennero a rendere omaggio».

Gabriele Barbuto, l'avventore della Parthenope in crisi coniugale, ascoltava distratto, come se avesse la testa altrove.

«Io ero 'nu guaglione, tenevo ventisei anni e tante speranze. Vedere da vicino due capi di Stato fu per me un fatto clamoroso, come per tutti i napoletani. Per le strade c'era una marea di gente che applaudiva e sventolava bandiere tricolori e a stelle e strisce. La fotografia la scattò mio padre dalla piazzetta qua a fianco, dove ci sta la Fontana del Leone. La fece con una macchinetta che aveva comperato apposta per l'occasione. Kennedy salutava la folla, sorrideva; era giovane, bellissimo, quasi non sembrava reale. Prima di lasciare la città, disse che Napoli era 'nu *paradise*. Nessuno poteva immaginare che da lì a poco sarebbe stato ucciso».

«Vedi Napoli e poi muori» annotò Barbuto.

Peppe, che stava apparecchiando un tavolo a pochi passi, captò la proposizione e fece capire al padre, con una mimica eloquente, quanto il suo interlocutore fosse palloso e pesante.

Zorro, accoccolato sotto una sedia, si assopì.

Nonno Ciccio non si arrese e proseguì il viaggio fra i vip. «In quest'altra foto, invece, ci sto io in mezzo a due miti del cinema: Liz Taylor e Richard Burton. 'Na sera, erano gli anni Sessanta, vennero a mangiare qui, accompagnati da una scorta di guardie del corpo che pareva un esercito. Per scansare l'assedio dei curiosi e dei paparazzi, dovetti chiudere la trattoria e dedicarmi soltanto a loro. Si sedettero là, dove sta Peppe. Burton teneva 'na fame da pazzi; per poco non si mangiò pure le sedie. Liz si atteggiò a grande diva; se lo poteva permettere, perché era 'na femmina magica, con quegli occhioni viola che facevano squagliare. Di tanto in tanto tornavano a visitare il golfo di Napoli, dove era scoppiato il loro amore. La sapete la storia?».

«Ne ho qualche vaga notizia» rispose Barbuto con una voce spenta.

«Allora ve la devo raccontare, per vostra cultura personale».

Peppe con due dita fece segno al padre di tagliare la conversazione.

Nonno Ciccio lo ignorò e andò avanti: «I due girarono a Ischia alcune scene di *Cleopatra*; Liz recitava 'a parte della regina d'Egitto e Burton faceva Marcantonio. Il film, che venne a costare la modica cifra di quarantacinque milioni di dollari, uscì nel '63 e fu uno dei più grandi fiaschi della storia del cinema; un polpettone di tre ore che non vi dico. Liz e Burton stettero a Ischia per due mesi, e fra 'na ripresa e 'na tintarella se la spassarono. Lei era più focosa del Vesuvio. Lui un grande marpione: appena vedeva 'na gonnella, si incollava come un francobollo. Una notte litigarono furiosamente in un albergo; Liz si fece pigliare dalla pazzarìa e buttò a mare i vestiti di Burton. Si capì subito che la loro relazione sarebbe stata rovente».

«Se non ricordo male, entrambi erano coniugati» sottolineò Barbuto.

«Sì. Liz con un cantante americano e Burton con un'attrice».

«Poveri consorti».

«Più che poveri, *cornuti*» specificò Nonno Ciccio. «Comunque, dopo lo scandalo ischitano, si divisero da questi coniugi cornuti e si sposarono fra loro. "Io ti amo più di un secchiello di ghiaccio gettato su un corpo bollente" le scrisse lui in una lettera. E fra secchielli, tradimenti e piazzate, il loro matrimonio durò, chissà come, dieci anni. Poi divorziarono, si risposarono e poco dopo divorziarono per la seconda volta».

«Per loro le nozze erano un passatempo» disse Barbuto lisciandosi la peluria sotto il mento.

«Spero che 'sta storia di Cleopatra e Marcantonio, cioè di Liz e Burton, non vi abbia inquietato» fece Nonno Ciccio. «Le cose sentimentali vi stanno andando ancora male? Nessun miglioramento?».

«Nessuno» rispose Barbuto. «Schopenhauer lo scrisse: la vita è un pendolo che oscilla fra il dolore e la noia».

«E voi 'sto pendolo non potete farlo oscillare da un'altra parte?».

«No, posso solo aspettare la morte».

«Eeehhh, ma che dite?!» esclamò Nonno Ciccio toccandosi le parti basse. «Voi siete giovane. Quanti anni avete?».

«Quarantaquattro».

«E penzate a campa' e a spassarvela. La tenessi io l'età vostra!».

«Tante cose, signor Vitiello, non le sapete, ed è meglio che non ve le dico. Devo sopportare, resistere, cercare di sopravvivere. Quando verrà il momento, mi lascerò cadere nel precipizio del nulla».

"Che tristezza d'uomo" pensò Nonno Ciccio guardandolo di sbieco. "Questo è l'avvilimento fatto persona".

Zorro, continuando a dormire, abbracciò con le zampe anteriori un piede della sedia.

«Signor Barbuto, mo' nun date retta 'o precipizio. Vi voglio far vedere quest'altra fotografia in cui ci stanno i Genesis, che furono miei ospiti quando vennero a fare un concerto a Napoli nel '74...».

Il racconto di Nonno Ciccio fu interrotto dall'arrivo di Scapece. L'ispettore, con il naso arrossato e una sciarpona intorno al collo, varcò la porta d'ingresso e non ebbe il tempo di salutare gli astanti, perché gli partì uno starnuto che fece tremare la sala.

Per lo spavento, Zorro si svegliò di soprassalto e fece ribaltare la sedia.

«Salute!» dissero all'unisono Peppe e Nonno Ciccio.

«Grazie, sto un poco raffreddato» fece l'ispettore.

«Allora stasera brodo di pollo» annunciò Braciola.

«Venite, ispetto', venite» invitò Nonno Ciccio. «Stavo mostrando al nostro amico la mia collezione».

Scapece si sfilò la sciarpa e il giubbotto e si presentò a Barbuto, che gli depositò nel palmo una mano gelata e molliccia.

«Il signor Vitiello la sta facendo divertire?» domandò l'ispettore.

«Oh, molto, molto» rispose Barbuto con un tono da melodramma.

«Gli ho spiegato la fotografia del presidente Kennedy e quella con Richard Burton e Liz Taylor» sintetizzò Nonno Ciccio. «Ora stavamo per dedicarci ai Genesis; ve ne intendete, ispettore?».

«Sì, conosco tutti i loro dischi. Io preferisco il jazz, ma quel tipo di rock non mi dispiace».

Barbuto approfittò dell'intermezzo musicale per defilarsi. «Devo correre al gabinetto. Permettete».

«Persona socievole e allegra» commentò Scapece.

«Sta passando 'nu brutto periodo e nun sape reagi'» disse Nonno Ciccio. «Con pacienza, ho cercato di farlo distrarre illustrandogli qualche ritratto. Ma è come parlare con un palo della luce. È un uomo afflitto e sconsolato, fa pena; sembra più vecchio di me, mi pare che sta in ibernazione. Ti mette la malinconia addosso. Se uno zombie lo incontrasse, se ne tornerebbe sottoterra».

«Il paragone è calzante. Colgo l'occasione per chiederle una cosa riguardo alla foto di Kennedy. Il palazzo che sta sullo sfondo, dietro il corteo presidenziale, è quello dove è stato aperto il nostro commissariato?».

«Proprio lui».

«Al secondo piano, dietro ai vetri di una finestra, che credo sia proprio quella della mia stanza, si intravede una figura umana. È una sagoma scura, sfocata. Chi è?».

Nonno Ciccio assottigliò gli occhi, si strinse all'ispettore e bisbigliò: «Parliamone in privato, nel nascondiglio segreto».

Il nascondiglio segreto era una caverna artificiale che si trovava sotto la Parthenope, a dieci metri di profondità. Per accedervi bisognava oltrepassare una porticina di ferro situata dietro la cucina del locale e scendere una scala elicoidale reggendosi a un corrimano incastrato nel tufo.

L'ambiente sotterraneo, di una cinquantina di metri quadrati, era utilizzato dai Vitiello come cantina. Sulle scaffalature addossate alle pareti riposavano decine e decine di bottiglie di vino.

«Nella Seconda guerra mondiale questo posto fu usato come rifugio antiaereo e salvò chissà quante persone» spiegò Nonno Ciccio. «I bombardamenti del '43 furono terribili: quasi uno al giorno. Io ero bambino, ci ho un vago ricordo di quel periodo, ma i miei genitori e tutta la popolazione se la videro brutta. Un fratello di mio padre morì sotto le bombe a Porta Nolana. Però, ispettore, vi ho portato qua per raccontarvi un'altra storia. La storia della vedova allegra».

«Quella dell'operetta lirica?».

«No, quella della signora che abitava negli appartamenti che avete adibito a commissariato. La volete sentire?».

«Sì».

«Ne siete sicuro?».

«Sì».

«Proprio *sicuro sicuro*?».

«Perché tutto 'sto mistero, signor Vitiello?».

«Perché quello che sto per dirvi potrebbe impressionarvi, visto che lavorate dove so' successi i fatti».

«Sono un poliziotto, le storie sconvolgenti fanno parte del mio quotidiano».

«Eh, ma questa storia vi tocca da vicino» disse Nonno Ciccio dondolando la testa. «A ogni modo, mo' ve la conto e non se ne parli più. Me l'aspettavo che avreste notato quel particolare nella foto; ecco, quella sagoma è proprio lei, la vedova allegra. 'Na signora incantevole e seducente. Si chiamava Regina ed era ammogliata con un uomo facoltoso che non le faceva mancare niente. Non tenevano figli e abitavano nei due appartamenti al secondo piano del palazzo, con tanto di servitori e chauffeur. Si amavano, facevano 'na vita da nababbi, organizzavano feste sfarzose e scatenavano le gelosie di molti. Lui giocava in Borsa e aveva accumulato 'na fortuna. Ma un giorno volle strafare e cu 'na speculazione sbagliata perse più della metà del patrimonio. In quel momento iniziò la sua rovina; per pagare i debitori arrivò al punto di doversi vendere degli oggetti preziosi che aveva regalato a Regina. Piegato dal disonore, deriso in società, ripudiato dagli amici, un giorno si uccise; fu la moglie a trovarlo impiccato al lampadario della camera da letto. La donna si chiuse in un lutto stretto e si incattivì. Notte e giorno, camminava per la casa con un vestito e uno scialle neri addosso. Sputava veleno, dava la colpa del suicidio alle malelingue, diceva che gli invidiosi dovevano schiattare. Diventò 'na specie di uccello del malaugurio, e i suoi anatemi cominciarono a colpire. Però non si abbrutì, anzi diventò ancora più bella. Quando lanciava 'na maledizione, rideva. Rideva a crepapelle. Per questo la soprannominarono "la vedova allegra"».

«Un caso di *schadenfreude*» disse Scapece.

«Di che?».

«*Schadenfreude*. È un termine che viene dalla lingua tedesca; sta a indicare il piacere provocato dalle disgrazie altrui».

«Sarà. Io la chiamo iettatura».

«Lei crede a queste cose?».

«Che io ci creda o non ci creda, poco importa. Fatto sta che una domestica di Regina, che reclamava dei soldi da lei, ebbe all'improvviso un colpo apoplettico e se ne andò all'altro mondo. Un nipote del suicida, che pretendeva di sfrattare la vedova allegra dall'abitazione, fu buttato sotto da un tram. La lista dei decessi strani si allungò di anno in anno, fino ad arrivare a Kennedy».

«Che c'entra Kennedy?».

«Per qualche ragione che non si scoprirà mai, quando 'o presidente americano passò sotto la sua finestra, Regina lanciò una maledizione pure su di lui, tant'è che quattro mesi e mezzo dopo fu ammazzato a Dallas».

«Non è più logico pensare che si sia affacciata per festeggiarlo, come fecero quel pomeriggio tanti napoletani?».

La risposta di Nonno Ciccio fece accapponare la pelle all'ispettore: «Impossibile. L'appartamento della vedova allegra era disabitato; lei era morta l'anno prima. Quel pomeriggio mio padre fotografò un fantasma».

20
La sindrome da morte imminente

Un po' per la storia della vedova allegra, che di allegro aveva ben poco, un po' per il raffreddore e l'infiammazione alla gola, che nelle ultime ore erano aumentati e gli intralciavano la respirazione, quella notte Scapece non chiuse occhio.

Come un ragno, si mosse in lungo e in largo sotto le coperte, si alzò una quindicina di volte, tossì e starnutì in tutti gli angoli del suo appartamento, dialogò a distanza con la Fontana della Sirena in piazza Sannazaro, ingerì un vasetto intero di miele, prese un'aspirina e imprecò contro i batteri di ogni epoca e forma, compresi quelli venuti dallo spazio.

All'alba riuscì ad addormentarsi e sognò un campo rosso, folto di piante di peperoncini, e uno scheletro che le tranciava a colpi di falce.

Dopo un'ora si svegliò inzuppato di sudore, si cambiò la canottiera e il pigiama e andò a guardarsi allo specchio; dall'immagine che vide, a metà strada fra uno zerbino e un ferrovecchio, trasse la conclusione che la fine dei tempi fosse vicina.

I sintomi c'erano tutti: era entrato nello stadio iniziale di quella che le donne chiamano "sindrome da morte imminente"; un grave stato patologico che compare nei maschi di ogni età quando nel loro corpo si manifestano i primi segni di uno stato influenzale.

Tornò a letto, incrociò le braccia dietro la testa, riprese sonno per alcuni minuti, si ridestò e rimase a fissare il soffitto per un'ora e più, elaborando complicate riflessioni su svariate tematiche esistenziali, ciascuna delle quali portava a due considerazioni critiche: "Sta per venirmi la febbre. Riuscirò a sopravvivere?".

Alle otto, con grande sprezzo del pericolo, decise di prepararsi per uscire. Si sentiva intorpidito, molliccio più della mano di Barbuto, e punzecchiato qua e là da dolori muscolari e articolari. Eppure doveva farcela; i polsi dell'assassino di via Orazio attendevano le sue manette.

Mentre si allacciava i bottoni della camicia, pensò di attuare un proposito a scopo cautelare: "Mi misuro la temperatura, non si sa mai".

Si ficcò un termometro digitale sotto un'ascella, attese il bip di fine rilevazione e guardò i numeri sul piccolo display dello strumento: trentasette e quattro.

"Porca miseria, sta arrivando!" si disse.

Per le malattie, come per gli ospedali, la sua intolleranza era estrema. L'ultima volta che aveva avuto la febbre si era fatto coccolare per due giorni, a Roma, da una sua amica infermiera, che si era spinta a cantargli una ninna nanna per tenerlo buono. L'ipotesi di restare bloccato nel bel mezzo di un'indagine per colpa di un'infezione o di qualsivoglia malanno o acciacco lo metteva in tensione.

Prese da un armadio un plaid appartenuto a sua madre, se lo avvolse intorno alle spalle e si infossò in una poltrona, lasciandosi rimorchiare dalle più fosche previsioni.

Passata un'altra mezz'ora, ricontrollò la temperatura: trentasette e otto. Per essere certo di aver visto bene i numeri, usò la lente d'ingrandimento.

"Sta salendo, è la fine".

Con riluttanza, depose le armi.

«Commissario, sto male» disse a Improta al telefono con una voce nasale.

«Che tieni, Gianni?».

«La febbre. Trentasette e otto. Ma salirà ancora, me lo sento».

«Ti sei pigliato la tisana con lo zenzero?».

«Lo zenzero non ce l'ho».

«Te lo faccio portare da mia moglie?».

«No, non si dia disturbo. Rimedierò in qualche altro modo».

«La Tachipirina?».

«Sì, ora la prendo. Più tardi, se mi sento meglio, vengo in commissariato».

«Resta a casa, che oggi fa più freddo di ieri».

«In queste condizioni, a casa sono un relitto».

«Cosa hai detto? Sei un delitto?».

«*Relitto*, non delitto».

Le ore successive furono pietose e commoventi, per l'ispettore Scapece. I suoi movimenti si fecero lenti, svogliati; un bradipo anziano lo avrebbe battuto in agilità. Il corpo cominciò ad andargli in ebollizione, fino a sfiorare i quaranta gradi. E più la temperatura aumentava, più i brividi di freddo lo assalivano.

Stipatosi in tre maglioni di lana, mise sul piatto dello stereo *Time Out* del Dave Brubeck Quartet, sfilò dalla libreria *Il lungo addio* di Raymond Chandler e cercò conforto nella musica e nella letteratura; tuttavia, né le note né le parole gli procurarono sollievo.

Accese il televisore e saltò da un canale all'altro senza trovare nulla di interessante.

Restava il mondo della natura. Con beatitudine si accostò a una delle sue piantine preferite, un *Cactus zebra* originario del Sudafrica. Ma presto il godimento diventò afflizione: una delle foglie striate del piccolo vegetale aveva delle macchioline scure. Stava marcendo? L'aveva annaffiato con troppa acqua? Un parassita lo stava aggredendo?

Era troppo.

Il corpo di Scapece franò sul letto nel grembo di Morfeo e di altre figure mitologiche che l'ispettore, fra un russamento e un fremito, non fu in grado di identificare.

Il sopore si prolungò fino al tardo pomeriggio, quando Improta chiamò.

«Gianni, come procede?».

«Sto per dettare le mie ultime volontà».

«Nun dicere fessarie! Tieniti forte, devo darti 'na notizia importante: quella zappetta che hai trovato nel giardino di via Orazio è l'arma del delitto. La Scientifica e il dottor Lucignano, l'anatomopatologo, hanno confermato. La tua intuizione è stata giusta».

Il rintronamento non consentì a Scapece di gioire come dovuto. «Mi fa piacere» riuscì a dire fiaccamente.

«Sull'attrezzo, oltre alle impronte digitali del portinaio, ci stavano tracce di Dna compatibile con quello di Caruso» aggiunse il commissario. «Quindi Fabozzi finirà sul registro delle notizie di reato. Niente impronte, invece, sul coltellaccio, che è facilmente reperibile in commercio, sulla padella e sui peperoncini; l'assassino ha usato i guanti. In vari posti dell'appartamento sono stati rinvenuti piccoli residui di cocaina. E poi ho fatto fermare quell'Eduardo Greco, il pusher di cui ci ha parlato il ragazzo della Bmw, e indovina che teneva addosso? Venti bustine di *robba*. Ha precedenti per spaccio, e prima di trasferirlo a Poggioreale l'ho messo sotto torchio; ha ammesso che Amedeo era un suo cliente che gli doveva dei soldi, ma ha negato di essere coinvolto nell'omicidio; mi ha detto di averlo minacciato solamente per mettergli paura e forzarlo a saldare il debito, come era già successo in un'altra occasione. Poi ha fatto delle osservazioni sulla modalità di esecuzione del delitto: "Commissa', vi pare che se avessi voluto uccidere a Caruso, ci andavo fino a casa e combinavo tutto quell'ambaradan con la padella, l'aglio, l'olio e 'o peperoncino? Mi organizzavo diversamente, no? Lo fermavo per strada, gli davo 'na coltellata o 'na botta in testa e via". Non è che dobbiamo prendere per buono quello che ha detto, ma appena stai meglio, Gianni, su questo aspetto ci dobbiamo ragionare. Come vedi, anche senza di te l'investigazione l'ho tenuta in carreggiata».

«Mi dispiace di non essere stato utile oggi».

«Colpa tua: se ti pigliavi lo zenzero, mo' stavi a fare jogging sul lungomare. Oppure a fa' 'e capriole con qualche femmina».

A sera, con la temperatura che oscillava fra i trentotto e i trentanove, Scapece restò a lungo a guardare, attraverso i vetri della porta che dava su uno dei balconcini, la sirena Parthenope e il traffico frenetico giù nella piazza. Per sommi capi fece un bilancio delle ultime ore: "Sto cercando un assassino che ha ucciso con una zappetta e ha condito la sua vittima con aglio, olio e peperoncino. In commissariato vive il fantasma di una vedova allegra. Un ex capitano di vascello mi ha perseguitato con le sue barchette. Mi so' buscato una febbre da cavallo che potrebbe portarmi alla tomba. Non ho lo zenzero in casa. Il *Cactus zebra* si sta seccando. Fortuna che ci sono i Vitiello con la loro trattoria. Ora li chiamo".

Rispose Braciola: «Ispetto', tenete 'na brutta voce».

«Febbre, gola irritata e tosse, Peppe».

«Mannaggia. Mi posso rendere utile?».

«No, grazie, ho telefonato solo per salutare. Da voi tutto bene?».

«Sì, a parte Bettina, che ha avuto un incidente: s'è scottata su un fornello e tiene 'na bolla bianca sopra a un dito. Ho fatto venire Isabella, che l'ha medicata. Ci volete parlare?».

«Con chi, con Bettina?».

«No, con Isabella».

«Me la passi».

D'istinto, come se la figlia di Peppe gli stesse davanti, Scapece si ravviò i capelli e si sistemò la vestaglia.

«Ciao, Gianni! T'è venuta la febbre?».

«Altissima. Mi sento tutto sfrantummato. Come se avessi fatto a mazzate con l'incredibile Hulk».

«Bravo, ne sei uscito vivo. Hai preso la Tachipirina?».

«Due volte».

«Bevi molto. Mangia frutta e verdura. Fatti una spremuta di agrumi. Hai bisogno di compagnia?».

La domanda resuscitò i sensi dell'ispettore, che stava per dire di sì. Poi in lui prevalsero ragioni di etichetta: lo smacco di mostrarsi a Isabella in uno stato pietoso gli avrebbe fatto perdere almeno cento punti.

«Ti ringrazio, sei troppo gentile, ma fra poco mi metto a letto».

«Allora dolce notte. Fatti vedere presto!».

«Da un buon medico?».

«No, da me».

21
’O Rappezzo

Se per Scapece rappresentava un porto sicuro nel quale gettare l’ancora, per i Vitiello, invece, la Parthenope spesso diventava un porto di mare in cui sbarcavano i personaggi più strambi che Napoli potesse inventare. Come l’impresario, o presunto tale, che la mattina del 14 dicembre si presentò in trattoria, previo appuntamento, per illustrare il suo catalogo di prodotti artistici umani.

Si chiamava Lucio Ruffolo e nel mondo dello spettacolo partenopeo era conosciuto con l’appellativo di ’O Rappezzo, perché quando c’era da rimediare a qualcosa, lui trovava sempre la soluzione più idonea. Indossava un cappotto color cammello lungo fino alle caviglie, aveva un borsalino bianco sulla testa ed era munito di una ventiquattrore di pelle marrone completa di tracolla e chiusura con lucchetto. Ma questi complementi di arredo erano nulla rispetto al panzone stratosferico che lo faceva assomigliare a una partoriente, e a un modo di parlare che traeva origine dal cafonese arcaico.

Nonno Ciccio e Peppe si sedettero con lui a un tavolo e si predisposero ad ascoltarlo.

Zorro si acquattò nei pressi.

’O Rappezzo prese dalla borsa un raccoglitore ad anelli, se lo mise sulla pancia e ci poggiò una mano sopra: «Chesta è 'a Bibbia. Ccà ce sta 'a risposta a ogni pobblema. Vi ho contattati, cari Vitielli, inquantoché vi voglio mostrare la mia mercanzia, la quale può far addiventare la vostra tratturìa, che è già un posto popoloso e popolare, ancora più appetibbele. Grazie a mme, essa si trasformarrà in un Eden. Io tratto artisti di fame internazionale, garantiti doc e con dei curriculi ca fanno paura. Mo' ve li mostro e voi mi dite».

I Vitiello si palleggiarono un'occhiata complice: ci sarebbe stato da divertirsi.

Ruffolo scoperchiò il raccoglitore, contenente bustine trasparenti in cui erano inserite foto di scena degli artisti della sua scuderia, e indicò il primo prodotto: «Chisto è isso!».

Peppe e Nonno Ciccio si piegarono per guardare. Una foto ritraeva un soggetto di probabile sesso maschile con un microfono in mano, la bocca aperta e un'acconciatura in stile emo, di colore blu.

«Uno dei miei cioielli» disse 'O Rappezzo. «Si chiama Pannolino, è 'nu cantante neometodico. Tene 'na voce alla Placido Dominguo. Il suo urdimo successo è *A me me piace 'o ciucciotto*. Chisto, se vi viene a fare 'na serata, dopo ci dovete baciare mani e pieti, tanto ch'è strabilioso».

«Ci fa un poco schifo baciare le mani e i piedi, signor Ruffolo» tranciò Peppe.

L'impresario sospirò, voltò la pagina e mostrò una donna coperta da un costume in chiffon e da una cintura ornata di perline e monetine d'argento: «Su chesta ci metto la mano sul cuoco. L'ho pruvata personalmente e v'assicuro ca funziona per tutti i pubblici da zero a zerozero anni. È una panzatrice del ventre. Vi faccio una dimustrazione...».

'O Rappezzo si alzò e cominciò a roteare il bacino e la pancia, intonando un motivetto vagamente arabo.

A Zorro vennero le vertigini.

«Per favore, sedetevi, se no ci viene da rimettere» fece Peppe.

Ruffolo sospese lo show e riprese la descrizione della sua artista: «All'uccurrenza, fa pure la lap denz. Quando muove i cianchi e le zizze, vi dovete pigliare 'na pillola cardiopatica».

«Provoca infarti?» chiese Nonno Ciccio.

«Sì».

«Bocciata. Ci farebbe perdere i clienti per causa morte».

Zorro annuì.

'O Rappezzo passò alla terza bustina. «Ecco un crante crante crante cabarettisto barzellettiero: Piter Can! Chisto fa ridere sulo a guardarlo. Ci ha la battuta a mitraglietta. E si nun riesce a prucurare allegria, usa un trucco particulare: scende fra il pubico e fa 'o sulletico agli spittatori».

«'Na genialata» stabilì Nonno Ciccio. «Ma la Parthenope ha già due comici: uno sono io e l'altro è mio figlio».

«Giusto, papà» disse Braciola. «E quando recitiamo non abbiamo bisogno di fare il *sulletico*».

Ruffolo iniziò a preoccuparsi ma non si diede per vinto. «Quest'altro qua è un maco illusionisto prestidigitattore. Trasforma i piccioni in cunigli, fa trucchi culle carte, indovina i nummeri nella capa della gente e fa sparire le cose, soprattutto i purtafogli».

«Ma poi i portafogli li restituisce?» domandò Peppe.

«No, perché dice ca una volta ca so' spariti, non li può più fare accumparire. È 'na cosa logica, no?».

«In poche parole è un ladro».

«Una specie, e qui lo dico e qui lo annego. L'ho cunusciuto quando era appena asciuto di galera; aveva fatto scumparire tre automobbile, quatte vriciclette e 'nu camiòn. Però è bravo».

«Avanti il prossimo».

Il *prossimo* era un lanciatore di coltelli.

«Su questo qua, che si chiama Zaccaria Zac, devo fare 'na piccula precisazziona. Lui sceglie dal pubico le racazze sulle cuali lanciare i cultielli».

Peppe sgranò gli occhi. «Il numero non lo fa con una partner?».

«Fino all'anno scorzo sì, ora no. Nessuna racazza lo vuole più esecuire».

«Perché?».

«Ne ha uccise già due, e una terza è in cravi cundizzioni. Può succetere; è 'nu mestiere difficoltoso, quello di Zac. E abbisogna dire, a sua discolpa, che quanno so' capitati gli accidenti, non teneva gli occhiali, essendo egli miopo».

Nonno Ciccio e Peppe non sapevano se ridere o piangere.

«Scartiamo pure questo» disse Braciola.

«Stabbene» fece Ruffolo passando a una foto in cui c'erano delle fiamme in primo piano e, dietro, il volto di un uomo.

«Chi è, un piromane?» chiese Nonno Ciccio.

«No, nun è un petomane. Chisto è Dragoman, uno sputafuoco. Fa luce e calore, cu tanti affetti spiciali e tante vampate carbonizzanti».

«Quindi potrebbe causare incendi?».

Zorro si avvicinò a Ruffolo, sollevò una zampa e gli orinò sulla scarpa destra.

«Può essere, sì, può essere» ammise l'impresario. «Ma badate bene all'utilità: se sventuratamente vi verrebbe a mancare il gas, Dragoman lo mettete in cucina e vi funziona da bombola».

«Passiamo appresso».

Nuova foto, nuova rivelazione di Ruffolo: un tizio con un turbante sul capo e un cobra su una spalla.

«Signore e signore, ecco a voi Kamalakar, l'incantatoro di serpenti! Egli è indiano asiatico e sa suonare il flauto per scimunire il serpento e farlo stare dritto come 'na mazza di scopa».

Peppe andò sulla parodia: «E se il serpento non obbetisce e non si metto dritto?».

«In tal caso Kamalakar gli dà 'na botta in testa con il flauto e lo mette a coricare nella cesta. Poi Kamalakar si trasforma in fachiro e si corica pure egli. Non nella cesta ma sopra a un letto di chioti arrugginiti».

«Furbo, 'stu Kamalakar» disse Nonno Ciccio. «Fino a mo' è quello che m'è piaciuto di più. Però, signor Ruffolo, ancora non ci avete convinto. I vostri artisti è come se fossero incompleti, insufficienti. Ce ne vorrebbe uno così sorprendente da farci dire: "Accipicchiolina, questo è un fenomeno, un fuoriclasse!". Ce l'avete?».

'O Rappezzo passò direttamente alla bustina finale del raccoglitore, in cui era conservato il depliant dei depliant, l'arma segreta del suo plotone di artisti.

«Carissimi Vitielli, vi presento la star: Spartacus, domatoro di lioni, ticri, giraffe e affini».

«Scusate, le giraffe si domano?».

«Si domano ad abbassare la testa, che ce l'hanno troppo altezzosa. Spartacus cunosce e addomestica ogni bestia bestiale delle fureste e delle savane; è aggiurnato, studia; da matina a sera snobba sopra ai libri».

«E secondo la sua eccellentissima esperienza, come potremmo ospitare qui da noi lo spettacolo di un domatore?».

«Vi faccio venire gli operai a montare la cabbia e il gioco è fatto, rienvapliù. Le ticri e i lioni li facciamo ascire dalla cucina».

«Dopo che si so' mangiati le nostre cuoche?».

«Può essere, sì, tutto può essere. Se avete cuoche bene in carne, può capitare».

«Se prendessimo il domatore, in cucina potremmo mettere, al posto di Bettina e Cristina, tua moglie» propose Nonno Ciccio a Peppe.

«No, papà, poi dovremmo pagare i danni, perché Angelina sbranerebbe le ticri, i lioni e il domatore».

«Non ci avevo pensato...».

'O Rappezzo inabissò il catalogo nella ventiquattrore e sollecitò la sentenza: «Ditemi a piacere vostro: cuale volete? Vi faccio un pezzo di favore. Potete pure pacarmi a rate senza che mi interesso».

Nonno Ciccio si calò nella parte del presidente di giuria: «Caro *Struffolo*, noi vi ringraziamo per esserci venuto a trovare, ma probabilmente avevate un concetto sbagliato della Parthenope. La nostra è una trattoria, non un circo. C'è mancato soltanto che ci proponevate i clown, i giocolieri e i trapezisti».

«Tengo anche cuelli».

«Lo immaginavo. I vostri artisti saranno bravi, nessuno lo mette in discussione, però so' curiosi, strani. Sembrano usciti dal Grand Guignol».

«No, so' asciuti da sotto a me».

«Stavo facendo un paragone. Il Grand Guignol era un teatro di Parigi dove si svolgevano spettacoli basati sull'orrore e sulla perversione. E voi, nel vostro catalogo, tenete 'nu sputafuoco che può mandarci in fumo il locale, un lanciatore di coltelli assassino, un fachiro che dà le botte in testa ai serpenti e 'nu mago mariuolo. Più un cantante e una danzatrice del ventre che non si possono nemmeno guardare».

Ruffolo la mise sull'offesa: «Dite che i miei artisti so' strani e curiusi e voi tenete appesi a 'na curdicella rossa i Re Maggi e un Gesù Pampìno?».

Nonno Ciccio impugnò il bastone e poco ci mancò che non lo manovrasse per fare un rappezzo al Rappezzo. «Là ci sta la porta. Andate, prima che mi trasformo in un lione o in una ticre».

Mentre Ruffolo andava, Zorro, onde completare il servizio, gli orinò sulla scarpa sinistra.

22
Purificazione

Sotto l'effetto di tre boccali di camomilla e due tazze di valeriana, Scapece dormì di filato per undici ore, quarantadue minuti e ventisette secondi. Il suo precedente record, di poco inferiore, l'aveva stabilito in un'altra vita, ma non ne aveva conservato memoria.

La prima cosa che fece, una volta sceso dal letto, fu di ripristinare il contatto con la realtà. Riconobbe le stanze, i mobili, gli oggetti a lui più cari: non c'erano dubbi, si trovava nella sua abitazione.

Si ricordò di essere un ispettore capo di polizia in servizio al commissariato di Mergellina, di essere impegnato nelle investigazioni su un omicidio al peperoncino e di avere come diretto superiore un commissario che si chiamava Carlo di nome e Improta di cognome.

Rammentò anche di essere andato a dormire con le membra bollenti, ragion per cui ritenne saggio e utile ricontrollare la temperatura corporea prima di affrontare la vita, Napoli e il resto del mondo.

Trentasette e sette, decretò il termometro.

"Ce l'ho ancora, maledizione!".

Urgeva avvisare il capo.

«Meglio che non esci manco oggi» gli disse Improta al telefono. «Ti raggiungo io più tardi e pranziamo insieme. Come stai messo a vettovaglie?».

«Scarso».

«Vedi? Ti ci vuole 'na femmina. E il pancino che ti dice?».

«È in rivolta».

«Stai sereno, lo rimetteremo a posto».

Alle tredici e trenta Improta, con due sacchetti della spesa colmi di provviste, bussò alla porta dell'ispettore.

Scapece lo ricevette in pantofole, giacca da camera in velluto amaranto e zucchetto a righe bianche e rosse sulla testa.

«Complimenti per la casa» disse il commissario. «E congratulazioni per la vestaglia: sembri Bruce Lee in pensione».

«Regalo di una mia fan» comunicò l'ispettore.

«Le tue donne hanno gusto. Io invece mi so' dedicato alle compere alimentari. Per oggi faccio la dieta biologica insieme a te, così non mangio schifezze che fanno ingrassare. Però non mischiarmi i tuoi virus; tieniti a distanza di sicurezza».

«Se vuole, mi metto una mascherina antisettica».

«No, mi faresti impressione».

Scapece portò Improta in cucina, e il commissario espose i suoi acquisti: «Due pacchetti di pastina a stelline. Una bottiglia d'olio. Sedano, pomodorini, carote, cipolle e parmigiano grattugiato per fare il brodo vegetale. Per secondo ci facciamo due filetti di sogliola con limone, aglio e prezzemolo, accompagnati da qualche fetta di pane di segale. E poi arance e clementine, che contengono la vitamina C. So' passato pure in farmacia e t'ho preso 'na confezione di miele balsamico e uno sciroppo sedativo per la tosse».

«Commissario, lei è ammirevole».

«Aspe', non ho finito: ecco qua una bella radice di zenzero. Non farne un uso esagerato, perché questo è pure afrodisiaco; va a finire che per tenerti a cuccia ti dobbiamo legare a una catena».

Scapece riesumò da un cassetto un grembiule con la scritta *Boss of the kitchen* e lo diede a Improta, che lo indossò con fierezza. «Ora sono una massaia perfetta. Se mi vedesse mia moglie, mi sposerebbe un'altra volta».

«Ci facciamo un selfie e glielo mandiamo?».

«Spiritoso. Jamme, mettiamoci all'opera».

Con l'assistenza tecnica di Scapece, il commissario cucinò con una meticolosità che avrebbe meritato il plauso delle sorelle Giaquinto. Poi, fra un sorso di brodo di verdure e un boccone di sogliola, fece il punto sull'indagine.

«Dall'uccisione di Caruso è passata quasi una settimana. Abbiamo stabilito quando e come è stato ammazzato. Abbiamo trovato l'arma del delitto. Ci è chiaro il profilo psicologico della vittima: un figlio di papà che campava di rendita sperperando soldi a destra e a manca per correre appresso alle femmine, all'alcol e alla droga. Sappiamo cosa ha fatto e con chi è stato nelle ultime ore. Abbiamo scandagliato i suoi strumenti di comunicazione. Abbiamo escluso l'ipotesi della rapina e messo in secondo piano la pista dell'omicidio causato dai debiti e dall'usura. E in tutto questo, ci manca ancora il movente. Perché è stato ammazzato in quel modo? In quale guaio s'era cacciato? O l'assassino è troppo scaltro o io e te siamo troppo fessi».

«Egoisticamente, propenderei per la prima supposizione» disse Scapece.

«È una magra consolazione, Gianni».

«Sì, perciò dobbiamo farci più scaltri di lui. Nella lista andrebbero messi anche i tre che scatenarono la rissa al Moby Dick; potrebbero essersi vendicati dell'intervento di Amedeo in difesa della ragazza».

«Mi sono informato: quello che sferrò la coltellata è ancora in carcere; gli altri due agli arresti domiciliari. Come indiziato chi ci resta? Il custode del palazzo? Ho visto la sua faccia: sembra che abbia paura di se stesso; non mi pare uno capace di dare 'na zappettata sulla testa di Caruso e di affondargli una lama di venti centimetri nella schiena».

«E di spogliarlo nudo per fare tutto il resto».

«Il rebus sta lì, in *tutto il resto*. Sarebbe 'na cretinata andare a chiedere ai fruttivendoli di Napoli a chi hanno venduto peperoncini nelle ultime settimane; l'assassino potrebbe averli presi ovunque. La domanda su cui dobbiamo scervellarci ancora di più è: perché Caruso è stato "guarnito", per così dire, con aglio, olio e peperoncino?».

L'ispettore, pur debilitato, mise in ordine i pensieri: «Il pusher che lei ha interrogato avrà anche tentato di discolparsi, ma ha fatto un'osservazione razionale: un criminale comune non si sarebbe preso la briga di perdere tempo attorno al cadavere; commesso l'omicidio, sarebbe andato via. Allora dobbiamo tornare alla riflessione che abbiamo fatto domenica mattina in commissariato: l'assassino con cui abbiamo a che fare provava un odio immenso per Amedeo, e non ha scelto a caso gli ingredienti da collocare intorno al suo corpo. In questi giorni ho fatto delle ricerche. L'aglio, l'olio e il peperoncino vengono utilizzati tutt'e tre insieme, in varie regioni italiane, per preparare piatti con vari tipi di pasta: spaghetti, vermicelli, linguine, penne. È una ricetta semplice e antica, nata quasi sicuramente a Napoli. Ma su questo non mi sono soffermato molto. Ho cercato piuttosto di capire cosa accomuna i tre elementi. L'aglio, nonostante trasformi la bocca in una fogna, dà grossi benefici al corpo, perché contiene sostanze come l'allicina, che combatte i grassi e ha poteri antiossidanti e antinfiammatori, e la garlicina, che ha proprietà antibatteriche. L'olio, soprattutto quello extravergine, è ricco di polifenoli, che eliminano i radicali liberi. Il peperoncino ha come principio attivo la capsaicina, che fa bene all'apparato cardiocircolatorio ed è anch'essa antiossidante, antibatterica e antinfiammatoria».

«Caspita, sei preparato» esclamò Improta.

«Potrei sostenere un esame di chimica» scherzò Scapece. «Per la loro composizione e le loro virtù, le tre sostanze sono purificatorie. Detergono, disinfettano, ripuliscono dalle scorie. Nell'adoperarle, l'assassino ha attuato un intervento di rimozione; si è liberato di Amedeo perché il ragazzo rappresentava per lui qualcosa di cattivo. In molte leggende l'aglio è un antidoto contro il vampirismo. Nella liturgia cattolica, l'olio d'oliva benedetto viene usato per i battesimi, le cresime, gli ordinamenti sacerdotali, l'unzione degli infermi. Anticamente il peperoncino veniva applicato sulle carie per alleviare il mal di denti; d'inverno lo si spargeva nei calzini o nelle scarpe per proteggere i piedi dal freddo; qualche mamma lo metteva sulle dita dei neonati per fare in modo che non le succhiassero».

«Che tortura!».

«E dal peperoncino è nato il corno portafortuna, che tiene lontani gli eventi funesti. Però è anche un afrodisiaco, perché agevola la vasodilatazione facendo aumentare l'afflusso di sangue verso gli organi genitali».

«Perché l'assassino lo ha messo sul sedere di Caruso e non nella padella?».

«Secondo me in questo delitto il sesso gioca un ruolo fondamentale. Il pene di Caruso immerso nell'olio e nell'aglio significa purificazione. Il peperoncino ha una forma fallica, e posizionato sulle natiche esprime un messaggio volgare: "Te l'ho messo a quel servizio". Nella nostra indagine dovremmo aprire una pista erotica...».

L'ispettore si interruppe a causa di un accesso di tosse.

«Prenditi subito lo sciroppo che t'ho portato» disse Improta. «E più tardi preparati la tisana. Per domani mattina ti voglio fresco e tosto».

«Lo sarò. Devo andare ai funerali di Amedeo».

«Io me ne torno in commissariato a sbrigare un po' di pratiche. Vuoi che venga stasera a rimboccarti le coperte e a raccontarti qualche favoletta?».

«No, commissario. Gli orchi, le streghe e i folletti mi farebbero fare brutti sogni».

23
Galeotta fu la mano

Lola decise di sferrare l'assalto decisivo e per rendersi più desiderabile si agghindò come se dovesse partecipare alla Notte degli Oscar: reggiseno push-up, vestitino aderente con paillettes e super spacco laterale, anelli e bracciali scintillanti, collana in vetro di Murano, orecchini a candelabro, calze autoreggenti. Nella fase della rifinitura, si spruzzò uno spray volumizzante sui capelli e si cosparse di un profumo alla vaniglia così intenso da poter essere percepito anche dai cefali immersi nei fondali del golfo di Napoli.

"Peppe Vitiello sarà mio" deliberò.

Per rendersi più presentabile, Angelina si vestì come se dovesse andare a una festa in un saloon del vecchio West: stivali texani in pelle trapuntata, gonna lunga a campana, camicia con scollatura a barca e ricami floreali, giacca scamosciata con le frange, cinturone borchiato. Se avesse avuto due Colt sui fianchi, avrebbero potuto ingaggiarla per una rievocazione storica della battaglia del Little Bighorn.

"Peppe non ha tutti i torti: non vado mai a trovarlo" meditò. "Stasera gli faccio una grande sorpresa".

Lola arrivò alla Parthenope sul presto, prima di tutti gli altri avventori.

Già prima che entrasse, Zorro ne sentì il profumo e perse i sensi.

Peppe le andò incontro. «Buonasera, signora. Solito tavolo?».

«Sì, patatino».

Braciola si voltò verso suo padre, collocato dietro la cassa del locale a fare le parole crociate, e questi gli mandò un bacetto.

Lola si tolse il soprabito e si accomodò facendo in modo che lo spacco del vestito si aprisse bene per mettere in mostra, a mezza coscia, la balza di un'autoreggente.

Nella mente di Peppe si susseguirono in rapida successione sei o sette fantasie libidinose.

Zorro rinvenne, vide il cosciotto ignudo e perse nuovamente i sensi.

Nonno Ciccio emise un lunghissimo sospiro.

«Cosa le faccio preparare?» domandò Peppe.

«Al momento non ho fame» cinguettò la donna. «Perché non ti siedi con me a fare quattro chiacchiere?».

Agitando le braccia come un addetto alla gestione dei decolli e degli atterraggi su una pista aeroportuale, Nonno Ciccio esortò il figlio a non accettare.

Peppe per la seconda volta nella sua vita – la prima era capitata quando da bambino si era rifiutato di scendere dall'elefantino Dumbo di una giostra – disobbedì al padre e si piazzò a latere del peccaminoso cosciotto.

«Come stai, patatino?».

«Posso chiederle di non chiamarmi più, almeno in pubblico, in quel modo? Mi mette in imbarazzo».

«Preferisci *passerottino*? Oppure *stellina*?».

Peppe abdicò: «Va be', restiamo con patatino».

«Ti piace questo vestito che mi sono messa?».

«Sì, le dona. È sobrio».

Dal lato cassa arrivò un'esclamazione: «Trovata!».

«Che cosa, papà?» chiese Peppe.

«'Na parola che non mi veniva. Diciotto verticale, "Moderato nel mangiare e nel bere", sei lettere. La soluzione è *sobrio*».

«Tuo padre è un tipo buffo» fece Lola.

«Non lo fa apposta, gli viene naturale. Una curiosità, signora: il suo nome è proprio Lola?».

«Mi chiamo Dolores. Lola è il diminutivo. È più birichino, no? Dolores mette tristezza».

«Effettivamente...».

«Che bei baffoni che hai, Peppe» rilanciò la donna con una vocina maliziosa. «Sei proprio un tipo gagliardo».

«Trovata un'altra!» gridò Nonno Ciccio issando la penna dal cruciverba.

«Un'altra che, papà?».

«Un'altra parola. Undici orizzontale, "Che ha forza e potenza fisica", nove lettere: *ga-gliar-do*».

Lola fece una sortita: «Stasera non puoi finire di lavorare un po' prima, patatino? Così ce ne andiamo insieme in qualche posto tranquillo. A casa mia, per esempio. Lì ti cucino io; ti faccio provare i miei intingoli».

«Lei non è sposata?».

«Sono separata. E mi sento tanto, tanto sola...».

Uscita dalla palazzina di via Fedro, Angelina, spinta da un'inattesa tenerezza, entrò in un bar per comprare un tubo di Baci Perugina da portare al suo maritone.

“Gli piacciono, lo faccio contento. Ultimamente l’ho trascurato troppo”.

Prese la versione maxi da settantatré centimetri, se la mise sotto un braccio e marciò verso la Parthenope.

In tre minuti arrivò alla trattoria e ne aprì la porta proprio nell’istante in cui Lola, poggiando una mano su un ginocchio di Peppe, diceva: «Ho bisogno di calore».

Alla vista della nuora, Nonno Ciccio lanciò la penna verso il figlio e annunciò: «È arrivato ’o sceriffo!».

Peppe, spalle all’ingresso, applicato a guardare la mano galeotta sul suo ginocchio, non gli badò.

Dopo un attimo di incredulità, Angelina avanzò come un cingolato verso il campo nemico e, arrivata a un passo dal consorte, iniziò a percuotergli il groppone con il tubo di Baci. «Che stai facendo?! Traditore! Fanfarone! Assassino!».

La confezione si aprì e i cioccolatini si sparpagliarono in tutta la sala.

Lola ritrasse la mano e si congelò.

«Fermati, Angeli’, fermati!» implorò Peppe.

«Spurcaccione!» tuonò sua moglie. «Farabutto!».

Il baccano arrivò fino alle stanze del commissariato.

“Tipico litigio tra coniugi per motivi di gelosia” pensò Carlo Improta. “Sorvoliamo”.

Zorro si ridestò e, vedendo la malaparata, andò a esiliarsi in cucina.

Dalla cucina stessa si affacciarono Cristina e Bettina, che si fecero il segno della croce e chiesero alla Vergine di Piedigrotta di portare la pace sulla terra.

Braciola accennò una difesa: «Angeli’, non è come credi, stavamo solo parlando!».

«Parlando di che cosa?! Di zozzerie?».

«La signora mi stava raccontando alcuni suoi problemi».

«E a te che te 'mporta dei problemi 'e 'sta vrenzola?».

«Non offenda» fece Lola.

«Tu statte zitta!» ribatté Angelina utilizzando ciò che restava del tubo per ridurle il volume della chioma.

Lola preferì non reagire. Si alzò, raccolse il soprabito e filò via.

Nonno Ciccio volle dire la sua: «Peppe non stava facendo niente».

«Silenzio!» gli rispose Angelina. «Tu e tuo figlio avite fatto 'n'associazione a delinquere. Mentre io sto a casa, chissà voi qua dentro che combinate».

«Che combiniamo? A differenza tua, lavoriamo».

«Non ti rispondo per rispetto all'età che tieni. Quanto a te, Peppe, facimme 'e cunti a casa».

E con passo marziale Angelina lasciò l'arena.

«T'è piaciuto di fare il *patatino*?» disse Nonno Ciccio al figlio. «E questi so' 'e risultati».

«Papà, non ti ci mettere pure tu. Ho sbagliato a farmi trascinare. Ai clienti bisogna dare confidenza fino a un certo limite».

«Soprattutto quando si chiamano Lola Dolores».

«Angelina, poi! Erano mesi che non veniva in trattoria. E quando doveva piombarmi addosso? Proprio nel momento più equivoco».

«'O riavulo sa sempre quando mostrare le corna» commentò Nonno Ciccio scartocciando un cioccolatino finito sul registratore di cassa. Sul bigliettino interno era stampato un pensiero di Publio Ovidio Nasone: "Ogni amante è un guerriero, e Cupìdo ha il suo accampamento".

Peppe chiese a Isabella e a Diego di restare fuori casa almeno fino a mezzanotte.

«Devo affrontare da solo la belva» disse. «Se non dovessi uscirne vivo, portatemi un fiore ogni tanto al cimitero».

Con fiero cipiglio entrò nella sua abitazione, raggiunse il soggiorno e si piantò con le gambe spalancate e le mani sui fianchi davanti alla moglie, che stava guardando in tv un episodio della serie horror *The Strain*.

«Dobbiamo parlare».

Muovendo solo i muscoli dell'apparato fonatorio, Angelina fu breve e concisa: «Spòstati».

«Non mi sposto».

«Levati di mezzo».

«No. Hai il dovere di ascoltarmi».

«E che tieni da dirmi?».

«Alcune cose. Punto primo: ti chiedo scusa. Ho fatto un errore a sedermi a parlare con quella cliente; non era mossa da sentimenti aperti e genuini. Punto secondo: io verso di lei non tenevo e non tengo intenzioni lascive; sì, è 'na bella femmina, e io la posso guardare come ogni maschio guarda 'na femmina ben fatta, ma niente di più. Punto terzo: ho gradito che tu sia venuta, mi hai dato un segno d'affetto importante. Punto quarto: la prossima volta che vieni, non vestirti da cavallerizza e non portare i tubi di Baci Perugina; porta 'na cosa più leggera, che fa meno male. Punto quinto: domani mattina vado a prenotare un weekend per noi in Sicilia, come abbiamo deciso. Punto sesto: ti voglio bene».

Seguirono attimi di travagliato silenzio.

Poi Angelina parlò: «Apprezzo le tue parole, e voglio prenderle per vere e sincere. E ti voglio dare 'na seconda possibilità. Uno di questi giorni, a qualsiasi ora, a piacere mio, mi vengo a fare un'altra camminata in trattoria, e se ti trovo a fa' 'o damerino cu 'na femmina, ti apro in due parti. Forse pure in tre, a seconda di come sto con la testa. T'avevo preso 'e ciucculatini con tanto amore, e trovarti a fare 'o vis-à-vis con quella sgualdrina m'ha fatto salire il sangue alla testa. Attento, Peppe, ai passi che fai; stai sotto osservazione. Mi so' spiegata?».

«Benissimo. Mo' perché non spegni 'a televisione e ce ne andiamo a letto a farci 'na ripassata di quelle belle copulazioni dei tempi andati?».

«Devo prima scoprire si 'o prufessore Setrakian riesce a scampare alle lingue a proboscide degli *strigoi*. Quindi spòstati».

24
Ammazzato due volte

Gli addetti alle pompe funebri portarono il feretro all'interno della chiesa di san Gioacchino, in via Orazio, e lo deposero ai piedi dell'altare.

Ludovico Caruso, le braccia conserte, il viso terreo, strinse le mascelle; sua moglie Viviana, piegata dal dolore, fu scossa da un tremito di pianto.

Andrea, fratello maggiore di Amedeo, depose un mazzo di fiori sulla bara. Lo stesso fecero altre persone.

La navata era piena di gente. C'erano i familiari dei Caruso, gli imprenditori in affari con il costruttore, amici e conoscenti, gruppi di ragazzi, alcuni giornalisti e curiosi. In uno dei banchi laterali sedevano il portinaio Pasquale Fabozzi e i coniugi anziani dirimpettai della vittima. Alle loro spalle Viola Mazza si faceva notare per una pelliccia dello stesso colore del suo nome. Mancavano invece all'appello l'ex capitano Pappalepore e la coppia di avvocati del secondo piano.

L'ispettore Scapece era nelle retrovie, in piedi, appoggiato a un pilastro; da lì aveva una visuale su tutta la scena. Si sentiva debilitato, ma la febbre era andata via e la tosse si era attenuata; lo zenzero, la Tachipirina, il miele e la sogliola avevano fatto il loro dovere.

Durante l'omelia il prete officiante, ricorrendo all'enfasi e a metafore a gogò, ricordò che Satana ha mille volti ed elencò varie figure mostruose dell'Antico Testamento. Per far capire quanto il male fosse potente, citò a memoria dei brani del *Libro di Giobbe* in cui viene descritto il Leviatano: «Quando si alza, si spaventano gli dèi e per il terrore restano smarriti. La spada che lo affronta non penetra, e così accade per lance e dardi. Il ferro per lui è come paglia, il bronzo come legno tarlato. Non lo mette in fuga la freccia; per lui le pietre della fionda sono come stoppia. Nessuno sulla terra è pari a lui, creato per non aver paura. Egli domina tutto ciò che superbo s'innalza, è sovrano su tutte le bestie feroci». Nel finale commise una gaffe: «Per difendervi dall'orrore che è in mezzo a noi, affidatevi senza indugi al Signore; consegnatevi a Lui con fede e letizia. Egli solo può proteggervi dalle malvagità, dalle nefandezze dell'esistenza e dalle pugnalate alla schiena, che possono arrivare da chiunque e in qualsiasi momento».

In chiesa ognuno guardò con sospetto il proprio vicino. Scapece si staccò dal pilastro.

Terminato il sermone, il sacerdote fece salire sul pulpito una ragazza dal viso dolce, i capelli lunghi e ricci, che spiegò un foglio e con la voce rotta dall'emozione lesse un messaggio: «Avevamo progetti, sogni, speranze. Guardavamo al futuro con fiducia; eravamo convinti che il mondo fosse nostro e che avremmo meritato soltanto la gioia. La forza della giovinezza e la potenza dell'amore erano dalla nostra parte. Tu dicevi sempre: "Niente e nessuno può fermarci". Eri felice, allegro, leggero come le nuvole. Poi qualcosa è accaduto e nulla è stato più come prima. La luce che era in te si è spenta a poco a poco. Eppure continuavi a ridere, a scherzare. L'hai fatto fino all'ultimo, fino a quando una mano assassina ti ha strappato alla vita. Ma chi ti ha ucciso non ti ha separato da noi e dal bene che ti vogliamo. Chi ti ha ucciso non ha vinto. Dentro di noi non morirai mai, dolcissimo Amedeo».

I neuroni di Scapece elaborarono una serie di riflessioni: "Ha lanciato dei messaggi in codice. Cosa avrà voluto dire? E a chi si stava rivolgendo?".

Al termine della funzione, dopo i riti dell'aspersione e dell'incensazione, molti si misero in fila per porgere le condoglianze ai genitori e al fratello di Amedeo.

Scapece si spostò sul sagrato. Una giornalista lo riconobbe e lo abbordò con un registratore spianato. «Lei è l'ispettore Scapece?».

«Sì».

«Posso farle qualche domanda?».

«Non sono tenuto a rilasciare interviste».

«Quale pista state seguendo? Quando verrà catturato l'assassino di Amedeo Caruso?».

«Le ho detto che non posso rispondere».

«Nessuna dichiarazione?».

«Una sola: lasciateci lavorare».

L'ispettore traslocò di alcuni metri e per poco non urtò Fabozzi, che fece finta di non vederlo e tirò dritto verso l'uscita.

"La scoperta della zappetta gli ha messo la cacarella addosso" pensò Scapece.

Viola Mazza, invece, si fermò per un saluto veloce: «Ciao, ispettore. Nei prossimi giorni ti contatto. Bye-bye». E sulla mano di Scapece lasciò una fragranza di gelsomino.

Il feretro fu portato fuori dalla chiesa e collocato nell'autofunebre che l'avrebbe trasportato al cimitero di Santa Maria del Pianto, dove i Caruso avevano una cappella.

Nell'attraversare il sagrato, il padre di Amedeo si staccò dalla moglie e si appressò a Scapece a capo chino. «Grazie per essere venuto».

«Era doveroso per suo figlio» disse l'ispettore, sorpreso di scoprire un uomo diverso, almeno all'apparenza, da quello conosciuto qualche giorno prima.

«Mi scuso per il comportamento avuto con lei domenica scorsa, quando è venuto a trovarmi. Sono stato scortese, irrispettoso; ero confuso, infuriato, e ho usato parole eccessive anche nei riguardi di mio figlio. Ci tenevo a dirglielo».

«È comprensibile. Come sta sua moglie?».

«Come la vede: distrutta. Questa tragedia ci sta annientando. A che punto siete con le indagini?».

«Stiamo lavorando senza escludere nessuna ipotesi. Chi è la ragazza che ha letto il messaggio in chiesa?».

«Una ex fidanzata di Amedeo; una delle sue occasioni perdute».

«A cosa si riferiva quando ha fatto cenno al cambiamento di Amedeo?».

«Non ne ho idea. Lo chieda a lei. Arrivederla, torni a trovarmi quando vuole».

Appena la vettura dell'agenzia funebre si mosse, Scapece si accostò alla ragazza e le mostrò il proprio tesserino di riconoscimento. «Sono l'ispettore di polizia Gianni Scapece. Vorrei parlarle».

«Mi chiamo Eleonora e ho avuto una lunga storia con Amedeo» raccontò la ragazza, seduta con l'ispettore al tavolino di una caffetteria di via Orazio. «Lui aveva sei anni più di me; era spensierato, sprizzava energie da tutti i pori. Abbiamo vissuto momenti bellissimi, indimenticabili. Pensavamo addirittura di sposarci».

«Quanto tempo siete stati insieme?».

«Cinque anni».

«Quando è finita la vostra relazione?».

«Tre anni fa».

«Dopo che Amedeo è andato a vivere da solo?».

«Sì».

«Perché vi siete lasciati?».

«Fu lui a deciderlo. Mi disse che mi amava, che con me stava bene, ma voleva sentirsi indipendente, libero da ogni legame. Io rappresentavo un impedimento; non come persona ma come fidanzata».

«Aveva un'altra?».

Il volto della ragazza si velò di dispiacere. «All'epoca no. Dopo ne ha avute parecchie. Rapporti passeggeri, senza futuro».

«Come fa a saperlo?».

«Lui mi chiese di restare in contatto, e io accettai. In questi tre anni abbiamo continuato a sentirci, a vederci; uscivamo anche da soli. Amedeo si confidava, mi raccontava tutto, si sfogava. Mi rivelava persino particolari degli incontri con le sue amanti. Io lo ascoltavo, sopportavo, gli davo consigli. Dentro di me era rimasta la speranza di poterlo riconquistare».

«Perché in chiesa ha detto che si è spento a poco a poco?».

«Da quest'estate non è stato più lo stesso. Ad agosto iniziò a stare in apprensione; per una settimana non uscì di casa. Gli chiesi quale fosse la causa del suo nervosismo. Dovetti insistere per farlo parlare. Mi rivelò di aver ricevuto delle minacce».

«Da chi?».

«Nella cassetta della posta aveva trovato, a distanza di pochi giorni, due messaggi anonimi. Sul primo c'era un avvertimento: "Attento a quello che fai"; sul secondo "Stai firmando la tua condanna"».

«Scritti a mano?».

«No, al computer».

«Amedeo cosa ne fece?».

«Li gettò».

«Ne suppose la provenienza?».

«Non riusciva proprio a immaginare chi potesse minacciarlo e per quale motivo».

«Pensò a uno scherzo?».

«Come ipotesi la scartò. Lo invitai a fare una denuncia, ma lui non volle. Senza dirglielo, andai a raccontare ogni cosa al padre, che mi conosce bene. Nel periodo del fidanzamento sono stata spesso a casa dei suoi genitori, che vivono in una villa in via Manzoni».

«Ci sono stato. Il padre come la prese?».

«Mi rise in faccia. Disse che non gliene fregava niente del figlio. I loro rapporti negli ultimi anni sono stati pessimi».

«Dopo i primi due, Amedeo ha ricevuto altri avvertimenti?».

«Se è capitato, non me l'ha detto. Da settembre in poi si è tranquillizzato, o perlomeno così lasciava intendere. La cassetta della posta, però, non l'ha più aperta; chiedeva a me di farlo».

«Cosa l'ha spinta a scrivere e a leggere quel messaggio davanti a tutti?».

Per qualche secondo Eleonora tamburellò con le dita sul tavolino, poi rispose: «Amedeo non lasciò la villa di via Manzoni per sua scelta; fu cacciato di casa, dopo aver subìto maltrattamenti d'ogni tipo. Lo hanno ammazzato due volte. E stamattina in chiesa c'era il suo primo carnefice: suo padre».

"Più vado avanti e più questa vicenda mi lascia l'amaro in bocca" pensò Scapece davanti alla caffetteria, dopo aver salutato la ragazza. E per accrescere l'amarezza si accese una sigaretta.

Dopo il primo tiro sentì una mano su una spalla.

«Il fumo fa male».

Guido Pappalepore. Intabarrato in un cappotto principe di Galles i cui bottoni avevano delle ancore in rilievo.

"Ci mancava lui!" pensò l'ispettore.

«Come sono andate le esequie?» chiese l'ex capitano.

Scapece la buttò sull'ironia: «Ci siamo divertiti. Dopo la messa hanno fatto un rinfresco e uno spettacolo di fuochi d'artificio».

«So' contento. Io volevo venire ma ho avuto un contrattempo: ho dovuto portare il Titanic in riparazione; aveva la prua ammaccata».

«Quando sono stato da lei non l'ho visto. Dove lo tiene esposto?».

«Nel freezer».

«È il posto adatto».

«E lei, ispettore, la mia piroga dove l'ha messa?».

«Nella vasca da bagno».

«Ogni tanto la tiri a secco e la capovolga».

«Perché?».

«Per far uscire l'acqua che c'è entrata dentro. È un'imbarcazione fragile, potrebbe affondare. Quanto è profonda la vasca?».

«Mezzo metro».

«Se dovesse colare a picco, mi chiami. Vengo con un sottomarino di soccorso e la riportiamo a galla».

«Senz'altro. Ora devo scappare. Mi saluti il Corsaro Nero».

25
Scanno e megafono

La trattoria aveva il tutto esaurito.

Nonno Ciccio si era ricavato, accanto al presepe, uno spazio tutto per sé. Stava dietro un tavolinetto, sul quale con un mazzo di carte francesi aveva disegnato un triangolo per tentare di risolvere un Piramide, solitario fra i più difficili degli ultimi due secoli.

«Papà, Isabella deve dirti 'na cosa» disse Peppe.

Senza alzare gli occhi, Nonno Ciccio fece cenno al figlio e alla nipote di attendere. Dalla base del triangolo prese un re e lo mise da parte, insieme a un otto e a un cinque. Studiò le carte, ne voltò una del pozzetto, poi un'altra e un'altra ancora. Eliminò un fante e un due, un sette e un sei, sbuffò, borbottò, girò altre carte e infine le rimescolò con furia.

«Me so' impantanato! Napoleone Bonaparte inventò 'sto solitario durante la campagna d'Egitto. Sarei curioso di sapere quante volte l'ha concluso. Io lo azzecco una volta su mille. Eh, ma dopo lo continuo; entro stanotte mi deve riuscire, a costo di dormire qua insieme a Zorro. A proposito, non lo vedo: addò sta?».

«Prima l'ho visto uscire» disse Peppe. «Forse teneva un appuntamento con gli amici».

«O con qualche cagnetta. Zorro è un birbaccione, se ne va zitto zitto».

In effetti il cane custode della Parthenope aveva una fidanzata segreta: Bigodina, una barboncina dal pelo bianco e riccio e dal musetto simpatico. L'aveva conosciuta la sera in cui era venuta in trattoria insieme ai suoi padroni, due coniugi anziani che vivevano in un palazzo poco distante, ed era stato amore a prima vista. Ogni giorno, conoscendo gli orari in cui Bigodina usciva per le sue necessità fisiologiche, Zorro le andava incontro e la riempiva di premure e smancerie.

Isabella comunicò il suo proposito: «E se per la Vigilia organizzassimo una cena solidale per i senza fissa dimora? L'ho accennato ai ragazzi dell'associazione, ne sarebbero entusiasti».

Nonno Ciccio rispose con fervore: «Si deve fare e si farà! Aiutare le persone bisognose è un dovere. Portatemi 'o megafono e 'o *scanno*, devo arringare le folle».

Lo scanno era un panchetto di legno intarsiato che il fondatore della Parthenope aveva scoperto dieci anni prima in un negozio di antiquariato. Convinto che fosse appartenuto a un personaggio emerito, lo conservava come una reliquia e in speciali circostanze lo usava come tribuna per rivolgere proclami ai commensali.

Il sacro oggetto fu portato in sala da Diego. Nonno Ciccio ci salì sopra, appoggiò una mano sulla spalla del nipote e con l'altra impugnò il megafono, che Peppe aveva nel frattempo dissotterrato da uno sgabuzzino.

«Signore e signori, è Vitiello Francesco che vi parla» fu il suo incipit. «Perdonatemi se interrompo le vostre attività manducatorie e bevitorie, ma devo fare un annuncio importante.

Mia nipote Isabella, che vedete al mio fianco, fa la volontaria in un'associazione che aiuta le persone che non tengono una casa, non tengono 'na famiglia e di notte dormono sull'asfalto, sul cemento, sotto i cartoni, nelle case abbandonate. Li chiamano barboni, senzatetto, *clochard*. Sono semplicemente delle persone. Esseri umani come a noi. E per una sera staranno alla Parthenope insieme a noi. La sera sarà quella della Vigilia. Ceneremo con loro e aspetteremo la mezzanotte, quando il Bambinello che vedete in volo sulle vostre teste scenderà sul presepe e prenderà posto in mezzo ai suoi genitori Maria e Giuseppe. Io, mio figlio Peppe e i miei nipoti vi invitiamo a partecipare a questa cena. Fra nove giorni, il 24 sera, vogliamo vedere il locale pieno. Tutto il ricavato lo daremo all'associazione, che comprerà per i nostri ospiti dei sacchi a pelo e dei vestiti con cui potranno combattere le rigidità dell'inverno. Sarà poca cosa, lo so. Ma è meglio cominciare dalle minime cose, invece di restare a guardare senza fa' niente o di voltarci dall'altra parte. Noi napoletani siamo o non siamo il popolo della generosità? Allora dimostriamolo. Ci aspettiamo da voi una larga adesione, fino a esaurimento posti. E se proprio sarete impediti a partecipare perché già impegnati coi vostri familiari, lasciate un'offerta; anche cinquanta centesimi vanno bene, è il gesto che conta. Natale significa *nascita*. E noi vogliamo fare della nostra trattoria un posto in cui possa nascere un nuovo modo di vedere la vita».

«Avrebbe dovuto fare il politico» bisbigliò Peppe in un orecchio a Isabella. «A quest'ora, altro che sovrintendente; sarebbe stato premier».

«Io ci sarò!» fece sapere da un angolo della sala Ottavio, coetaneo di Nonno Ciccio e suo compagno di bevute e partitelle a carte.

«Pure io!» comunicò Antimo, un altro banchettante innamorato della Parthenope.

«E noi potremmo mai mancare?» disse Emilia, una signora seduta a cenare col marito. «Consideratecі prenotati».

Nonno Ciccio notò fra i presenti Barbuto e lo interpellò: «E voi, signor Gabriele, ci sarete?».

«A Dio piacendo, sì» rispose l'uomo con uno slancio esistenzialista.

«Umberto, e tu?» chiese Nonno Ciccio a un altro commensale amico.

«Non so se potrò trattenermi per tutto il tempo, perché per la Vigilia ci ho i suoceri a casa. Ma a inizio serata 'nu passaggio me lo faccio».

«Verremo anche noi» disse una ragazza che era in compagnia del fidanzato.

«Bene bene bene» si compiacque Nonno Ciccio con un sorriso a dentiera sguainata. «Trovandomi sullo scanno, con il beneplacito di mia nipote faccio un secondo appello, rivolto ai *nemici* in ascolto. Martedì sera mega-torneo di Asso Pigliatutto! La partecipazione è gratuita. Chi vuole iscriversi si iscriva e chi vuol capire capisca. Buon proseguimento di serata a tutti».

Il megafono fischiò.

Una scarica di adrenalina attraversò i corpi di alcuni accaniti giocatori di carte sparpagliati nella sala, i quali più volte avevano osato sfidare il condottiero della Parthenope rimediando memorabili scoppole.

«Grazie, nonno» fece Isabella.

«Era il minimo che potessi fare».

Peppe si impossessò del megafono e montò sullo scanno, che scricchiolò paurosamente sotto il suo peso.

«Che devi fare?» gli domandò il padre.

«Ti sei scordato dell'evento di domani» rispose Peppe.

«Ah, già!» fece Nonno Ciccio battendosi una mano sulla fronte.

«Signore e signori, vi chiedo un altro pochettino di pazienza» disse Braciola. «Solo per ricordarvi, come avete visto dalle locandine che abbiamo attaccato all'ingresso, la tavola rotonda che si terrà da noi domattina. La Parthenope è stata scelta dalla federazione italiana "Trattorie del Sapore" come sede del suo consueto ritrovo di fine anno, e noi ne siamo orgogliosi. Interverranno illustri relatori internazionali e l'ingresso sarà libero. Il tema dell'incontro è: "Dimmi come mangi e cosa bevi e ti dirò chi sei". Parlerò anch'io come rappresentante dell'Italia. Vi aspettiamo numerosi!».

Scattò un applauso generale, e proprio in quel momento Zorro, di ritorno dall'incontro con la sua fidanzata Bigodina, mise zampa in trattoria. Il cane interpretò l'esultanza come una manifestazione di affetto nei suoi confronti e ringraziò il pubblico con un ululato strepitoso.

26
Sotto scacco

Un presentimento, nulla più. Sufficiente, però, a creare ulteriore scompiglio nella testa di Scapece, ad alimentare quel malessere che si impadroniva del suo animo quando un'indagine imboccava vicoli ciechi.

Erano quasi le otto. Improta lo aspettava in commissariato.

Tirò su la lampo del giubbotto e si rivolse idealmente all'assassino: "Sei un vigliacco. Te ne stai nascosto nel tuo buco come uno scorpione, sperando di sfuggirmi. Ma io ti sento. E verrò a stanarti".

Aprì la porta di casa per uscire e un luccichio attirò la sua attenzione. Sullo zerbino c'era un pacco avvolto in una carta regalo rosso metallizzato.

"Un dono natalizio? Non è presto? E chi può avermelo mandato?".

L'ispettore lo portò in casa, lo appoggiò sul tavolo della cucina e lo aprì. Dentro c'era una vaschetta argentata coperta da un cartoncino a incastro. Scapece spostò i lembi della confezione e sollevò il coperchio.

Ciò che vide lo paralizzò.

Un primo piatto. Linguine con aglio, olio e peperoncino. E un ciuffetto di prezzemolo a mo' di decorazione.

«Cazzo!» esclamò.

Riguardò il tutto, lo mise sotto la lente d'ingrandimento e si ricordò che la settimana prima gli era accaduta una cosa a cui non aveva dato peso.

Chiamò Improta e gli chiese di venire subito.

Senza toccarla, il commissario osservò pensieroso la vaschetta sul tavolo. «'Sto bastardo ci sta provocando» disse riferendosi all'assassino.

«Oppure ci sta avvertendo» suppose Scapece.

«Di che?».

«Del suo prossimo delitto».

«Da cosa lo deduci?».

«Dal fatto che io sia un coglione» fece l'ispettore. «La settimana scorsa, la mattina di giovedì 7, quindi poche ore prima dell'omicidio Caruso, ho trovato davanti alla porta un altro "regalino" del genere: un contenitore di plastica chiuso in un foglio di carta stagnola. Dentro c'erano dei gamberetti mischiati a un liquido rosso».

«Salsa piccante...».

«Pensai a un errore di consegna o che qualcuno li avesse messi lì per i gatti randagi; ce ne sono due o tre che gironzolano per il palazzo. Bussai ai miei vicini; mi dissero che non era roba loro».

«Che ne facesti?».

«Buttai tutto nella spazzatura. Che fesso!».

«Non rammaricarti, l'avrei fatto anch'io. L'assassinio di Caruso non era ancora avvenuto, per cui non potevi collegare i due avvenimenti. E poi scommetto che su quel contenitore non c'erano impronte digitali, così come non ne troveremo su questa vaschetta. Comunque faccio venire i tecnici della Scientifica; ultimamente li stiamo facendo lavorare a pieno ritmo».

Il commissario fece una telefonata e tornò sull'argomento: «E se il creatore di questo piatto fosse un mitomane?».

«Non penso. Un mitomane non si sarebbe arrischiato ad arrivare fino alla porta di casa mia. Avrebbe mandato una lettera oppure un messaggio di altro genere».

«Il palazzo è sicuro?».

«No. Non abbiamo né un portiere né un impianto di videosorveglianza. Ogni condomino fa come gli pare; qualcuno ha un sistema di allarme, altri no. E per incuria o distrazione il portoncino d'ingresso viene spesso lasciato aperto».

«L'hai fatto presente all'amministratore?».

«È stata una delle prime cose che gli ho detto quando mi sono trasferito qui. Mi ha risposto che i condomini non si sono mai messi d'accordo per assumere un custode o piazzare una telecamera sull'ingresso».

«'A solita storia. Poi se avviene un furto in un appartamento, si corre ai ripari. A che ora sei rientrato ieri sera?».

«Presto: alle nove».

«Quindi il nostro *fantasmino* ha avuto a disposizione parecchie ore per portarti l'omaggio culinario. Ti piacciono le linguine?».

«Da oggi non più. Restando in tema di spettri, lo sa che in commissariato abbiamo un fantasma?».

«Cosa?».

«Il fantasma della vedova allegra».

«Ti è tornata la febbre, Gianni? Stai delirando?».

Scapece raccontò la storia che aveva appreso da Nonno Ciccio, arricchendola di particolari truculenti.

«Andiamo bene!» esclamò Improta. «Ci manca solo qualche mostriciattolo sotto le scrivanie e siamo a posto».

«Questa città è piena di fantasmi e creature strane...». Scapece fece un saltello. «Un momento! Venga con me».

L'ispettore portò Improta su uno dei balconcini dell'abitazione.

«Bella vista» disse il commissario guardando gli edifici di piazza Sannazaro, la Fontana della Sirena e uno scorcio di mare sulla sinistra.

«Questo assassino è astuto, ma non può essere invisibile. È vero che il palazzo non è sorvegliato, ma quaggiù di telecamere ce ne sono in abbondanza».

Improta fece una rapida panoramica. «Almeno sei, a quanto vedo».

«Per venire da me, l'assassino ha dovuto per forza attraversare la piazza. Oppure è arrivato da viale Gramsci. Dovremmo dare un'occhiata ai filmati».

«Sono telecamere per il controllo del traffico».

«Da chi sono gestite?».

«Dal comando della polizia locale. Ci facciamo un salto?».

«Quanto prima».

«Vado in commissariato a organizzarmi. Tu aspetta che la Scientifica venga a prelevare le linguine. Appena ti sei liberato, raggiungimi».

Scapece e Improta con un'auto di servizio raggiunsero la sede centrale della polizia locale di Napoli, in via De Giaxa. Spiegarono la loro esigenza al comandante, già avvisato dalla Questura, e ottennero l'accesso alla sala operativa, i cui monitor erano collegati alle apparecchiature che tenevano sotto controllo le strade e le piazze principali della città. Un tecnico li portò in una stanza e fece apparire su due monitor le immagini concomitanti delle registrazioni notturne effettuate da una telecamera orientata sul palazzo in cui viveva Scapece e da un'altra puntata sull'incrocio fra piazza Sannazaro e viale Gramsci.

«Gianni, mo' vediamo se stanotte ti sei affacciato in costume adamitico al balcone» disse Improta.

«Commissario, faceva troppo freddo e non voglio ammalarmi di nuovo. Lo farò in primavera».

I fotogrammi scorrevano sugli schermi a velocità accelerata, con due timer a indicare il trascorrere del tempo. Le dieci di sera, mezzanotte, l'una, le due. Pedoni, macchine, scooter, le scie luminose dei fari.

Quando l'orario indicò quasi le tre, si vide una sagoma umana, proveniente da viale Gramsci, fermarsi davanti al palazzo. Con una mano reggeva un pacco; con l'altra armeggiò attorno alla serratura del portoncino, poi entrò.

«Ci siamo» fece Improta.

Il tecnico riportò indietro il filmato, rallentò la velocità e zumò sulla figura in movimento. Benché l'illuminazione artificiale su viale Gramsci non desse alle immagini una nitidezza tale da permettere una perfetta messa a fuoco, alcuni dettagli erano evidenti.

«Abiti scuri, cappuccio sulla testa, guanti, sciarpa attorno al viso» disse il commissario guardando la registrazione. «Si è mascherato bene; ha lasciato scoperti solo gli occhi. Uno e ottanta di altezza, a occhio e croce. Sembra un uomo».

«Ha un giaccone lungo e un pantalone, potrebbe anche essere una donna» suppose Scapece.

«Sarà il fantasma della tua vedova allegra».

«State indagando su un fantasma?» chiese il tecnico.

«Sì, lo teniamo in commissariato» fece Improta. «Si chiama Regina e vorrebbe fidanzarsi con questo bell'ispettore, ma lui è contrario. Gli piacciono le donne appariscenti».

«Commissario, ogni sua battuta è una delizia per il mio spirito» ribatté Scapece.

«Appunto: la vedova allegra è uno spirito».

L'ironia di Improta e Scapece era dovuta più alla tensione che alla voglia di scherzare. Dentro sentivano montare la preoccupazione per la prossima mossa dell'assassino.

Il tecnico, disorientato, alzò le spalle e portò la registrazione nel punto in cui la figura sostava davanti all'ingresso del palazzo, girava la testa a destra e a sinistra e poi estraeva qualcosa dal giaccone.

«Sta prendendo un passe-partout» disse Scapece. «La serratura del portoncino potrebbe aprirla anche un dilettante».

La sagoma scura spariva nel palazzo, ne usciva due minuti dopo e si allontanava in direzione di piazza della Repubblica. Senza le linguine.

Improta e Scapece fecero recuperare anche le immagini registrate fra il 6 e il 7 dicembre, e con delusione scoprirono che i gamberetti erano stati consegnati dall'ignoto visitatore notturno con la stessa procedura.

«Brutta situazione» commentò Improta mentre rientrava in auto a Mergellina con Scapece. «Brutta assai. Questo criminale, o *questa* criminale, ci sta tenendo sotto scacco; potrebbe colpire chiunque e ovunque, da un momento all'altro; il preavviso ce l'ha dato».

Scapece ne tracciò il profilo: «È sfrontato, abile, metodico. Si muove di notte, non lascia impronte digitali e non commette imprudenze. Non è un impulsivo. Sa di averci in pugno e cerca di umiliarci. È un narcisista, vuole le luci della ribalta».

«Uno psicopatico?».

«Qualcosa di più. Si appresta a diventare un serial killer "organizzato". Ne ha tutte le caratteristiche: pianifica i delitti, sceglie con precisione le vittime, segue un criterio, non va a casaccio. Spero di sbagliarmi, ma nelle prossime ore tornerà a uccidere».

«Praticamente siamo impotenti. Che bisogna fare per intercettarlo? Non possiamo chiedere alla Mobile di sorvegliare a tappeto la città. Né possiamo far lanciare un appello alla popolazione; scateneremmo il panico».

«Niente, commissario; non possiamo fare niente. È come cercare il classico ago nel pagliaio. Dobbiamo solo aspettare, sperando che compia qualche sbaglio».

27
Il simposio

Peppe non metteva la cravatta dal giorno in cui Diego s'era cresimato. Per fare bella figura al simposio enogastronomico, ne indossò una turchese a pois rossi, abbinandola a una giacca blu che gli andava corta di maniche e stretta sulla pancia. Riuscì ad allacciare un solo bottone, e dopo averlo infilato nell'asola lo accarezzò e gli chiese di resistere fino al pomeriggio.

I rappresentanti della federazione "Trattorie del Sapore" giunsero alla Parthenope alle nove, in compagnia di due conferenzieri stranieri che dovevano intervenire insieme a Peppe: un francese strenuo difensore della *nouvelle cuisine*, provvisto di una barbetta caprina che faceva *pendant* con un ciuffettone di capelli alla Donald Trump, e una spagnola sostenitrice della cucina *fusion*, agghindata come se dovesse partecipare a un raduno di coniglie di Playboy.

Nonno Ciccio fece gli onori di casa e raccontò con trasporto, avvalendosi di aneddoti ed espressioni colorite, la storia del locale dalla sua fondazione – «Avvenuta nella seconda metà del ventesimo secolo» specificò – all'epoca odierna.

«Questo è tutto, e scusate se ho dimenticato qualcosa» furono le sue parole conclusive.

Gli ospiti si complimentarono e il presidente della federazione, Flavio Pallucca, proprietario di una rinomata trattoria nella zona dei Castelli Romani e quasi coetaneo di Nonno Ciccio, elogiò l'operato del sovrintendente della Parthenope definendolo «un fulgido esempio della laboriosità italica nel campo della ristorazione».

Si brindò con un prosecco e in pochi minuti cinque cestini di tarallucci al finocchietto si svuotarono.

Alle dieci la trattoria era gremita in ogni ordine di posti: appassionati di cucina, sommelier, chef, redattori di siti di gastronomia, un gruppo di professori e studenti di un istituto alberghiero, qualche cliente abituale.

Pallucca, Peppe e i due stranieri presero posto al tavolo dei relatori che Diego aveva allestito sotto la foto di Kennedy, con tanto di segnaposto, microfono e piccolo impianto di amplificazione.

Nonno Ciccio si installò in prima fila.

Zorro andò a schierarsi in difesa del presepe.

Pallucca aprì i lavori: «Sono felice di poter tenere a Napoli, in questo locale ricco di memorie e di cultura gastronomica, l'incontro di fine anno della nostra federazione, che mi onoro di presiedere dalla sua nascita, avvenuta ben venticinque anni fa. Un quarto di secolo dedicato alla valorizzazione delle trattorie d'eccellenza, fiori all'occhiello della creatività e dell'ospitalità del nostro Paese. Negli ultimi mesi abbiamo consolidato i rapporti e gli scambi di conoscenze con altre nazioni, ed è per questo che si è pensato di invitare due stimati specialisti: la dottoressa Margarita Corazón, che in Spagna è una celebrità, e il maestro Jean-Marie Le Pichon, noto luminare transalpino. Con loro tratteremo una tematica di scottante attualità: "Dimmi come mangi e cosa bevi e ti dirò chi sei". Lo faremo a partire da una triste constatazione: l'identità dei consumatori di massa contemporanei, stritolati dai ritmi affannosi delle loro vite e schiacciati nella morsa dei fast food e dei nutrimenti di scarsa qualità, è diventata ambigua, contraddittoria, astrusa. Stiamo assistendo al vilipendio dell'alimentazione, con gravi conseguenze sulla salute della popolazione. A questo scempio dobbiamo opporci con sdegno, difendendo il nostro lavoro e facendo capire una volta per tutte che le "Trattorie del Sapore" sono roccaforti del gusto e della bontà. Sotto al nostro naso non passerà mai una mosca. Se deciderà di passare, la scacceremo. E se tornerà, la schiacceremo. Abbiamo tutte le carte in regola per ergerci, e sottolineo *ergerci*, a paladini del buon bere e del buon mangiare. Che il confronto, dunque, abbia inizio. I nostri tre relatori faranno un primo giro di interventi, poi daremo spazio alla discussione e alle domande dal pubblico. La parola a Le Pichon».

Il maestro francese artigliò il microfono. «Bonjour à toutes et à tous! Non preoccupatevi, parlerò in italiano, il n'y a pas de problèmes; conosco bene la votre langue, la vostra lingua, perché vengo spesso en Italie. Non starò qui a snocciolare il mio curriculum e i premi che ho vinto partout dans le monde. Né ho bisogno di ricordarvi che il "pasto alla francese" è stato inserito dall'Unesco nella lista del patrimonio culturale immateriale dell'umanità. Entrambe les choses fanno parte della storia. La stessa parola *trattoria* viene dal francese *traiteur*. La convivialità française a tavola è un fatto riconosciuto. Dall'aperitivo al digestivo, dalla scelta dei formaggi a quella dei dolci, dalla posizione delle posate ai momenti di conversazione, ogni cosa è studiata per stimolare i cinque sensi. E questo cerimoniale trova la sua sublimation nella *nouvelle cuisine* che qualcuno, a torto, considera superata e controproducente. Invece i suoi comandamenti, così come furono espressi da Henri Gault e Christian Millau negli anni Settanta, restano incontestabili. Ve ne cito alcuni: alleggerire i menu; non cuocere troppo; utilizzare prodotti freschi e di qualità; eliminare salse e sughi; stare attenti alla dietetica; inventare. Et voilà, come si può confutare questi imperativi? Se vogliamo, come ha detto poc'anzi il presidente Pallucca, restituire un'identité ai consumatori, dobbiamo nécessairement rispettare queste regole. Mangiare meno e mangiare leggero significa mangiare sano. Mi sono stufato di sentir dire che dopo un pranzo o una cena preparati con le tecniche della *nouvelle cuisine* si deve andare a manger da un'altra parte perché non ci si è saziati. Una presa di posizione sciocca. Meglio un piatto gourmet o un'abbuffata? È più nutriente un'insalata con uova di quaglia o un pasticcio di maccheroni con ragù e besciamella? È più buono un carciofo alla citronette o un calzone fritto? Questo dobbiamo chiederci. E questo io chiedo ogni giorno ai ristoratori. La *nouvelle cuisine* la sto diffondendo nelle trattorie, nelle taverne, nelle osterie. All'inizio mi guardavano con diffidenza, come se fossi matto; ora mi cercano e mi desiderano. Se vedo qualcuno strafogarsi – si dice così? – con un piatto pesante o bere un vino annacquato, io capisco subito chi è: un imbécile. Nutrirsi così vuol dire uccidersi. À propos de ça, ho saputo che un assassino qualche giorno fa, ici à Naples, ha ammazzato una persona e poi ha messo intorno al cadavere dell'olio, dell'aglio e il peperoncino. È vero?».

«Sì» rispose Peppe.

«È stato catturato?».

«Non ancora. Lo stiamo cercando».

«Pourquoi, monsieur Vitielló, dice "lo stiamo cercando"? Lei fa parte della police?».

«No. Però come cittadino mi sento vicino alla polizia ed è come se lo stessi cercando anch'io. Lo troveremo e lo arresteremo».

Una persona seduta fra il pubblico incrociò velocemente le braccia e le gambe.

«Peccato che non l'abbiate ancora imprigionato» disse Le Pichon. «Mi sarebbe piaciuto andargli a parlare, per capire perché ha agito in quel modo. Poteva darmi degli spunti, perché sto per lanciare un nuovo trend: la *noir cuisine*».

"Piacerebbe ad Angelina" pensò Peppe.

«Quando lo prenderete, avvisatemi».

"Così ti rinserriamo con lui" pensò Nonno Ciccio.

«Bien. Se alla Parthenope avrete necessité della mia consulenza, io correrò immédiatement; à condition que mi lasciate liberté d'expression. Vive la *nouvelle cuisine*! Viva Napoli!».

Dopo il battimani dei presenti, Pallucca affidò il microfono a Margarita Corazón, che si mostrò subito agguerrita: «Basta con il passato. E basta con le cose sorpassate. Io vengo dall'Andalusìa, tierra magnifica, dove ci sono ciudades maravillosas: Córdoba, Sevilla, Granada, Málaga. È un territorio fertile, bagnato dal Mediterraneo e dall'Atlantico, con una grande tradición enologica e culinaria: il vino amontillado, il gazpacho, il pescaito frito, l'Ajoblanco, le tapas, il rabo de toro. Il mio cognome, Corazón, significa "cuore". E io nel mio lavoro ci metto cuore y pasión. Amo l'Andalusìa, amo la sua bellezza, la sua cucina. Quando io ero una niña, mi madre me insegnò a voler bene a mi tierra e mi raccontò la historia dei pueblos che l'avevano dominada: Fenici, Cartaginesi, Greci, Romanos, Visigoti, Arabi. Io compresi di essere una descendiente de estos pueblos, e che nel mi sangre avevo la fuerza di razze diverse che avevano formato el mundo andaluz. Quando da grande sono diventata esperta en gastronomía, mi sono convinta che no dobemos limitarci alle tipicidades locales ma allargare nuestros horizontes creando una *fusion*, un'armonia fra pietanze de diferente origen, per dare vita a platos nuevos. Le tavole devono colorarsi de todos los colores del mundo. E allora i ceci possono stare bene con il curry, le melanzane con le arachidi, il burro e l'aglio con le cavallette».

Nonno Ciccio non ce la fece a trattenersi: «Le cavallette?».

«Sì» confermò Corazón. «Le cavallette fritte. Le ho mangiate, sono molto buone; croccanti y saporite. En la Tierra due miliardi di persone già mangiano los insectos. La Fao ha lanciato un programma per la propagación dell'entomofagia. Fra pochi anni la población mundial arriverà a nove miliardi, e los insectos diventeranno una indispensabile fuente alternativa di cibo. Sono nutrienti porque contengono proteínas, grassi, minerales; possono essere consumati interi o in polvere; la loro reproducíon costa meno dell'allevamento di polli, ovini e bovini. La *novel food* es la nueva frontera de la nutrición. Avete mai provato i grilli, le formiche, i bachi da seta?». I due terzi dei presenti si contorsero sulle sedie. «Io sì, e non me ne sono pentita. Debemos renovar nos, fare una revolución. Los insectos son parte de esta revolución».

La sala diventò una coltre di ghiaccio.

Il microfono tornò al presidente Pallucca. «Jean-Marie Le Pichon e Margarita Corazón hanno espresso le loro *opinion* e noi ne prendiamo atto. Si tratta di convincimenti che devono indurci a riflettere. Io sono un tradizionalista, però ascolto sempre chi ha da dire qualcosa di diverso e di provocatorio. Mi aiuta a crescere e a capire se posso migliorarmi. Ora do la parola a uno dei nostri padroni di casa, Peppe Vitiello. Ascoltiamo cosa ha da dirci».

Braciola scambiò un cenno d'intesa col padre, mise da parte un foglio su cui aveva scritto un discorsetto e improvvisò: «Cucinare è come vivere una storia d'amore fatta di dolcezze, cordialità, gesti affettuosi. Quando preparo un piatto, e lo dico senza intenti blasfemi, mi sento un piccolo dio. Ringrazierò in eterno mio padre per avermi tramandato quest'arte straordinaria. E anch'io, come la Corazón, sono riconoscente alla mia terra, che con la sua prosperità e la sua storia millenaria mi dà gioia e vigore; se vivo qui è perché sono stato baciato dalla fortuna. Mangiare è anch'esso un atto sentimentale. Se ci nutriamo bene, abbiamo cura della nostra salute e diamo valore ai prodotti che la natura ci dona. Le Pichon ha prima ricordato che il "pasto alla francese" è entrato nel patrimonio culturale immateriale dell'umanità. Be', gli rammento che l'Unesco ha attribuito questo riconoscimento anche alla dieta mediterranea, ricordandone i valori di ospitalità e di dialogo interculturale, nel rispetto delle diversità di ogni Paese. Ecco, vorrei soffermarmi proprio su quest'ultimo punto, tenendo conto del tema del nostro incontro. Vanno bene le contaminazioni: Napoli nei secoli, come l'Andalusia, ha accolto e rielaborato gli usi e i costumi di varie civiltà e dinastie. Siano benvenute pure le rivoluzioni, purché non distruggano ciò che di buono possediamo. Ma stiamo attenti alla questione delle diversità. Se tento di imporre a un mio cliente un piatto, una bevanda o un ingrediente che non rientra nelle sue abitudini alimentari o che si allontana troppo dalle tradizioni del luogo, io sto esercitando una violenza e sto venendo meno all'etica della mia professione. I cambiamenti devono avvenire in modo graduale. Nella gastronomia gli obblighi e gli eccessi non funzionano. Se sostituisco le chele di granchio con le cavallette, o un friariello con il tofu, o una frittura di paranza con una grigliata di grilli, vengo fucilato seduta stante. Allora, con il dovuto riguardo per i concetti espressi da Corazón e Le Pichon, per la *nouvelle cuisine*, per la cucina *fusion*, per il *novel food* e compagnia cantando, io resto dell'idea che è meglio un giorno da ragù che cento da calabrone. Quindi viva la dieta mediterranea, viva Napoli e viva la Parthenope!».

Sull'ultima esclamazione, l'eroico bottone della giacca di Peppe si staccò e roteando andò a colpire la barbetta di Le Pichon.

«Pardon!» fece Braciola.

«Parbleu!» replicò il francese.

«Caramba!» disse Margarita Corazón.

Nonno Ciccio si spellò le mani.

La platea fu tutta un tripudio.

Pallucca dovette richiamare il pubblico all'ordine minacciando di far sgomberare la sala.

Quando il tumulto fu sedato, iniziò un acceso dibattito durante il quale furono toccati i temi più disparati: l'uso della trippa nel Medio Oriente, il veganismo, i metodi di coltivazione della barbabietola da zucchero, l'invenzione del tirabusciò, la scoperta della patata da parte dei conquistadores spagnoli, le differenze tra un soufflé e un gâteau.

I giornalisti incalzarono di domande Le Pichon e Corazón, e lo stesso Peppe fu invitato a rispondere a quesiti d'ogni genere, fra cui uno relativo alla quantità di scarole da impiegare per la preparazione di una minestra maritata.

Poi, all'improvviso, uno chef della Riviera di Chiaia riportò in argomento l'omicidio Caruso: «Da una settimana i miei clienti non mi chiedono più piatti che contengono peperoncino. Peppe, non pensi che questa vicenda possa danneggiare la nostra immagine?».

«Se pure fosse, il danno durerà poco, perché sono convinto che il responsabile del delitto non resterà troppo tempo a piede libero» disse Braciola.

Poco dopo la risposta, la persona che aveva incrociato le braccia e le gambe sgattaiolò fuori senza farsi notare.

28
Ore agitate

«Scapece, che piacere!» esclamò Francesco Vitiello. «È da diversi giorni che non ci venivate a trovare. Vi vedo sciupato; l'influenza non v'è ancora passata?».

I convegnisti e gli spettatori erano andati via, e Peppe e Diego stavano mettendo in ordine la sala della Parthenope sotto lo sguardo concentrato di Zorro.

«Me la sono vista brutta, ora sto meglio. State rassettando?».

«Stamattina abbiamo fatto 'na tavola rotonda gastronomica con quelli della federazione "Trattorie del Sapore", che si so' portati appresso due intellettualoidi, 'nu francese e 'na spagnola. 'O francese ci voleva far credere che la *nouvelle cuisine* è meglio della dieta mediterranea; 'a spagnola ha detto che nel futuro ci mangeremo 'e scarrafuni. Per fortuna io in questo futuro non ci starò».

«Però papà li ha messi a tacere» disse Diego. «Dovevate sentirlo, ispetto': ha tenuto un discorso da grande oratore, alla Marco Tullio Cicerone».

Peppe fece il timido: «Macché. Ho fatto un discorso alla Vitiello, dicendo quello che pensavo».

Scapece si lasciò cadere mollemente su una sedia.

«Tenete la testa chissà dove» gli disse Nonno Ciccio. «State pensando all'assassino di via Orazio?».

«Proprio a lui».

«Non avete ancora capito chi è?».

«No. E sta per commettere un secondo delitto».

Nonno, figlio e nipote si immobilizzarono.

«Ha lanciato un avvertimento?» domandò Peppe.

«Sì».

«Ah... Ce ne volete parlare?».

«Non qui».

«Jamme abbascio 'o nascondiglio!» ordinò Nonno Ciccio. «Peppe, vieni pure tu. Diego, tu resta qua con Zorro. Zorro, tu controlla a Diego e 'a porta d'ingresso».

«La settimana scorsa l'assassino mi ha mandato un primo avviso» raccontò l'ispettore nella sala sotterranea. «Mi ha fatto trovare davanti alla porta di casa un recipiente pieno di gamberetti in salsa piccante».

«Un antipasto» disse Peppe.

«Sì, e la mattina dopo è stato scoperto il corpo di Amedeo Caruso. Stamattina ho trovato un altro regalo: una vaschetta contenente linguine condite con aglio, olio e peperoncino».

«È passato dall'antipasto al primo».

«Abbiamo validi motivi per ritenere che nelle prossime ore ammazzerà un'altra volta, se non lo ha già fatto. Le piste che abbiamo seguito finora non ci hanno dato uno straccio di prova o un movente; solo indizi. È un omicida subdolo; non lascia tracce, sa restare nell'ombra. Mai mi sono imbattuto in un criminale così astuto e sprezzante. È venuto da me alle tre di notte, vestito di nero e con il volto coperto».

«Gli avete preso il numero di targa?» chiese Nonno Ciccio.

«Papà, ma che dici?» si intromise Peppe.

«Dico che con qualche mezzo sarà pur arrivato. 'Na macchina, 'nu motorino, 'na bicicletta. 'A metropolitana no, perché a quell'ora non funziona».

«Era a piedi» rese noto Scapece.

«Allora abita in zona. Oppure ha parcheggiato non lontano dal palazzo. Per andarsene in giro di notte camuffato trasportando una vaschetta di linguine, non può aver fatto un tratto a piedi troppo lungo. E come è entrato nel palazzo?».

«Con un passe-partout».

«Sarà lo stesso che avrà usato per introdursi in casa di Caruso. Lì la porta non è stata manomessa, dico bene? L'ho saputo dai giornali».

«Sì, è così».

«Ispettore, quest'assassino ce l'ha con voi» disse Peppe. «Che gli avete fatto?».

«Appena lo incontro glielo chiedo».

«Forse vi conosce personalmente. Su Caruso cosa avete scoperto?».

«Un sacco di belle cose. Cocainomane, mezzo alcolizzato, frequentava un mucchio di donne, spendeva soldi a palate, era rimasto coinvolto in una rissa in discoteca, gli avevano sospeso la patente per guida in stato di ebbrezza, aveva ricevuto delle minacce. Più altri particolari; nessuno determinante, però. Almeno fino a questo momento».

«E quel Fabozzi, il portiere? Ho letto che l'arma del delitto ce l'aveva lui».

«È indagato, ma le sue caratteristiche fisiche non corrispondono a quelle della persona che mi ha portato i regali culinari».

«E il padre di Caruso?».

«Aveva col figlio un rapporto conflittuale. Tre anni fa l'ha cacciato di casa e ultimamente ci ha litigato di brutto».

«Probabile che sia implicato» disse Nonno Ciccio.

Peppe dissentì: «Papà, può mai un genitore volere la morte del figlio? Tu mi faresti del male? Mi uccideresti o mi faresti uccidere?».

«Tutti i giorni».

«Va be', con te non si può parlare seriamente».

«Scemone, sto cercando di sdrammatizzare. Se stiamo troppo a rimuginare su questa situazione, usciamo pazzi. E non ci rendiamo utili all'ispettore, che giustamente sta teso e preoccupato. Dobbiamo diventare una squadra, senza farci pigliare dall'ansia. Questa notte ci porterà consiglio».

Oltre a qualche consiglio, la notte portò grande agitazione ai Vitiello, a Scapece e al commissario Improta.

Tornato a casa con Diego, Peppe raccontò gli ultimi avvenimenti a moglie e figlia.

Isabella ne restò sconvolta.

Angelina si spaventò della sua stessa preveggenza. «L'avevo detto che avrebbe ucciso ancora...».

Solo Diego cascò dal sonno.

«Se arrivasse l'Apocalisse, lui continuerebbe a dormire» commentò Peppe, che per ingannare il tempo girò e rigirò centinaia di volte una vecchia clessidra che da piccolo aveva ricevuto in regalo dalla mamma.

Due piani più su, Nonno Ciccio consumò la suola delle pantofole e la punta del bastone per spostarsi come un recluso da una stanza all'altra del suo appartamento. Faceva un passo e si fermava a pensare; poi avanzava di un altro metro e ripeteva la sosta meditativa. Così per ore, con Zorro al traino.

All'una di notte chiamò il figlio: «Novità?».

«No, papà».

Alle due, una seconda telefonata: «Si sa niente?».

«Niente, papà».

Alle tre: «Peppe, mi so' visto trecento telegiornali. Tu hai saputo qualcosa?».

«Se l'avessi saputo te l'avrei detto. Vatte a cucca', papà».

Improta restò in commissariato fino a mezzanotte. Firmò carte su carte, esaminò una tonnellata di verbali, chiacchierò con gli agenti del turno di notte, maledisse gli assassini di ogni tempo e luogo, pregò il Padreterno di scendere sulla terra a radere al suolo i rifugi dei criminali, girovagò per gli uffici allo scopo di rintracciare il covo della vedova allegra.

Quando tornò a casa e si coricò con la moglie, rimase immobile a guardare il buio. In attesa dell'irreparabile.

Scapece optò per il vagabondaggio notturno. Con lo scooter percorse chilometri su chilometri da Mergellina a Posillipo, da Chiaia al Vomero, attraversando piazze, vie e stradine alla ricerca di qualcosa o qualcuno che non aveva forma né nome. Passò e ripassò davanti alla palazzina di via Orazio 190 e notò che erano accese solo le luci dell'appartamento di Mancini e Garofalo al terzo piano e quelle di Pappalepore al primo.

In via Manzoni si fermò di fronte alla villa di Ludovico Caruso, immersa nell'oscurità.

In via Caracciolo mangiò un cornetto caldo e fumò una sigaretta.

Rientrò a casa alle tre e salì al quarto piano a piedi sperando di incontrare per le scale l'assassino e di poterlo gonfiare di botte.

Ma l'assassino non c'era. L'assassino era altrove; cinque ore prima aveva già fatto quello che la mente gli aveva ordinato di fare.

29
Il mostro di Posillipo

Via Marechiaro. Una lunga arteria che costeggia ville, parchi e palazzine panoramiche. Dalle pendici della collina di Posillipo arriva fino allo spettacolare tratto di costa dove ci sono i ruderi del Palazzo degli Spiriti, costruzione di epoca romana che secondo una leggenda fu sede della scuola di arti magiche di Publio Virgilio Marone, e *'a fenestella* che ispirò a Salvatore Di Giacomo il testo di uno dei brani più noti della canzone classica napoletana: *Marechiare*. Due emblemi della città, due poeti divisi da venti secoli di storia.

Nel tratto inferiore della strada, in una curva, c'è la chiesa di Santa Maria del Faro, gioiello dell'architettura sacra partenopea, eretta sui resti di un tempio dedicato alla dea Iside e poi restaurata nel Settecento in stile barocco dal geniale architetto Ferdinando Sanfelice.

Il parroco don Giacinto la superò con la macchina, trovò uno spazio libero, parcheggiò e scese. Erano le otto e mezza del mattino; di lì a poco avrebbe dovuto celebrare la prima messa della domenica.

Fatti una ventina di passi, notò un voluminoso trolley accostato al cancello laterale della chiesa. Si avvicinò. Era rosso, di tessuto, dotato di quattro ruote piroettanti.

"Conterrà vestiti usati da donare ai poveri" pensò. "Me l'avrà lasciato qualche benefattore".

Ne afferrò il manico per spostarlo e lo sentì pesante.

"Non sono vestiti".

Con non poca fatica, lo portò all'interno del luogo di culto e lo appoggiò in orizzontale sul pavimento della navata, tra le ultime file dei banchi.

Ne fece scorrere il cursore della cerniera e lo spalancò.

«O Maria benedetta!» esclamò portandosi le mani davanti alla bocca.

«Un'altra domenica di merda!» sbottò Improta mentre era a bordo della volante diretta a sirene spiegate verso via Marechiaro.

L'agente alla guida e quello che gli era accanto non replicarono.

Scapece, seduto dietro con il commissario, guardava sfilare dal finestrino le case e le strade di Napoli. Dentro non sentiva emozioni. Il vuoto. Tabula rasa.

Davanti alla chiesa s'era formato un capannello di gente.

Don Giacinto, confortato da alcuni abitanti del posto, era appoggiato al cancello. Sotto shock.

Improta fece posizionare i due agenti davanti all'ingresso della chiesa ed entrò insieme a Scapece.

Il trolley era a terra, dove il parroco l'aveva lasciato. Aperto.

Il commissario e l'ispettore inorridirono: la valigia conteneva il cadavere di una ragazza completamente nuda, rannicchiata in posizione fetale. Aveva sulla gola dei graffi e una striscia bluastra. Il volto era cianotico, le labbra livide e gonfie. Fra le scapole un segno di riconoscimento: un tatuaggio con delle rondini in volo. La superficie corporea visibile era disseminata di puntini rossi.

Scapece tirò fuori la lente e si chinò per guardare. «Sembra peperoncino in polvere. L'assassino ha messo la sua firma».

«Maledetto!» ringhiò Improta battendo un pugno su un banco.

«Ha mantenuto la promessa, commissario. Ci ha beffati».

«Gliela faremo pagare cara».

«Non vedo sangue. Stavolta non ha usato zappette o coltelli. L'ha strangolata con una cinghia o una corda».

«Povera ragazza» fece Improta osservando il corpo. «Chi potrebbe essere?».

«Domandiamolo al prete; magari è in grado di identificarla».

Malfermo sulle gambe, spaventato, don Giacinto rientrò in chiesa. Aveva una sessantina d'anni; portava al collo un laccetto da cui pendeva una croce dehoniana in legno d'ulivo.

«Comprendiamo il suo stato d'animo, ma faccia questo sacrificio, è importante» gli disse Scapece. «La riconosce?».

La ragazza assassinata, capelli castani a caschetto, fisico minuto, mostrava un'età inferiore ai trent'anni.

«No» disse il sacerdote.

«Non è una frequentatrice della sua parrocchia? Ci pensi bene».

«Mai vista» confermò.

«Grazie, padre».

«Prima che la portiate via, posso recitare una preghiera per lei?».

L'ispettore guardò il commissario, che annuì.

Don Giacinto si inginocchiò davanti al cadavere e giunse le mani.

«Usciamo, Gianni» disse Improta a bassa voce.

Dal terrazzino esterno della chiesa lo sguardo poteva spaziare fino alla penisola sorrentina e a Capri.

Scapece e Improta rimasero a fissare il paesaggio per diversi secondi, senza parlare. Assorti nei loro pensieri, preoccupati, arrabbiati.

Fu Improta a rompere il silenzio: «Avevi ragione, Gianni, è un serial killer. Spavaldo e crudele. Non sarà facile catturarlo».

«Commissario, ricorda il caso del mostro di Posillipo?» chiese Scapece.

«Sì. All'epoca non lavoravo a Napoli, ma la vicenda fece scalpore. Accadde alla fine degli anni Ottanta, se non erro».

«Nell'89».

«Pensi che ci siano attinenze con la nostra indagine?».

«Qualcuna. Conosco bene la vicenda perché l'ho studiata per una ricerca criminologica. Il "mostro", come fu definito dalla stampa, un uomo di quasi quarant'anni con problemi psichici, torturò e uccise a coltellate una donna nella zona di piazza Mercato; poi la mise in una valigia, la caricò su una motocicletta e la trasportò proprio qui a Marechiaro».

«Attraversò mezza città con il cadavere sulla moto. Cose da pazzi».

«Infatti. Abbandonò la valigia con il corpo davanti a un ristorante; il posto esatto dovrebbe essere a poche centinaia di metri da dove stiamo adesso. Tornò indietro, andò alla stazione, salì su un treno, fuggì in Francia e lì fu arrestato. Nell'abitazione della vittima, dove era avvenuto il delitto, furono ritrovate prove schiaccianti; addirittura l'orologio da polso dell'assassino. Il mostro confessò di aver ucciso anche un'altra donna, di averla messa in un sacco e gettata in mare. Sostenne che era mosso da una certa "ansia purificatrice", perché voleva liberare il mondo dalle presenze femminili. Qualche anno dopo, mentre era in un manicomio giudiziario, approfittò di un permesso ed evase».

«Quindi è in libertà?».

«No, la fuga durò poco. Fu ripreso e dovrebbe essere ancora dentro».

«Pensi che il nostro assassino voglia emularlo?».

«Per l'omicidio di Amedeo Caruso non l'ha fatto. Con questo secondo delitto, invece, ci sono dei punti in comune: la valigia, Marechiaro, il sesso della vittima. E forse qualcos'altro. Ma il nostro criminale *piccante* è molto più intelligente; non lascia tracce e fino a prova contraria non trasporta salme in moto».

«In qualche maniera, però, deve aver portato il trolley con il cadavere. E questa chiesa non deve averla scelta a caso».

«E poi: chi è la ragazza? Dove l'ha uccisa? E soprattutto: come si collega il suo delitto a quello di Caruso?».

«Ci sarà da perderci la testa. Oggi è il 17 dicembre. La giornata è iniziata secondo tradizione».

«Lei è scaramantico, commissario?».

«Come tutti i napoletani. Tu no?».

«Come tutti i meridionali».

«Allora muniamoci di ogni amuleto utile. Fra poco intorno a noi si scatenerà l'inferno».

30
L'assedio

La chiesa di Santa Maria del Faro fu presa d'assalto da reporter, videoperatori, fotografi, curiosi, e in un batter d'occhio via Marechiaro si intasò di auto e scooter. Per disciplinare il traffico e bloccare l'accesso al luogo di culto, Improta e Scapece dovettero chiedere rinforzi. Alla stampa fornirono informazioni solo sulle caratteristiche fisiche della vittima, rifiutando di rispondere ad altre domande.

«A Napoli le notizie si diffondono alla velocità della luce» commentò il commissario. «Non c'è privacy; tutti sanno tutto di tutti».

Il medico legale intervenuto per una prima ispezione del cadavere non rilevò altre ferite superficiali oltre a quelle sul collo. «Strangolamento» attestò. «Ha tentato di difendersi e si è graffiata; sotto le unghie ha frammenti di pelle. Non sembra aver subìto violenza carnale. La morte risale a una decina d'ore fa».

Il corpo della ragazza e il trolley furono portati via.

Le tv locali e nazionali, le radio e i siti web annunciarono la notizia, dando il via al tam-tam mediatico. Qualcuno parlò di un "nuovo mostro di Posillipo".

Improta fu bombardato di telefonate provenienti dalla Questura e dalla Procura. «È un assedio» disse mentre tornava in commissariato con Scapece. «Armiamoci di pazienza e prepariamoci agli straordinari».

Prima di salire nel suo ufficio, l'ispettore fece visita alla Parthenope e trovò Peppe, Diego, Nonno Ciccio e Zorro intenti a seguire, su un televisore collocato davanti alla parete di fondo del locale, un servizio girato nei pressi della chiesa di via Marechiaro. Stava parlando un'inviata: «Prima di essere portata qui, la ragazza è stata stuprata. Non trapelano notizie sull'indagine, ma secondo indiscrezioni gli inquirenti ritengono che il responsabile dell'omicidio sia un maniaco o uno squilibrato simile a quello che quasi trent'anni fa venne definito "il mostro di Posillipo"».

«Cazzate!» esclamò Scapece. «L'assassino non è uno psicopatico. Ha una lucidità impressionante, è un progettista del crimine».

«Sarà 'na persona apparentemente normale» fece Nonno Ciccio. «Sta in mezzo a noi. Magari è venuto pure a mangiare qua. Peppe, fra i nostri clienti ci sta qualcuno che esagera col piccante?».

Braciola ci pensò. «Nessuno in particolare. A parte quel peruviano che l'estate scorsa si sparò nel palato un peperoncino intero senza battere ciglio».

«Ma era 'nu turista, chissà mo' addò sta».

«Non facciamoci prendere dalle fobie» avvertì Scapece. «È vero, stiamo cercando un omicida seriale, ma se in città si scatena la psicosi, peggioriamo la situazione».

«Ispetto', a me la psicosi è venuta già» affermò Nonno Ciccio. «Stanotte io e Zorro abbiamo dormito sì e no quattro ore».

«Io un poco in più» confessò Diego. «Ho contato le pecore; quando so' finite, so' passato alle capre».

«Io tre» fece Peppe. «Angelina e Isabella m'hanno costretto a bere un decotto».

«Per consolarvi, vi dico che io non ho dormito per niente» disse Scapece. «Se vogliamo fare squadra, stiamo inguaiati: di questo passo finiamo in zona retrocessione. Perché avete messo un televisore nel locale? Non mi dite che volete rovinare le conversazioni dei commensali con l'apparecchio acceso...».

Braciola si voltò verso il padre. «Rispondi tu. È venuta a te la brillante idea».

Nonno Ciccio inarcò un sopracciglio. «'A televisione la teniamo solo per oggi, poi la togliamo. Siccome stasera Peppe partecipa come concorrente a una trasmissione culinaria, ho pensato di far vedere la puntata in diretta ai clienti, così facciamo il tifo *all together*. Ispetto', voi venite?».

«Non credo che potrò. Le mie prossime ore saranno incasinate. Comunque vi lascio il numero del mio cellulare; per ogni evenienza, battete un colpo. E pensatemi, ne ho bisogno».

Nel pomeriggio la ragazza trovata nella valigia venne identificata: Tania Stella, ventotto anni, fiorista, nubile.

Era stato il padre della ragazza a lanciare l'allarme con una chiamata al commissariato di Mergellina: «Io e mia moglie aspettavamo Tania a pranzo e lei non s'è presentata. Il telefonino squilla a vuoto. Tania vive da sola; so' andato a casa sua, alla Discesa Gaiola, ho bussato al citofono e non m'ha risposto. Non sono potuto entrare perché non teniamo le chiavi. Al telegiornale hanno detto che la ragazza trovata morta a Marechiaro ha i capelli a caschetto, è piccola di statura e ha un tatuaggio dietro la schiena. Nostra figlia è fatta proprio così».

Improta con una volante aveva fatto accompagnare i genitori di Tania all'istituto di medicina legale del Secondo Policlinico, dove era stato portato il corpo della ragazza, e qui era avvenuto il riconoscimento.

L'istituto era lo stesso in cui il dottor Lucignano aveva effettuato l'esame autoptico della salma di Amedeo Caruso.

Scapece lo chiamò: «Dottore, avrei preferito non risentirla».

«E io non risentire lei. Non così presto, almeno».

«Chi farà l'autopsia di Tania Stella?».

«Io».

«Quando?».

«Domani».

«Ha già visto il corpo?».

«Sì, stamattina ero di turno».

«Che mi dice di quei granelli rossi sul cadavere?».

«Peperoncino, senza alcun dubbio».

In compagnia dell'agente scelto Ivan Cafiero, uno dei poliziotti più giovani e in gamba del commissariato, Scapece raggiunse la Discesa Gaiola, una stradina tortuosa che nella parte più bassa diventa un sentiero; percorrendolo si arriva a un'area marina protetta da cui spuntano due isolotti collegati fra loro da un ponticello sospeso. Uno dei posti più suggestivi del golfo di Napoli, caratterizzato dalla presenza di piccole baie, ripide falesie, cunicoli, grotte, costoni di tufo giallo e strutture archeologiche osservabili sopra e sotto la superficie del mare, fra cui i resti della villa d'*otium* fatta erigere dal cavaliere romano Publio Vedio Pollione nel primo secolo avanti Cristo. Nei fondali, una grande varietà di forme di vita: spugne policrome, margherite di mare, briozoi, polpi, saraghi, tunicati, murene, leptogorgie, gorgonie bianche, donzelle, *guarracini*.

L'abitazione di Tania Stella era al numero 95. Una casetta isolata circondata da un piccolo frutteto; a un solo piano, con una verandina su un lato. Sul vialetto di accesso era parcheggiata una Smart.

"Il posto ideale per un omicidio" pensò l'ispettore mentre scavalcava con Cafiero il muretto e la ringhiera di recinzione.

I due raggiunsero la porta d'ingresso e la trovarono socchiusa.

Cafiero impugnò la pistola.

«Non serve» gli disse Scapece. «Sono utili questi, invece» aggiunse estraendo dal giubbotto due paia di copriscarpe usa e getta.

Li calzarono ed entrarono.

Un saloncino con angolo cottura, arredato in stile rustico, con travi a vista, camino in pietra e parquet color ciliegio. Mensole piene di libri e stampe su tela con motivi floreali alle pareti e piante grasse ovunque.

Al centro della stanza, una stufa elettrica accesa. Nel lavello due piatti, un bicchiere e delle posate sporchi. Sui fornelli, una padella e un pentolino.

Davanti a un divanetto, un tavolino di legno ribaltato, da cui erano caduti alcuni libri, un cellulare e un posacenere pieno di mozziconi di sigaretta. Sul lato opposto un televisore. Per terra, degli indumenti: un jeans, un pullover, un reggiseno, un tanga, dei collant, un paio di pantofole invernali.

"Stessa tecnica di via Orazio" rifletté Scapece. "Prima l'ha uccisa e poi l'ha denudata. Ma con che cosa l'ha strangolata?".

«Ispettore, venga a vedere» fece Cafiero.

Dietro al divanetto c'era una cintura di cuoio da donna.

«Non tocchiamo niente» disse Scapece. «Diamo solo un'occhiata al resto della casa».

Una camera da letto, un bagno, un locale lavanderia, una stanzetta con due lettini: quattro ambienti in cui nulla sembrava fuori posto.

«È successo tutto qui» fece l'ispettore tornando nel saloncino. «La ragazza è tornata a casa, si è preparata da mangiare e dopo cena s'è messa a guardare la tv. L'assassino l'ha sorpresa alle spalle e le ha stretto la cintura attorno al collo. Tania si è difesa e ha scalciato facendo rovesciare il tavolino; si è portata le mani alla gola per liberarsi e si è graffiata. Non aveva un fisico possente ma ha reagito con forza, cercando di alzarsi. Guarda la posizione anomala del divano; l'omicida l'ha spinto in avanti perché si è dovuto appoggiare alla spalliera per concludere lo strangolamento».

«Da dove è entrato?».

«Da qui» rispose Scapece scostando una tenda alle spalle del divanetto e mostrando una vetrata con le ante scorrevoli che dava sulla veranda. «Sarà venuto prima che Tania rientrasse e si è preparato il terreno, lasciando un'anta accostata; per aprire la porta d'ingresso non ci ha messo niente: con le serrature ha una grande confidenza. Poi è andato ad aspettarla sulla strada, dove probabilmente aveva la sua auto».

«Oppure l'ha seguita mentre tornava a casa e ha aspettato il momento buono per agire. La tenda è sottile e di sera, con le luci accese, da fuori si vede tutto. Certo che se è venuto prima, ha corso un paio di rischi: primo, qualcuno poteva vederlo; secondo, la ragazza, una volta rientrata, poteva accorgersi che l'anta era aperta e mandare a monte il piano».

«Al nostro assassino i rischi piacciono».

«E il trolley dove lo teneva?».

«In macchina. Dopo aver ucciso, è andato a prenderlo, l'ha portato in casa, ha spogliato la ragazza, l'ha messa dentro, l'ha cosparsa di peperoncino e se n'è andato col suo carico di morte. Per arrivare alla chiesa di Santa Maria del Faro avrà impiegato cinque minuti: da qui non sono manco due chilometri».

«Ha spento il televisore e ha lasciato la stufa accesa...».

«La stufa non gli dava fastidio. Il televisore acceso non gli avrebbe consentito di sentire eventuali voci e rumori provenienti dall'esterno».

«La cintura dove l'avrà presa?».

«Non dai cassetti di Tania. La teneva già con sé. È preciso, si porta sempre appresso l'occorrente. Il fatto che sia una cintura da donna è una finezza da interpretare».

«Il trolley l'ha appoggiato a terra davanti al camino. Sul parquet sono rimasti dei granelli di peperoncino».

«Diventerai un bravo investigatore, Cafiero. E hai visto quante belle piante ci sono in questa stanza? Tania aveva la mia stessa passione».

«Lei ha il pollice verde, ispettore?».

«Il mignolo, diciamo. Osserva questo esemplare: è un *Echinocactus grusonii*. Poiché è pieno di spine, lo chiamano "cuscino della suocera". Tu mica sei sposato?».

«No».

«Fidanzato?».

«Sì».

«Ufficialmente?».

«Quasi. La mia ragazza mi ha invitato a casa sua per presentarmi i genitori».

«Quanti anni hai, Cafiero?».

«Venticinque».

«Rifiuta l'invito e datti infermo per un mese. Di' che ti è venuta 'na malattia infettiva grave da cui non potrai mai guarire».

Scapece e l'agente attesero l'arrivo della Scientifica, poi tornarono in commissariato, dove l'ispettore riferì a Improta i dettagli del sopralluogo.

Il commissario era furibondo. «Dobbiamo andare in Questura».

«A fare che?».

«Il pubblico ministero che sta seguendo l'indagine ha chiesto un incontro urgente con me e il questore. È un cacacazzo che non hai idea; ci ho già litigato. Vorrei che ci fossi pure tu, così mi spalleggi».

«Andiamo».

La riunione si tenne nella stanza di Ettore Lambiase, questore di Napoli. Un uomo di poche chiacchiere e molta concretezza. Nella sua quarantennale carriera aveva ricoperto in varie città italiane incarichi di grande responsabilità, coordinando delicate operazioni di polizia contro la delinquenza organizzata e comune, soprattutto in zone ad alto tasso criminale. Conosceva bene Improta e Scapece e ne apprezzava la dedizione al lavoro e le spiccate doti investigative.

Gianfranco Andreozzi, il pubblico ministero, era uno dei magistrati emergenti della Procura. Aggressivo, ambizioso, poco incline al dialogo. Fu lui ad accendere la miccia: «Due delitti in poco più di una settimana e non abbiamo ancora un'imputazione; solo indizi e sospetti. Due ragazzi uccisi brutalmente e un assassino che circola indisturbato in città. La gente è preoccupata. Ci stiamo esponendo allo scherno dell'opinione pubblica. Vi chiedo, e ve lo metterò nero su bianco, di aumentare gli sforzi investigativi, perché così non va».

«Cos'è che non va, dottor Andreozzi?» chiese il questore. «Si spieghi meglio».

«Non si possono svolgere le indagini su un assassino così spietato con metodi tradizionali, senza costituire un reparto investigativo forte e agguerrito. Di questo passo non arriviamo da nessuna parte».

«I metodi, se permette, li decidiamo noi della polizia. Cosa vuole, una microspia addosso a ogni abitante? L'esercito per strada? Una sentinella in ogni condominio? Facciamo intervenire l'FBI?».

«Non faccia sarcasmo, signor questore».

«E lei non formuli accuse campate in aria. I metodi che stiamo usando non sono affatto tradizionali. E per questa indagine abbiamo attivato il massimo livello di allerta».

«Allora perché continuate ad affidarvi a un unico investigatore?». Il magistrato si voltò verso Scapece. «Nulla di personale, ispettore, ma credo che lei, anche se avesse a disposizione una vita intera, non riuscirebbe mai a sconfiggere da solo un serial killer di questo livello».

Scapece stava per intervenire, ma Improta lo anticipò: «L'ispettore è uno dei nostri migliori detective; ha il sostegno di tutto il mio commissariato, della Scientifica e dei colleghi della Questura, come il dottor Lambiase può testimoniare. Senza contare gli apporti tecnici esterni».

«Il commissario e l'ispettore hanno la mia totale fiducia» dichiarò il questore. «E non falliranno».

«Su una cosa lei ha ragione, dottor Andreozzi: io sono solo» disse Scapece. «Non perché lo sia veramente, visto che ho dalla mia l'intera Questura, ma perché l'assassino mi percepisce in questo modo. Mi conosce, sa che l'ho messo nel mirino e mi vede come suo principale nemico. È venuto a sfidarmi fino a casa. Vuole l'uno contro uno, e io glielo sto concedendo. Sta giocando al gatto col topo; crede di essere lui il gatto, ma in realtà è il topo. Prima o poi si fermerà per prendere fiato e noi lo metteremo in trappola».

«Cercate di far scattare questa trappola al più presto».

«Ci conti. Io e il commissario Improta ci siamo già prefissati di raggiungere l'obiettivo entro Natale. Così potremo mangiarci l'insalata di rinforzo in grazia di Dio».

31
Pentole a passione

«Papà, fra poco iniziamo» disse Peppe al telefono. «In trattoria siete pronti?».

«Prontissimi. È tutto uno sventolio di bandiere».

Braciola era negli studi dell'emittente televisiva Rete Hit, che su un canale del digitale terrestre trasmetteva, tutte le domeniche, il programma *Pentole a passione*, dedicato al cibo e alla cucina e seguito da un esercito di spettatori.

Il format prevedeva la partecipazione in diretta a ogni puntata di tre chef che si sfidavano a colpi di ricette, preparazione di vivande e quiz. Chi accumulava il punteggio più alto veniva sottoposto a tre *domandone* finali; in caso di triplice risposta esatta, vinceva un soggiorno di una settimana per due persone in una località esotica.

Al ritmo di una mazurka partì la sigla iniziale, in cui si susseguivano immagini di timballi, spiedini alla griglia, trionfi di fritture e commensali godereccі. Indi apparve nello studio, in completo giallo limone, il conduttore Tommy Cocozza, che dopo i convenevoli passò alle presentazioni: «Stasera interverranno tre grandi chef del Sud. Dalla splendida Sicilia, e precisamente dalla città di Cefalù, il maestro Santino Lo Cicero! Dalle terre pugliesi, dalla stupenda località di Polignano a Mare, il re dei fornelli Tony Bellantuono!

Dalla meravigliosa Campania, dalla magica Napoli, sua maestà Peppe Vitiello!».

All'apparizione di Braciola sullo schermo, nella sala della Parthenope scoppiò un boato. Davanti al televisore erano schierati Nonno Ciccio e nipoti, Bettina e Cristina, i coniugi Cimmino, Gabriele Barbuto, la coppia clandestina composta da Enrichetta e Filippo e una trentina di *aficionados* della trattoria.

Se qualcuno di loro si fosse girato verso la foto di Kennedy, avrebbe notato che anche la vedova allegra dalla sua finestra stava guardando il programma.

Zorro era sotto una sedia a contemplare i polpaccioni, fasciati da un paio di calze a rete, della signora Mariapia, una cinquantenne in carne accomodata alla destra del marito Cristoforo, con cui spesso veniva a mangiare nel locale.

Assente Angelina, che tuttavia aveva rinunciato alle sue visioni horror e stava seguendo la puntata da casa.

Peppe risultò assai telegenico. I capelli arruffati, i baffoni spioventi, una *toque blanche* sulla testa, un grembiule azzurro con la pettorina e la stazza superiore al quintale gli davano un aspetto maestoso.

«Un solo figlio ho fatto e m'è venuto proprio bene» si compiacque Nonno Ciccio.

Zorro slurpò una scarpa della signora Mariapia.

Tommy Cocozza intervistò i tre concorrenti e Peppe mostrò esuberanza e scioltezza: «Vengo da Napoli, patria del gusto, del buon vivere e dei buoni sapori. La mia trattoria si trova a Mergellina; si chiama Parthenope, in onore della sirena che dopo aver tentato di ammaliare Ulisse venne a morire a Napoli, sull'isolotto di Megaride. Il locale è stato fondato più di cinquant'anni fa da mio padre Francesco ed è frequentato da bellissima gente. So che adesso sono lì a guardarmi in diretta, quindi ne approfitto per salutarli: un abbraccio circolare a tutti!».

Applauso in trattoria.

«Diamo il via alla gara» disse il conduttore. «Come sapete, cari telespettatori, la prima prova consiste nella valutazione di pietanze preparate dai concorrenti. Lo Cicero, Bellantuono e Vitiello sono venuti in studio due ore prima dell'inizio del programma e hanno utilizzato i nostri spazi cucina per dare vita a tre piatti tipici delle loro terre. Santino Lo Cicero ha scelto la *pasta a taianu*, ricca di ingredienti: ziti, carne bovina, pomodori, melanzane, pecorino, vino bianco, basilico. Tony Bellantuono ha optato per una *tiella alla barese*, composta di riso, patate, cozze, pomodorini, cipolla e prezzemolo. Peppe Vitiello si è dedicato ai *paccheri allo scarpariello*, fatti con schiaffoni, filetti di pomodoro, pecorino, olio extravergine, parmigiano, aglio e basilico».

«Si è dimenticato di dire che ci sta pure il peperoncino» fece Nonno Ciccio.

«L'avrà evitato apposta» osservò Diego.

«Sarà il pubblico in studio a giudicare» proseguì Cocozza. «Abbiamo sorteggiato una decina di persone che degusteranno i tre piatti e assegneranno a ciascuno di essi un voto da uno a dieci. Via con gli assaggi!».

I giurati si avvicinarono ai tavoli su cui Peppe, Bellantuono e Lo Cicero avevano allestito le loro opere culinarie e con forchette e cucchiai gustarono, masticarono, ingurgitarono. Scrissero i voti sulle schede di valutazione e le diedero a una valletta munita di minigonna girocollo, la quale sculettando le affidò a un signore in doppiopetto appollaiato su un trespolo.

«Il nostro notaio ora effettuerà i conteggi» disse il conduttore. «In attesa degli esiti dello scrutinio, facciamo entrare l'ospite della serata, che tra una prova e l'altra ci delizierà con le sue canzoni».

Nello studio di Rete Hit fece il suo ingresso uno dei prodotti del vivaio di Lucio Ruffolo alias 'O Rappezzo, l'impresario che aveva tentato di piazzare alla Parthenope i suoi improbabili artisti. Era il cantante *neometodico* Pannolino, che interpretò, per il disgusto dei telespettatori, il brano *Pummarola Swing*.

Nonno Ciccio si avvalse della facoltà di non commentare e andò a cambiare l'acqua alle olive.

Isabella distribuì pizzette, crocchè e arancini.

Angelina a casa cambiò canale per tre minuti: il tempo necessario per assistere a un paio di omicidi commessi in un episodio di *American Horror Story*.

Il notaio consegnò i risultati dello spoglio a Cocozza, che li lesse accompagnato da un rullo di tamburi: «Lo Cicero voti novanta. Bellantuono voti ottantasette. Vitiello voti novantacinque. Vince il primo round Peppe Vitiello!».

In trattoria si levò un'acclamazione generale.

Nonno Ciccio sbaciucchiò Isabella e Diego e lanciò per aria il bastone, che per poco non causò la strage dei Re Magi agganciati alla cordicella sospesa nella sala.

La vedova allegra rise.

Preso dall'euforia, Zorro leccò con voluttà un polpaccione di Mariapia. Questa si voltò e incenerì con uno sguardo Gabriele Barbuto, seduto alle sue spalle, pensando che le avesse fatto piedino.

Barbuto trasecolò e cambiò posto.

«Non cantiamo vittoria troppo presto» disse Nonno Ciccio. «Mancano ancora quattro prove, concentriamoci».

Per Peppe Vitiello, Santino Lo Cicero e Tony Bellantuono le prove furono le seguenti:

1. indovinare i titoli di canzoni ispirate a cibi e bevande, fra cui *Cacao Meravigliao*, *Tequila Sunrise*, *La Nutella di tua sorella* e *Popcorn e patatine*;

2. scoprire al tatto, a occhi bendati, i nomi di famosi piatti della cucina internazionale;

3. imitare gli attori protagonisti di film come *La grande abbuffata*, *A cena col vampiro*, *Piovono polpette* e *Willy Wonka e la fabbrica di cioccolato*;

4. sfidarsi a una gara di torte in faccia, con la partecipazione di volontari non diabetici scelti fra il pubblico.

Vigile e galvanizzato, Peppe sbaragliò gli avversari e di vittoria in vittoria marciò in pompa magna verso l'obiettivo finale.

Alla Parthenope gli furono tributati grandi onori in contumacia. Finanche le sorelle Giaquinto si diedero a baldorie sfrenate, riservandosi di chiedere il perdono divino durante la prima confessione utile.

Giunse il momento delle *domandone*.

Peppe indossò le cuffie.

In trattoria calò un silenzio sepolcrale.

Tommy Cocozza ricordò le regole: «Signor Vitiello, lei ora dovrà risolvere tre quesiti. Per ognuno ha a disposizione un minuto di tempo. Se risponderà correttamente, vincerà una settimana di vacanza per due persone nella riserva di Manombo, nel Madagascar. È un'area dove la natura è selvaggia; ci vivono specie animali rare: il lemure dalla testa nera, il falanouc, il boa terricolo, il ratto dalla coda corta. Il soggiorno è offerto dal nostro *main sponsor*: l'agenzia di viaggi "L'ultima avventura". Si divertirà. Se dovesse vincere, chi porterà con sé?».

«Mia moglie» fece Peppe.

«Scordatelo» gli disse Angelina da casa.

Il conduttore prese un foglio da una busta e formulò la prima domanda: «Nel 1908 a New York un commerciante preparò dei sacchettini di seta, li riempì di foglie di tè e li mandò come campioni ai suoi clienti. Invece di svuotare i sacchettini, i clienti li immersero direttamente nell'acqua per berne l'infuso. Nacque così, in modo del tutto casuale, il tè in bustina. Qual era il nome di questo commerciante? Peter Cooper, Thomas Sullivan, Martin Cooper o Thomas Jefferson?».

Il cronometro partì.

«Domanda a trabocchetto» disse Diego.

Al trentacinquesimo secondo Peppe rispose: «Thomas Sullivan».

«Risposta esatta!» convalidò Cocozza.

Nello studio risuonò uno squillo di tromba.

Alla Parthenope ci furono grida di giubilo.

«Passiamo alla seconda domanda. Il fruttosio è un monosaccaride che si trova nella maggior parte dei frutti zuccherini, in molte verdure, nel miele e in alcuni aromi e spezie; combinato con il glucosio, forma il saccarosio, cioè il comune zucchero da cucina. Il fruttosio è conosciuto anche col suo nome storico. Qual è questo nome: destrosio, raffinosio, levulosio o verbascosio?».

«E ccà ce vo' 'na laurea in chimica» disse Nonno Ciccio.

«Papà è in gamba, ce la farà» dichiarò Isabella.

La cocuzza di Peppe sembrò fumare, e poco prima che scadesse il minuto partorì la risposta: «Levulosio».

Il conduttore esaminò i suoi appunti: «Il termine *levulosio* deriva dal latino *laevus*, che significa *sinistro*, e le soluzioni di fruttosio fanno ruotare il piano della luce polarizzata proprio verso sinistra. Quindi la risposta è esatta!».

Nell'esultanza generale, Mariapia si agitò con foga e calpestò una zampa di Zorro. Con un mugolio, il cane ripudiò i polpaccioni della signora e si spostò dietro il televisore, dove intraprese una meditazione sulla crudeltà degli esseri umani e rivolse pensieri sdolcinati alla sua amata Bigodina.

«Siamo alla terza e ultima *domandona*» disse Cocozza. «La più difficile. La più terribile. Nessuno dei nostri concorrenti è mai riuscito a superare questa prova. Ma stasera abbiamo con noi uno chef preparatissimo. È concentrato, signor Vitiello?».

«Sì».

«Pensa di vincere?».

«Sì».

«Viva l'ottimismo. Le leggo la domanda. Nella sua città, Napoli, nella notte fra il 7 e l'8 dicembre scorsi, è stato rinvenuto il corpo senza vita di un giovane, Amedeo Caruso, ucciso nella sua abitazione con dei colpi alla testa e una coltellata alla schiena. L'assassino ha riposto attorno al cadavere degli alimenti, utilizzando anche una padella. Noi vorremmo sapere: che tipo di padella ha adoperato? In acciaio inossidabile, in alluminio, in rame o in ghisa? Ha sessanta secondi per rispondere. Via!».

Peppe strabuzzò gli occhi, fissò Tommy Cocozza e poi si girò attorno costernato, come se cercasse una conferma a ciò che aveva sentito.

Facendo leva sul bastone, Nonno Ciccio si sollevò dalla sedia e guardò i volti sbalorditi dei presenti in trattoria. «Avete sentito pure voi? Che razza 'e domanda è?».

La vedova allegra impallidì a tal punto da sparire dalla foto.

Peppe ribollì. «Non capisco il senso e il contenuto della domanda. Io dovrei conoscere il tipo di materiale della padella usata dall'assassino di Caruso?».

«Sì, ci dia la risposta, il tempo scorre» rispose freddamente il conduttore.

«Che m'importa del tempo che scorre?!» detonò Peppe levandosi la cuffia dalla testa e scagliandola lontano. «Che etica avete? In un programma di intrattenimento mi fate una domanda su un omicidio per il quale sono ancora in corso le indagini? Senza alcun rispetto per la vittima e a poche ore di distanza da un secondo delitto?!».

«Signor Vitiello, abbassi i toni. Deve darci una risposta, è il regolamento. Il tempo sta per scadere. Anzi, è scaduto in questo istante. Ci dispiace, lei ha perso la possibilità di vincere e di trascorrere una vacanza nella riserva di Manombo».

«Ma fottetevi voi e Manombo!» augurò Peppe abbandonando lo studio.

Lo schermo diventò buio. Rete Hit aveva sospeso le trasmissioni.

«Gente da quattro soldi» fece Nonno Ciccio. «Ha fatto bene Peppe ad andarsene. L'umanità sta perdendo il lume della ragione».

Amareggiate, le persone riunite alla Parthenope si trattennero a discutere dell'accaduto, esprimendo piena solidarietà a Peppe.

«Gente da quattro soldi» continuò a dire Nonno Ciccio. «Gente ca nun vale niente».

Anche Zorro abbaiò allo scandalo.

32
Il dolore

"Una delle cose più brutte del mio mestiere è dover parlare, dopo un omicidio, con i parenti della vittima" pensò Scapece mentre si trovava nella casa dei genitori di Tania Stella, in un palazzo di via Arco Mirelli.

«Ispettore, lo vedete questo alloggio?» disse Raffaele, il padre della ragazza. «È modesto come la mia famiglia. Io faccio l'elettrauto, mia moglie Liliana è casalinga». Seduta al suo fianco, in lacrime, la consorte annuì. «Non abbiamo mai campato nelle ricchezze e non ci siamo mai potuti permettere lussi. Però i nostri figli li abbiamo cresciuti nell'educazione e nell'armonia. Ne abbiamo avuti tre; Tania era la prima. Non ci hanno dato nessuna preoccupazione, credetemi. Ognuno di loro, dopo che ha finito le superiori, è andato a lavorare e s'è tenuto lontano dalle cattive compagnie. Tre perle di ragazzi. 'Sta disgrazia ci è piombata addosso comme 'nu tarramoto. Quando ieri pomeriggio siamo stati al Secondo Policlinico e abbiamo visto Tania morta, abbiamo perso dieci anni di vita».

«È 'na cosa inspiegabile» fece Liliana passandosi un fazzoletto sul viso. «'Na tragedia che non si può credere. Dove stava scritto che dovevamo provare un dolore così grande? Quali peccati abbiamo commesso per meritarci questo? Perché Tania ha dovuto fare 'na fine di quella maniera?».

«Il vostro dolore è il mio» disse l'ispettore. «Ieri pomeriggio sono stato a casa di vostra figlia. Ogni oggetto, in quell'abitazione, mi ha parlato di lei, dei suoi gusti e della sua semplicità. Ho provato tristezza e collera. Ma il mio lavoro mi impone, nel corso di un'indagine, di accantonare gli impulsi emotivi e di concentrarmi sull'obiettivo: catturare l'assassino. Non sarà semplice, perché siamo in presenza di un criminale feroce. So quanta sofferenza vi portate dentro in questo momento, ma vi prego di aiutarmi. Ogni particolare può essermi utile. Quando avete visto Tania per l'ultima volta?».

«Venerdì sera» rispose Raffaele. «Ci è venuta a trovare e ha cenato con noi. Era serena, pazziarella come sempre. Teneva un carattere allegro; pareva 'na trottola, non stava ferma un secondo».

«Sabato l'avete sentita?».

«Ha chiamato a me» fece Liliana. «M'ha detto che sarebbe venuta a pranzare qua ieri».

«Faceva la fiorista?».

«Sì» disse Raffaele. «All'inizio di quest'anno s'era messa in società con una sua amica e aveva aperto un negozietto in via Piedigrotta. Era il suo sogno: vivere in mezzo ai fiori e alle piante».

«Come si chiama questa ragazza?».

«Daniela Ferraro».

«Avete il suo numero?».

«Sì».

«Dopo me lo date, così la contatto. Da quanto tempo Tania abitava alla Discesa Gaiola?».

«Da un paio d'anni».

«L'abitazione era sua?».

«No, stava in affitto. Là gli appartamenti costano 'na cifra, e lei non se lo poteva permettere. Pagava 'na pigione conveniente, quattrocento euro al mese. Le avevano fatto un prezzo buono perché la casa, quando l'ha presa, stava in cattive condizioni. Per metterla a posto ci ha dovuto fare dei lavori; le ho dato io 'na mano».

«Chi è il proprietario?».

«Si chiama Trinchillo. Non sta a Napoli, vive in Umbria; qua non viene quasi mai. La proprietà l'ha ereditata dai genitori».

«Tania era fidanzata?».

«No» rispose la mamma. «Non ci ha mai fatto conoscere un fidanzato. Pensava solamente al lavoro».

«Usciva, faceva vita sociale?».

«Sì, come tutte le giovani della sua età. Ma senza esagerare. Quest'estate non è andata in vacanza; ha detto che si stava astipando i soldi per prendersi un negozio più grande».

«Nelle vostre conversazioni ha mai fatto cenno ad Amedeo Caruso?».

«Il ragazzo che è stato ammazzato a via Orazio?».

«Sì».

I due coniugi si guardarono con aria perplessa.

«A me non l'ha mai nominato» disse Liliana.

«Manco a me» fece Raffaele. «Pensate che ci stanno dei collegamenti?».

«Abbiamo motivo di credere che Tania e Amedeo siano stati uccisi dalla stessa mano» dichiarò Scapece.

L'ispettore chiamò Daniela Ferraro, la socia di Tania, e le chiese un appuntamento. Si incontrarono alle tre del pomeriggio in via Piedigrotta, davanti al negozio di fiori. *Power Flower* era scritto sull'insegna. La saracinesca era abbassata.

«Oggi non me la sono sentita di aprire» disse Daniela. «E non so se lo farò nei prossimi giorni».

Fisicamente era diversa da Tania. Bionda, capelli lunghi, corpo slanciato.

«Può fare un'eccezione per me?» chiese Scapece.

Daniela esitò, poi cavò da un borsello le chiavi, sganciò un catenaccio e sollevò la saracinesca. Lo fece con movimenti fiacchi, come se avesse addosso una grande stanchezza.

Il negozio, una stanza di tre metri per cinque, era stracolmo di piante. Tania e Daniela avevano sfruttato tutto lo spazio disponibile, fino al soffitto.

«Questo era il nostro mondo» fece Daniela con uno sguardo che esprimeva tristezza e sofferenza. «Piccolo ma accogliente. Abbiamo aperto a febbraio, grazie a un finanziamento per l'imprenditoria femminile. Non facciamo grossi guadagni, però siamo... *eravamo* felici lo stesso. Giornate intere trascorse qua dentro...».

Scapece si avvicinò a una piantina. «Bell'esemplare» disse. «Un *Tacitus bellus*, giusto?».

«Sì».

«Quando fiorisce è stupendo».

«Lei è un esperto?».

«Me la cavo».

«Un poliziotto amante del verde non m'era mai capitato».

L'ispettore non replicò perché la sua attenzione fu attratta da un oggetto che qualche giorno prima gli aveva dato un bel po' di assilli: una zappetta bidente, identica a quella con cui era stato ucciso Caruso.

«Questa la trova utile?» chiese impugnandola. Per un attimo gli apparve nella mente l'immagine di Daniela che colpiva Amedeo con la zappetta.

"Hai pensieri malvagi" lo ammonì lo spiritello buono.

"Fai bene a pensar male degli altri e a non fidarti" ribatté lo spiritello furbetto.

«Sì, è uno strumento pratico» rispose Daniela. «Soprattutto per i vasi più grandi».

«L'altro ieri avete tenuto il negozio aperto?».

«Fino alle diciotto. Il sabato abbiamo sempre chiuso un po' prima».

«E ieri mattina?».

«Avevamo deciso di non aprire».

«Perché? Di solito la domenica mattina i fiorai sono aperti».

«Volevamo riposare. La settimana è stata stressante».

«Sabato sera Tania è andata via da sola?».

«Sì, con la sua macchina, una Smart».

«Sa che programmi aveva? Doveva incontrare qualcuno?».

«Mi ha detto che non sarebbe uscita».

«Lei è mai stata a casa sua?».

«Spesso. Era un'abitazione troppo solitaria, gliel'avevo fatto notare. Ma Tania amava il silenzio, la pace».

«E lei sabato dopo le diciotto cosa ha fatto?» domandò Scapece rimettendo a posto la zappetta.

Daniela si mostrò stupita per la domanda. «Sono stata a casa».

«Sposata?».

«No, vivo con i miei genitori» fece la ragazza con uno scatto della testa. «Ispettore, ma mi sta interrogando? Sospetta di me? Devo trovarmi un alibi?».

«Non se la prenda, le mie sono domande di routine. Per caso conoscevate Amedeo Caruso? Mai incontrato a qualche festa, in una discoteca, in un ristorante?».

«No. Ne abbiamo sentito parlare solo dopo che è stato ucciso. Le posso confessare una cosa, con la promessa che non la va a dire ai genitori di Tania?».

«Sono un poliziotto, non uno spione».

«Io e Tania stavamo insieme. Ci amavamo. Volevo andare a vivere con lei, ma mi aveva detto che voleva aspettare ancora un po'. Temeva la reazione dei genitori; sono brave persone, ma forse non avrebbero accolto di buon grado la notizia di avere una figlia lesbica».

«Quando è iniziata la vostra relazione?».

«L'estate scorsa. Lei era stata appena lasciata da una donna che l'aveva fatta soffrire, e dopo la rottura aveva ricevuto degli strani messaggi».

«Che tipo di messaggi?».

«Biglietti anonimi».

«Scritti al computer?».

«Sì».

«È successo ad agosto?».

«Come lo sa?».

«Semplice intuito. Cosa c'era scritto sui biglietti?».

«Ne ho visto solo uno. Diceva: "Troppo tardi per te"».

«Chi è la donna che l'ha lasciata?».

«Tania non me l'ha mai voluto dire. "Fa parte del mio passato, badiamo a noi" mi ripeteva. Io l'ho accontentata». Daniela si appoggiò a uno scaletto, come a cercare un sostegno alla sua afflizione. «Forse avrei fatto meglio a insistere, visto quello che le è accaduto».

«Non deve farsene una colpa».

«Provo un dolore straziante. Un dolore che mi porterò dietro per tutta la vita. Ispettore, le posso strappare un'altra promessa?».

«Quale?».

«Appena possibile, vorrei tornare a casa di Tania. Per l'ultima volta. Mi ci porta?».

«Sì».

33
La Gaiola maledetta

«Ispetto', è Francesco Vitiello che vi parla».

«Buonasera. Stavo pensando proprio a lei».

«Ah, sì? Mi state indagando? Vi garantisco che non ho ucciso mai a nessuno. Tranne qualche pollo».

«Polli veri o polli in senso figurato?».

«Veri».

«Sempre omicidi sono. Ora vengo ad arrestarla».

«No, vengo io a costituirmi. È più virile».

«A parte gli scherzi, la tenevo in mente perché prendendo spunto da quello che lei ha detto sabato, ho fatto fare un controllo sulle telecamere piazzate tra casa mia e piazza della Repubblica, per capire in che modo l'assassino è venuto da me a portarmi i gamberetti e le linguine e come ha lasciato la zona. In tutt'e due le occasioni ha usato un veicolo, come lei aveva immaginato».

«Una macchina?».

«Due. Prima una Punto e poi una Fiesta. In entrambi i casi ha parcheggiato in via Ferdinando Galiani, non lontano dal mio palazzo».

«Ci ha 'na bella faccia tosta, 'st'assassino».

«Magari ce la facesse vedere, la faccia».

«Le targhe non sono state riprese?».

«Sì. Ma c'è un problema: le auto sono risultate rubate».

«Cazzo! E da che parte se n'è andato?».

«Verso la Villa Comunale. Poi le telecamere lo hanno perso».

«È 'nu camaleonte».

«Eh... Come mai m'ha chiamato?».

«Diego si vorrebbe fare 'na chiacchierata con voi. Avete già cenato?».

«No».

«Allora venite a mangiare qua, se siete libero. Peppe, Bettina e Cristina hanno preparato 'a zuppa 'e suffritto».

«Buona! Finisco di mettere a posto un po' di carte in ufficio e vengo».

«Un'oretta?».

«Anche meno».

La zuppa di soffritto è per pochi. Aborrita dai vegetariani, è ripudiata anche dai palati più schizzinosi, perché nella sua preparazione vengono adoperate le frattaglie del maiale: cuore, polmone, milza, trachea. A Napoli la chiamano *'a zuppa forte*. Nei mesi freddi è un corroborante infallibile.

«Sbaglio o ci avete messo poco peperoncino?» domandò Scapece gustando il piatto.

«Non vi sbagliate» rispose Peppe. «Se il piccante è in eccesso, il sapore degli altri ingredienti si altera».

«Di peperoncino se ne fa già troppo uso in giro» fece Nonno Ciccio.

«È la droga più gettonata» aggiunse Diego.

I tre Vitiello erano seduti attorno al tavolo che Scapece occupava abitualmente.

«Peppe, ieri sera com'è andata la trasmissione televisiva?» chiese l'ispettore. «Io non so' riuscito a vederla».

Braciola si corrucciò. «Fortuna per voi. Stavo per vincere la puntata, ero arrivato all'ultima domanda, e indovinate che m'hanno chiesto? Che tipo di padella è stata messa dall'assassino sotto il corpo di Caruso».

«Come?!».

«Proprio così».

«E lei ha risposto?».

«E che potevo rispondere? Me ne so' andato mandandoli affanculo. Scusatemi il francesismo, ispetto'».

«Prego».

«Speculano sulla morte» disse Nonno Ciccio. «So' stronzi. Scusatemi il volgarismo, ispetto'».

«Devono fare audience» commentò Scapece. «Sanno che la "tv del dolore" tira e la sfruttano. Stanno rimbambendo le gente».

«Ma io non mi faccio rimbambire» scattò Peppe. «Dovranno passare sul mio cadavere!».

Nonno Ciccio colse l'occasione: «Per passare sul tuo cadavere, ci vorrebbero tre bulldozer. Quindi puoi stare tranquillo».

«Quando fai così ti adoro, papà» disse Braciola alzandosi. «Io devo andare in cucina, voi continuate pure. Buona investigazione».

«Diego, di che mi volevi parlare?» domandò Scapece sorseggiando un Aglianico.

Nonno Ciccio spronò il nipote: «Fai vedere il lavoro che hai fatto».

Il figlio di Peppe appoggiò sul tavolo il suo smartphone, cliccò sull'icona "Documenti" e aprì un file. «Ispettore, la conoscete la storia della Gaiola maledetta?».

«Vagamente. Sono mancato da Napoli per parecchio tempo, mi devo aggiornare».

«Stamattina ho fatto una ricerca storica sulla zona in cui abitava Tania Stella e ho scoperto che là sono successi diversi fatti violenti. Ho raccolto i dati, li ho sistemati in ordine cronologico e ho preparato 'na relazione. Ve la leggo?».

«Vai».

Scapece e Nonno Ciccio si predisposero all'ascolto e Diego partì: «Nell'antichità, sulla cima di uno dei due isolotti della Gaiola sorgeva un tempio dedicato a Euplea, che era il soprannome con cui la dea Venere veniva invocata quando si voleva ottenere da lei una navigazione tranquilla. Con la fine del paganesimo, il tempio fu distrutto e una vera e propria maledizione cominciò ad abbattersi sulla Gaiola e sui suoi abitanti. Le prime notizie certe di disgrazie risalgono al Seicento: un gruppo di seguaci di Masaniello si rifugiò nella zona e fu sterminato dagli Spagnoli. Nella prima metà dell'Ottocento un certo Guglielmo Bechi, ingegnere al servizio dei Borbone, costruì una villa sull'isolotto che aveva ospitato il tempio. Alla morte di Bechi, la dimora fu acquistata da un uomo d'affari, Luigi De Negri. Questi vi fondò la Società Italiana di Piscicoltura, sognando di accumulare grandi ricchezze. Invece l'impresa fallì e De Negri dovette abbandonare la Gaiola. In seguito l'isolotto passò a Nelson Foley, cognato dello scrittore Arthur Conan Doyle».

«Sull'inventore di Sherlock Holmes sono preparatissimo!» esclamò Scapece. «Nelson Foley aveva sposato una delle sorelle di Conan Doyle, e lo scrittore fu ospitato dalla coppia nella villa della Gaiola. Si racconta che un giorno, durante una visita alla vicina grotta di Seiano, sia rimasto incastrato in un cunicolo; per metterlo in salvo dovettero organizzare una complicata operazione di soccorso».

Diego riprese la lettura: «Nelson Fowley era a capo dello stabilimento napoletano della Hawthorn Guppy, un'industria specializzata nella cantieristica navale. E proprio una imbarcazione, l'incrociatore corazzato "San Giorgio" della Regia Marina, nell'estate del 1911 andò a incagliarsi sul banco roccioso della Cavallara, distante poche centinaia di metri dalla Gaiola. Al comando dell'incrociatore c'era il capitano di vascello Gaspare Albenga, che s'era avvicinato troppo alla costa per farla ammirare a una sua amica, la marchesa Anna Boccardi Doria».

«Un capitano di vascello?» interruppe l'ispettore. «Ne conosco uno che abita nel palazzo in cui è stato ucciso Caruso. Si chiama Guido Pappalepore. Un fanatico. Ve lo devo presentare».

«No, ispetto', tenitavillo!» fece Nonno Ciccio. «I fanatici non ci piacciono. Questo fatto del "San Giorgio" assomiglia a quello della "Costa Concordia". In pratica 'stu marchese voleva fare l'*inchino* con la nave?».

«Esatto, nonno».

«La storia non insegna niente...».

Diego tornò alla sua relazione: «Negli anni Venti la villa della Gaiola fu acquistata dai tedeschi Hans Braum e Otto Gruenback. Nel '26, durante una notte burrascosa, la baronessina Elena von Parish, moglie di Braum, cadde dalla teleferica che collegava gli isolotti alla terraferma e annegò. La mattina dopo, Braum fu trovato morto suicida nella villa. Gruenback si tolse la vita alcuni mesi dopo in Germania. Nel '31 un'altra imbarcazione, che aveva a bordo degli orfanelli, finì sulle rocce della Cavallara; i ragazzi fortunatamente si salvarono. In seguito, un nuovo proprietario della villa, lo scrittore Maurice Sandoz, si suicidò in Svizzera. La villa andò al barone tedesco Paul Karl Langheim, industriale dell'acciaio, che negli anni Sessanta la utilizzò per feste e festini, dilapidando il suo patrimonio. Poi la struttura fu comprata da Gianni Agnelli, che dopo qualche anno la rivendette all'industriale americano Jean Paul Getty, salito agli onori della cronaca nel '73, quando suo nipote fu rapito dalla 'ndrangheta; l'imprenditore pagò il riscatto solo quando i sequestratori fecero pervenire alla famiglia un orecchio mozzato del ragazzo».

«E chisto è 'nu bollettino di guerra!» tuonò Nonno Ciccio.

«Non è finita, nonno. Nel '78 gli isolotti passarono a Gianpasquale Grappone detto Ninì, proprietario di una compagnia di assicurazioni, che finì in galera travolto dai debiti; il giorno in cui la villa fu messa all'asta, sua moglie morì in un incidente stradale. Nel 2009 l'imprenditore Franco Ambrosio, chiamato "il re del grano", e sua moglie Giovanna Sacco furono barbaramente uccisi da tre ladri penetrati di notte nella loro lussuosa dimora situata sulla terraferma, proprio di fronte agli isolotti della Gaiola. Sei anni prima di questo duplice omicidio, due fratelli, Aldo e Augusto Segre, avevano pubblicato un articolo intitolato *Storia e ricordi della Gaiola*, in cui raccontavano che il loro zio senatore Giuseppe Paratore, ex proprietario della villa in cui sarebbero stati poi assassinati Ambrosio e sua moglie, aveva scoperto nell'abitazione un affresco raffigurante un volto umano terrorizzato. Pensando che l'immagine portasse sfortuna, Paratore l'aveva fatta nascondere dietro una parete di mattoni. Prima che l'opera scomparisse, il nipote Augusto era riuscito a fotografarla. Secondo alcuni esperti che hanno visto l'immagine, si tratterebbe di un *gorgoneion*, cioè della rappresentazione della testa di una Gorgone, mostro della mitologia greca. Un altro dei numerosi misteri che alimentano la convinzione che la Gaiola sia maledetta. La stessa villa sull'isolotto, oggi di proprietà della Regione Campania, è in stato di abbandono». Diego alzò gli occhi dal telefonino. «Fine della storia».

«Complimenti, hai fatto un ottimo lavoro!» disse Scapece. «Quando dovrò preparare una relazione complicata, ti chiederò un aiuto».

Nonno Ciccio esortò il nipote a mostrare all'ispettore la fotografia del *gorgoneion* della Gaiola.

Smanettando sul cellulare, Diego la scaricò dal web e la fece vedere a Scapece. L'immagine, in bianco e nero, mostrava un viso atterrito, rugoso, con pennellate di capelli attorno al viso e gli occhi spalancati e impauriti, come se stessero fissando qualcosa di terribile.

«Vi ricorda qualcosa, ispetto'?» chiese Nonno Ciccio.

«No...».

«A me sì. Quando Diego m'ha fatto vedere 'sta faccia spaventata, l'ho collegata subito a un'altra che conosco benissimo ed è quasi uguale a questa. Sta qua vicino, dentro alla chiesa di Santa Maria del Parto, sul dipinto di san Michele che uccide il diavolo di Mergellina. In quella chiesa ci vado almeno una volta al mese, per un voto fatto alla Madonna».

«L'opera la conosco, e tutta la storia che c'è dietro; mio padre la raccontava spesso».

«La buonanima di Nicola!».

«E poi san Michele è il patrono della polizia; il 29 settembre di ogni anno, in occasione della sua ricorrenza, organizziamo eventi in suo onore. Di preciso, su quale parte della tela si trova questa faccia spaventata?».

«Sulla pancia del diavolo».

«La somiglianza tra i due volti sarà una coincidenza».
«Ma le coincidenze possono diventare indizi».
«Sì, lo diceva Agatha Christie».
«E della maledizione della Gaiola che ne pensate?».

Gli occhi metallici dell'ispettore si fecero meditabondi. «Io ho le mie superstizioni, le mie scaramanzie, però confido nei fatti empirici, nelle dimostrazioni della scienza. Noi napoletani siamo fatti così: gente pratica, concreta, che però crede anche ai fantasmi, ai malauguri e alla *ciorta* e parla con le anime dei defunti. Che alla Gaiola siano avvenuti fatti drammatici, è indubbio. Ma se a casaccio andassimo a studiare la storia di qualsiasi altra zona di Napoli, troveremmo pure lì una catena di eventi tragici. O lieti, perché no. E questo vale per ogni luogo geografico abitato. Le maledizioni, le leggende, le paure passano di bocca in bocca e col tempo diventano convinzioni. Finché queste credenze restano confinate nel perimetro delle emozioni personali, dei pensieri e delle conversazioni, sono da considerarsi innocue. Il problema sorge quando vengono adottate come pretesti e spunti per atti violenti. Io ancora non so se l'assassino di Amedeo Caruso e Tania Stella abbia una mente di questo tipo. Il fatto che compia riti simbolici sui cadaveri lo lascia pensare. Forse ha notizia delle vicende cruente che hanno originato la maledizione della Gaiola e conosce sia il *gorgoneion* sia il diavolo di Mergellina; sta a noi scoprire se ne ha tratto ispirazione per i suoi delitti. Ogni serial killer fa storia a sé. Talvolta i criminali, dopo l'arresto, dichiarano di aver sentito nella loro testa delle voci che hanno ordinato loro di uccidere. In America, negli anni Settanta, Joseph Kallinger, detto "il calzolaio di Philadelphia", sostenne di avere mille anni e che Dio l'aveva mandato sulla terra per compiere una missione: aiutare le persone che avevano problemi psichici perché portavano scarpe strette. Un altro omicida, Ronald Gene Simmons, responsabile di orrendi delitti, prima di essere giustiziato dichiarò: “Io sono Gesù Cristo; che lo accettiate o meno, non m’interessa”. Per non parlare dei matti in circolazione che compiono riti satanici».

«Ispettore, il vostro ragionamento fila come la dimostrazione di un teorema di matematica» commentò Diego.

«Detto da te, che hai un cervello che potrebbe battere un computer, è un bel complimento».

«Parlando parlando, ce simme scurdato ’o suffritto» fece Nonno Ciccio. «V’è piaciuto?».

Scapece sollevò il bicchiere. «Chiamate Peppe, Bettina e Cristina: devo brindare alla loro regale superiorità».

34
Incroci pericolosi

Poco più che un bisbiglio: «Il secondo rito è compiuto. Chi mi ha procurato sofferenze sta pagando. Non mi fermerò fino a quando tu non vorrai. E se la mia mano sarà frenata da forze esterne, capirò che sei stato tu, solo tu, a volerlo».

Le nove del mattino. Martedì.

Chi aveva pronunciato le parole era nella chiesa di Santa Maria del Parto, davanti al dipinto del diavolo di Mergellina.

Altre frasi, una implorazione: «Michele, fratello mio, guidami e aiutami ad annientare le anime dannate che mi hanno fatto del male. Grazie a te, le abbatterò senza pietà. Per mia difesa, ne risparmierò solo una; ma se sarà necessario, non le darò scampo».

Poi la persona si spostò verso la tomba di Jacopo Sannazaro, posta in una cappella dietro l'altare maggiore. Un imponente mausoleo in marmo di Carrara ricco di elementi pagani, fra cui due teste di caprone e le statue di Apollo e Minerva, che dopo il Concilio di Trento, in piena Controriforma, avevano rischiato di essere distrutte; i Frati Servi di Maria, che curavano la chiesa, le avevano salvate con uno stratagemma furbissimo: nei basamenti avevano fatto incidere i nomi biblici *David* e *Iudith*.

Sulla sommità del monumento, fra due putti, c'era il busto del poeta, sotto il quale era scolpito lo pseudonimo con cui era stato accolto nell'Accademia Pontaniana: *Actius Sincerus*.

Sul pavimento, due lastre sepolcrali: una di un nobile, Fabrizio Manlio, l'altra di Diomede Carafa, il vescovo che aveva commissionato a Leonardo da Pistoia, per grazia liberatoria ricevuta, la tela con san Michele e il diavolo. Pensando di dover morire a Napoli, Carafa in vita s'era preparato la fossa ai piedi del mausoleo. Non aveva fatto i conti con il volere di suo zio, il pontefice Paolo IV, che lo aveva chiamato a Roma per nominarlo cardinale e membro del Sant'Uffizio. Così, dopo il decesso, avvenuto nel 1560, il corpo del prelato era rimasto nell'Urbe e tumulato nella basilica dei Santi Silvestro e Martino ai Monti.

«So che non sei sepolto qui» disse la persona guardando il bassorilievo di Carafa scolpito sulla lastra tombale. «Ma il tuo spirito è in questo luogo. Senza di te il dipinto di mio fratello Michele non sarebbe esistito. Senza di te Lucifero non sarebbe stato trafitto».

Dalla navata giunse un rumore. Era entrato qualcuno.

La persona si coprì il capo con il cappuccio del giaccone, si sollevò la sciarpa fino alla radice del naso, espose un occhio da uno dei fianchi dell'altare e si sentì ghiacciare il sangue.

In chiesa c'era Scapece.

Stuzzicato dal dialogo avuto la sera prima con Diego e Nonno Ciccio, l'ispettore s'era proposto di comparare il *gorgoneion* con il viso raffigurato sul ventre del diavolo di Mergellina.

Con il telefonino Scapece si collegò a internet, pescò l'immagine fotografata nella villa della Gaiola e fece il confronto.

"Il volto sul dipinto ha la bocca aperta e il *gorgoneion* no, ma per il resto si rassomigliano" meditò. "Sembrano due spaventosi fratelli. Francesco Vitiello ha fatto centro; quell'uomo è una volpe. Ma come si conciliano questi due mostri con il criminale che sto cercando? Cos'hanno in comune con lui, se non l'orrore? I giorni passano e l'assassino può tornare a uccidere. Amedeo e Tania aspettano giustizia. In città si sta diffondendo la paura. Chi sa qualcosa ha timore di parlare. Quel Roberto Cioffi, il ragazzo della Bmw, si è presentato in commissariato solo quando ha saputo che lo stavamo cercando. Eleonora, l'ex ragazza di Amedeo, mi ha raccontato le sue verità soltanto nella giornata dei funerali. Daniela Ferraro ha tirato fuori la storia delle minacce solo dopo la morte di Tania. Umanamente posso capirli, ma quanti delitti si potrebbero prevenire se ci fossero più denunce e testimonianze? Al questore e al magistrato ho detto che io e Improta prenderemo l'assassino entro Natale. E se non ci riuscissimo? Ci sono serial killer che sono stati catturati dopo anni e anni; altri mai scoperti, come Jack lo Squartatore e il Collezionista di ossa del deserto di West Mesa. E mentre io sto qui a macerarmi, l'omicida ci starà ridendo alle spalle".

Preso dalle sue riflessioni, l'ispettore camminò lungo la parte destra della navata, passò davanti alla cappella con la statua dell'Addolorata e superò quella con la tavola dell'*Adorazione dei Magi*.

"Facciamo una visitina a Sannazaro" decise. "Abito nella piazza a lui dedicata, un saluto lo merita. Non lo vedo da una quindicina d'anni".

Nell'attimo in cui Scapece oltrepassò l'altare maggiore per entrare nella cappella in cui c'era il monumento funebre del poeta arcadico, un'ombra sgusciò silenziosa dal lato opposto, diretta verso la navata.

«*Napoli, famosa e nobilissima città, e di arme e di lettere felice forse quanto alcuna altra che al mondo ne sia*» declamò a memoria l'ispettore davanti al mausoleo. «Le tue parole me le ricordo ancora» disse guardando il busto dell'autore dell'*Arcadia*.

Alle orecchie dell'ispettore arrivò l'eco di un colpo. Nella fretta, la persona in fuga aveva urtato un banco.

Scapece si affacciò per dare un'occhiata e vide una figura incappucciata uscire rapidamente dalla chiesa. Tornò pensoso davanti alla tomba e Sannazaro gli fornì un indizio: "Il cappuccio!".

Di corsa, l'ispettore lasciò l'altare, attraversò la navata e uscì sul sagrato. Non c'era nessuno.

Si affacciò su via Mergellina e sulle rampe che salivano alla chiesa. Guardò verso via Caracciolo e il porticciolo di Mergellina. Di passanti con un cappuccio sulla testa non ce n'erano.

"Mi mancavano solo le allucinazioni" si disse. "Stanchezza, stress o sto invecchiando?".

Una chiamata interruppe le sue autocommiserazioni. Sul display del cellulare apparvero un nome e un cognome: Viola Mazza.

«Ciao, ispettore bellissimo!».

«Salve».

«Ti disturbo?».

«No».

«Dove sei?».

«A Mergellina. E lei?».

«Smettila di darmi del lei».

«Ok, Viola».

«Sono a casa, sola soletta. Mi sto annoiando. Vuoi venire?».

«Non posso, sono impegnato col lavoro. E poi non è il caso che ci incontriamo nel tuo palazzo».

«Allora ci vediamo da te? Stasera?».

"Evita!" gridò lo spiritello buono. "Questa donna è pericolosa!".

"Accetta!" sibilò lo spiritello furbetto. "Questa è una femmina lussuriosa!".

«Va bene, vediamoci da me».

Lo spiritello buono presentò le dimissioni.

«Dove abiti, Gianni?».

«In piazza Sannazaro, nel palazzo ad angolo con viale Gramsci».

«Alle otto?».

«Ok. Quando arrivi in zona, chiamami».

«A stasera!».

Dieci secondi dopo, il telefonino squillò di nuovo. Era Nonno Ciccio.

«Ispetto', buongiorno e felice giornata! State in commissariato?».

«No, sto davanti alla chiesa di Santa Maria del Parto».

«La mia chiesa preferita!».

«Sono venuto a fare un raffronto tra il *gorgoneion* e la faccia dipinta sul corpo del diavolo di Mergellina. Aveva ragione, signor Vitiello: escludendo qualche dettaglio, sembrano gemelli».

«Che vi avevo detto?».

«Vedrò di capire se c'è un nesso con i delitti».

«Io vi ho chiamato per mettervi al corrente di un appuntamento vitale e fondamentale che teniamo oggi in trattoria. Ieri sera, presi dal dibattito sui *gorgoneion*, sulla maledizione della Gaiola e sui serial killer, mi so' scordato di comunicarvelo. Vengo al dunque: facciamo un mega-torneo di Asso Pigliatutto. Ci sono ancora due posti liberi. Volete partecipare?».

«Mi avrebbe fatto piacere, perché è un gioco che gradisco, ma ho appena preso un impegno».

«Peccato. Ho organizzato un tabellone con trentadue concorrenti. Chi vince, si aggiudica la Coppa Parthenope. Al secondo e al terzo classificato, premi in natura».

«Vale a dire?».

«Salumi e formaggi».

«Fantastico».

«Alle cinque e mezza facciamo i sorteggi per gli accoppiamenti. Alle sei iniziano le sfide a eliminazione diretta. Intorno alle nove e mezza partono le semifinali e subito dopo le finali. Insomma, verso le undici dovremmo concludere. Non è che per quell'ora riuscite a liberarvi? Magari venite a premiare i primi classificati».

«Farò il possibile. Partecipa anche lei al torneo?».

«Potrei mai sottrarmi? So' io il campione in carica».

«Allora avrò l'onore di consegnarle il trofeo».

35
Scontri

Alle diciassette e cinquantacinque Francesco Vitiello, con il sostegno fisico e spirituale del nipote Diego, montò sul sacro scanno e guardò dall'alto in basso i suoi trentuno avversari.

I sorteggi erano stati effettuati.

Le coppie di sfidanti scalpitavano per darsi battaglia.

Sedici tavoli numerati, su ciascuno dei quali erano posati un bloc-notes, una penna e un mazzo di carte napoletane intonso, erano pronti a ospitare le dispute.

Diego aveva affisso su una parete il tabellone del torneo, con i nomi dei giocatori in gara e la scritta COPPA PARTHENOPE CHALLENGE.

«L'ora è giunta» disse Nonno Ciccio. «I mini-tornei degli ultimi mesi sono stati degli allenamenti. Stasera è diverso. Stasera facciamo la storia. Le vedete quelle due caselle al centro del tabellone? Fra qualche ora vi saranno scritti i nomi dei due giocatori che si contenderanno il titolo di campione dell'anno. Arrivare in una di quelle due caselle non sarà facile nemmeno per me, che ho vinto tutte le competizioni disputate fino a oggi. In palio ci sta la Coppa Parthenope, e 'o detentore la potrà esibire come trofeo per dodici mesi. 'O secondo classificato vincerà una soppressata, un capocollo e un caciocavallo. 'O terzo un pecorino e una ricotta secca. 'O quarto avrà come premio di consolazione un culatello. Ho evitato i provoloni e le scamorze perché potevano sembrare offensivi. Le regole dell'Asso Pigliatutto le conoscete, ma è bene fare un ripasso. So' le stesse della Scopa, con la differenza che l'asso piglia tutte le carte che stanno a terra. Se l'asso viene giocato "a tavola vacante", viene preso direttamente da chi l'ha giocato. Oltre a quelli delle scope, in ogni mano si possono fare quattro punti: carte "a lungo", carte di denari, sett'oro e primiera. Vale pure la regola della *napolona*, che mi so' inventato io: se in una mano un giocatore si aggiudica tutte le carte di denari, ottiene due punti invece di uno. Per vincere una partita bisogna arrivare a ventuno punti; in caso di punteggio di ventuno a venti, lo scontro continua fino a quando un giocatore non va in vantaggio di almeno due punti. Chi ha vinto la prima partita della sfida deve concedere la rivincita al perdente; a parità di partite vinte, si fa la *bella*. Tra una sfida e l'altra, ogni vincitore ha diritto a un riposo di dieci minuti. Poiché ogni partita si gioca uno contro uno, sono ammessi, a differenza dei giochi di squadra, tutti i gesti che volete; quindi potete strizzare gli occhi, grattarvi, cacciare la lingua, soffiarvi il naso, mettervi le dita nel naso e nelle orecchie, alzare le spalle, sbuffare, sbattere i piedi per terra e dire parolacce. È severamente vietato fumare, tenere i telefonini accesi, sputare e bestemmiare, e non sono tollerati disturbi e offese agli avversari. Il giudice di gara sarà mio nipote Diego, che come vedete è bello grosso. Diego è autorizzato ad alzare le mani su quelli che danno troppo fastidio e a sbatterli fuori dal locale. A Zorro è data facoltà di morsicarli».

Zorro indurì i muscoli.

Alle diciotto e trenta Scapece uscì dal commissariato per fumarsi una sigaretta. Aveva sulle spalle dieci ore di lavoro ininterrotto.

Dopo la telefonata di Nonno Ciccio era andato con lo scooter alla Discesa Gaiola per parlare con le persone che vivevano nelle abitazioni vicine a quella di Tania.

Nessuno aveva visto o sentito niente.

«Questo posto è per pochi» gli aveva detto una signora. «Nelle serate invernali sentiamo solo il rumore del mare e del vento».

L'anatomopatologo Ennio Lucignano lo aveva chiamato per confermargli che Tania era morta per strangolamento. I frammenti di pelle sotto le unghie appartenevano alla ragazza stessa, che aveva tentato disperatamente di liberarsi della stretta alla gola.

Dal primo esame effettuato sul cellulare di Tania non erano emersi indizi: scambi di messaggi con Daniela e amici, telefonate ai familiari, qualche passaggio sui social.

In commissariato erano arrivate un paio di segnalazioni di persone sospette e Improta aveva mandato i suoi agenti a verificare. In entrambi i casi si era trattato di falsi allarmi, dovuti alla paura che serpeggiava in città. Chi camminava per strada con un cappuccio sulla testa o ordinava un cibo piccante in un locale veniva guardato con circospezione.

Sul pacco di linguine lasciato davanti alla porta di Scapece l'assassino non aveva lasciato tracce. Sul trolley con cui era stato trasportato il corpo di Tania c'erano solo le impronte digitali del parroco.

"Ci ha saputo fare" si disse Scapece. "Quanto tempo ha impiegato per preparare il suo disegno criminoso? Ad agosto ha recapitato gli avvertimenti a Tania e ad Amedeo, quindi aveva già deciso di agire. Perché ha aspettato così tanto? Ci aveva ripensato? La sfida a me e alla polizia l'ha sicuramente programmata negli ultimi due mesi; non poteva prevederla prima: il commissariato lo abbiamo inaugurato il primo novembre. Nonno Ciccio l'ha definito bene: è 'nu camaleonte».

Alle diciannove e dieci in trattoria, al tavolo 11, dove stavano giocando due vecchi marpioni dell'Asso Pigliatutto, Anzalone Battista detto 'O Sicario e Wurzburger Rodolfo detto 'O Tedesco, successe un qui pro quo. Per mero errore o per losco proposito, 'O Sicario, il cui soprannome non era dovuto ad attività delinquenziali ma al fatto che fumava più sigari di un'industria tabacchiera, sbagliò il conteggio della primiera e pretese di attribuirsi un punto non dovuto. 'O Tedesco, che aveva le spalle larghe quanto un cassettone Luigi XVI, si rinzelò e minacciò di far intervenire l'esercito austro-ungarico.

Diego mise in azione la sua mente matematica e appianò il diverbio con un rapidissimo calcolo dei punti a favore di Wurzburger.

«T'è scaduta 'a garanzia!» disse 'O Tedesco ad Anzalone.

Profittando della baruffa e della distrazione del suo avversario Cappuccio Ignazio, detto Cepolla perché emanava fetori stordenti, al tavolo 3 Nonno Ciccio sfilò il settebello dal mazzo e se ne appropriò liberandosi di un inutile quattro di bastoni.

Nel contempo, dal tavolo 5 Fasano Luigi, in seguito a un accurato appallottolamento, effettuò il lancio nello spazio di una caccoletta, che rimase in orbita per sette decimi di secondo e poi con una traiettoria parabolica precipitò nel bicchiere di vino di Cuoppo Silverio seduto al tavolo 9.

Un quarto d'ora più tardi, il Cuoppo accusò Nonno Ciccio di gravi inadempienze nella mescita delle sostanze alcoliche, datosi che aveva rinvenuto nel bicchiere "un corpo estraneo di dubbia provenienza". Il sovrintendente della Parthenope lo mise a tacere paventando una querela per ingiurie aggravate e continuate.

Scapece tornò a casa alle diciannove e trenta. Accese il riscaldamento, diede un'occhiata alle piantine e piazzò sullo stereo *Sophisticated Lady* di Duke Ellington. Si fece una doccia, indossò una camicia bianca e un pantalone slim scuro con tasche all'americana e andò in cucina a fare una stima dei propri possedimenti alimentari. La desolazione.

"Ho delle bottiglie di vino e dei liquori, mi arrangio".

Viola Mazza arrivò con mezz'ora di ritardo ed entrò in casa dell'ispettore con un cappottino sciancrato rosso, una borsetta dello stesso colore, leggings neri e scarpe décolleté tacco quindici.

«Ccciaooo» miagolò sbaciucchiando Scapece su una guancia. Si levò il cappottino e lo consegnò all'ispettore insieme alla borsetta. Sui leggings indossava un paio di shorts e un maglioncino gialli.

"Sembra il canarino Titti" pensò il padrone di casa.

"E tu sei Gatto Silvestro" suggerì lo spiritello furbetto. "Fra dieci minuti ti cadrà fra le braccia come un caco maturo".

Alle venti e quaranta Tortiglione Gennaro, che al tavolo 6 della Parthenope stava perdendo la sua rivincita per diciotto a tre, chiese l'intervento del Var sostenendo che il suo sfidante, Ceparano Ciro da Quarto Flegreo, non distribuiva le carte secondo canoni ortodossi e le sbirciava con impertinenza.

Diego gli fece notare che nei tornei di Asso Pigliatutto non era stata ancora introdotta la moviola in campo.

«Mi appello alla corte federale!» urlò Tortiglione.

«Ma appellati a chi vuoi tu» ribatté Ceparano. «Farai solo figure di merda».

Nel giro di cinque minuti Tortiglione perse la partita e se ne andò comunicando che avrebbe informato Amnesty International e chiesto l'istituzione di una commissione parlamentare d'inchiesta sull'accaduto.

Alle ventuno, contrariamente a quanto previsto dallo spiritello furbetto, Viola non era cascata come un caco maturo, bensì stava distesa sul divano di casa Scapece con le mani sulla pancia e i piedi accavallati, a parlare a ruota libera dei conflitti interiori fra il suo Io e le pulsioni dell'Es. Freud ci sarebbe andato a nozze.

L'ispettore le ronzava attorno come un calabrone, cercando di capire se le confessioni private di Viola costituissero un preliminare a cui avrebbe fatto seguito il passaggio dal divano al letto o se il letto fosse destinato a trascorrere la serata in solitudine. Per interrompere il flusso di coscienza della sua ospite, fece una domanda astuta: «Mica vuoi cenare?».

«No, voglio continuare a parlare» rispose Viola, il cui profumo al gelsomino, che Scapece aveva già annusato nei due precedenti incontri con la bionda signora, aveva impregnato tutto l'appartamento.

"M'è andata bene" pensò Scapece. "Però se parli troppo, io mi ammoscio come un budino di panna cotta".

«Mi piace comunicare con te, Gianni, perché sai ascoltare.

Io sono una donna tormentata. Fin da ragazzina. Capricciosa, volubile, vezzosa. Priva di stabilità. Sempre alla ricerca di avventure, di nuovi orizzonti, soprattutto in campo sentimentale. Sembro frivola, facile da conquistare, ma non è così, credimi. Ho bisogno di essere amata. Che siano uomini o donne, non m'importa».

A Scapece la domanda sorse spontanea: «Perché ti sei sposata?».

«Pensavo di aver trovato un uomo a mia misura; una persona che sapesse proteggermi, darmi sicurezze, annullare le mie fragilità. All'inizio è stato un marito premuroso, attento, poi ha cominciato a mollarmi. Lui è un agente immobiliare; sta sempre in giro, lavora fino a tardi, anche di domenica. Qualche mese fa gli ho detto che la nostra storia era finita. Non l'ha presa bene, e la sua apparente maturità – ha quasi quindici anni più di me – è crollata. Prima di andarsene mi ha coperto di insulti. C'è mancato poco che non mi mettesse le mani addosso».

«L'hai tradito?».

«Più che tradito, ho cercato di assaporare brevi momenti d'amore con altre persone».

«E lui l'aveva scoperto».

«Sì. Le cose non so nasconderle».

«Be', una sua reazione non proprio mansueta dovevi aspettartela».

«Quello che più mi ha ferito è stato sentirmi chiamare *puttana*. Io non lo sono. Il mio corpo non l'ho mai venduto. L'ho sempre e solo donato a chi a sua volta mi ha regalato dolcezze».

«Nei triangoli amorosi il tradito questa spiegazione la considera una scusa inammissibile».

«Me ne sono resa conto».

«Tu che lavoro fai?».

«Sono una wedding planner. Per ironia della sorte, organizzo matrimoni».

Alle ventuno e trenta Sperandeo Davide, prossimo alla débâcle, finse di accusare un malore e lasciò momentaneamente il tavolo 7 adducendo il pretesto di un "feroce attacco dissenterico".

Era una tattica per far innervosire il suo rivale Gabriele Barbuto, il malinconico frequentatore della trattoria Parthenope, che pian pianino, centellinando le parole e macinando punti su punti, aveva già vinto tre partite. Ora, in caso di quarta vittoria, avrebbe avuto accesso alle semifinali.

Sugli altri tavoli le gare erano terminate, e Nonno Ciccio era fra i candidati al podio.

Sperandeo riemerse dai bagni, riprese a giocare, starnutì sulle carte e fu ammonito per allagamento di campo.

Diego sostituì il mazzo e avvisò il trasgressore che alla seconda infrazione lo avrebbe espulso.

Non ce ne fu bisogno, perché Barbuto nelle mani successive vinse a man bassa con otto scope e due *napolone*.

Sperandeo tornò al gabinetto; stavolta per dissenteria vera e conclamata.

Diego salì sullo scanno e annunciò: «In ordine alfabetico, i nomi dei quattro giocatori che si sfideranno nelle semifinali sono: Barbuto Gabriele, Ceparano Ciro, Vitiello Francesco e Wurzburger Rodolfo. Barbuto si batterà contro Wurzburger e Ceparano contro Vitiello, cioè contro mio nonno. Che vincano i migliori».

«Sono spaventata, Gianni» disse Viola alle ventuno e quaranta. «Dopo l'omicidio di Amedeo pensavo di poter restare in quel palazzo. Poi ho cominciato a ripensarci. Mi angoscia l'idea di vivere nell'appartamento che si trova proprio sotto a quello in cui è stato commesso il delitto. Quando torno a casa di sera, ho il batticuore. Mi guardo attorno, immaginando che qualcuno possa uscire dall'ombra per uccidermi».

«Suggestioni».

«Lo so, ma dopo che è stata ammazzata anche quella ragazza, Tania Stella, i miei timori sono aumentati».

«La paura sta crescendo in tutta la città. Di solito succede, quando si ha a che fare con un omicida seriale».

«Tu pensi che ucciderà ancora?».

«Mi auguro di no. Stiamo facendo il possibile per evitarlo».

«Lo catturerete? Ti prego, dimmi di sì».

«Puoi starne certa».

Ceparano fu un osso duro per Francesco Vitiello. I due si erano scontrati in precedenti tornei e Nonno Ciccio aveva sempre avuto la meglio. Stavolta era diverso: il titolo in palio era prestigioso.

La prima partita la vinse Nonno Ciccio per ventuno a diciannove.

Stesso punteggio nella seconda, ma a favore di Ceparano.

Nella *bella* la coppia viaggiò in parità anche oltre i ventuno punti e il sovrintendente della Parthenope riuscì a imporsi per ventotto a ventisei con l'ausilio della dea bendata e di una imprudenza di Ceparano, che lasciò sul tavolo un cinque e un quattro pensando che i nove fossero già passati tutti.

«Mi meraviglio di te, caro Ciro» disse Nonno Ciccio calando la sua carta, un cavaliere di bastoni. «Scopa! Ti sei fregato con le tue stesse mani».

Ceparano non proferì verbo e trattenne le emozioni. Negli anni a venire, i presenti avrebbero testimoniato che i suoi occhi, gonfi di lacrime, avevano conservato una dignità epica.

Sull'altro tavolo non ci fu storia: Barbuto polverizzò Wurzburger concedendogli solo dieci punti in due partite e manovrando le carte con una impassibilità irritante.

E difatti 'O Tedesco si irritò: «È meglio a juca' cu 'nu robbò!».

La stizza gli aumentò nel corso della finale di consolazione, durante la quale Ceparano, memore dell'errore fatale commesso nella partita con Nonno Ciccio, giocò con grande senso di responsabilità e non consentì a Wurzburger di arrivare alla *bella*.

«'N'abbaglio si può pigliare una volta» dichiarò il terzo classificato alla fine della gara. «Se ne pigli due, vuol dire che sei fesso».

Diego sistemò il tavolo della finalissima al centro della sala e Nonno Ciccio e Barbuto si piazzarono l'uno di fronte all'altro. Gli altri giocatori si disposero a cerchio intorno a loro.

A Zorro fu riservata una postazione speciale su una sedia.

"Mo' verimme chi tiene più cazzimma" pensò Nonno Ciccio scrutando Barbuto.

Alle ventidue e trenta, con la libido di Scapece ormai prossima alla canna del gas, Viola Mazza provò a passare dalla comunicazione verbale a quella fisica. Si levò il maglioncino e gli shorts, spettinò l'ispettore, gli passò un dito sulle guance e lo baciò con la tecnica del frullamento.

Scapece passivamente gradì.

Gli sbottonò la camicia e gli passò la lingua sul petto.

Scapece svogliatamente apprezzò.

Fece scendere una mano verso sud e gli slacciò la cintura dei pantaloni.

Scapece la bloccò: «Non voglio».

Sulla faccia di Viola apparve un'espressione sconcertata. «Perché?».

«Non lo so, m'è passata la voglia».

Lo spiritello furbetto proclamò uno sciopero di categoria.

Lo spiritello buono chiese di essere riassunto.

«Le voglie ti passano così, all'improvviso?».

«I discorsi che abbiamo fatto hanno portato la mia testa altrove. E poi ho un impegno istituzionale».

«A quest'ora?».

«Noi della polizia non abbiamo orari».

«Sei assurdo. Mi devo rivestire?».

«Sì».

«Mi stai umiliando».

«Perdonami» disse Scapece cercando di abbracciarla.

Viola si liberò. «Lasciami stare. Fammi andare via».

Scapece arrivò alla Parthenope giusto in tempo per assistere alla fase conclusiva della sfida fra Nonno Ciccio e Barbuto. Il primo si era aggiudicato la partita d'apertura per ventuno a diciassette; il secondo aveva avuto la meglio per ventiquattro a ventidue nella rivincita. Ora, nella *bella*, erano sul sedici pari. In sala si sentiva solo il fruscio delle carte.

L'ispettore accennò un saluto a Diego e in punta di piedi si sistemò accanto a Zorro, pietrificato come una sfinge.

Barbuto passò in vantaggio per venti a diciotto. Un solo punto e avrebbe vinto.

Nonno Ciccio ebbe carte buone, le governò con perizia e passò in vantaggio per ventidue a ventuno.

La partita doveva procedere a oltranza, fino a quando uno dei contendenti non avesse guadagnato due punti in più dell'altro.

Come aveva preannunciato Nonno Ciccio, alla Parthenope si fece la storia. La sfida si protrasse fino a mezzanotte, con il punteggio in perfetto equilibrio.

Nonno Ciccio tentò in vari modi, con atti e vocaboli ai limiti del regolamento, di far uscire l'avversario dal guscio.

Barbuto, glaciale, citando talvolta Kierkegaard, talaltra sant'Agostino, non abboccò e con un colpo di coda fece due scope nell'ultima mano. Vinse per cinquantasei a cinquantadue, record assoluto nei tornei di Asso Pigliatutto.

Zorro lasciò la trattoria e andò a piangere sul lungomare.

Nonno Ciccio accettò la sconfitta con una certa sportività. Strinse la mano a Barbuto e lo punse sul lato debole: «Fortunato al gioco, sfortunato in amore».

Barbuto rispose con un aforisma di Schiller: «L'uomo è veramente uomo soltanto quando gioca».

Scapece confortò Nonno Ciccio: «Mi dispiace. E mi complimento: lei ha combattuto strenuamente fino alla fine».

«Grazie, ispetto'. Come state profumato. Avete avuto un appuntamento galante?».

Addosso a Scapece era rimasta la fragranza al gelsomino di Viola Mazza.

«Ho dovuto fare un sopralluogo in una profumeria...» mentì l'ispettore odorandosi le mani. «Peppe non c'è?».

«S'è preso una giornata di riposo e ha portato la moglie allo zoo».

«Cattiva, questa».

«No, è la verità. Allora ci fate l'onore di consegnare voi i premi?».

«Onore mio».

Diego risalì sullo scanno. «Il Coppa Parthenope Challenge si è concluso, e ringraziamo tutti voi per la partecipazione. A premiare i vincitori sarà un nostro caro amico, l'ispettore di polizia dottor Gianni Scapece. Iniziamo con il quarto classificato, Wurzburger Rodolfo, che si aggiudica un culatello!».

Wurzburger abbrancò il salume e annunciò: «Entro domani pomeriggio l'avrò pure digerito».

«Terzo classificato Ceparano Ciro da Quarto, che vince un pecorino e una ricotta secca!».

«Vengo da Quarto e so' arrivato terzo, sto migliorando» scherzò Ceparano.

«Al secondo posto mio nonno Vitiello Francesco, che conquista una soppressata, un capocollo e un caciocavallo!».

«Devolverò i premi ai senza fissa dimora che saranno nostri ospiti la sera della Vigilia» proclamò Nonno Ciccio.

«E ora il primo classificato: Barbuto Gabriele!».

Scapece consegnò al vincitore il premio, rappresentato da una scultura bronzea raffigurante la sirena Parthenope.

Barbuto baciò il trofeo, odoroso di gelsomino, e dichiarò: «Dopo un torneo così combattuto, possiamo anche morire tutti felici e contenti».

Gli astanti, Scapece in primis, sottoposero i loro testicoli a energiche sollecitazioni.

36
La lettera

Scapece, i piedi sulla scrivania e le mani dietro la nuca, stava fissando intensamente il soffitto del suo ufficio e non si avvide dell'entrata del capo.

«Abbiamo una perdita d'acqua?» chiese Improta.

L'ispettore si rimise in sesto.

«Buongiorno, commissario. No, nessuna perdita».

«Scherzavo. A che stavi pensando?».

«A quand'ero ragazzo. Nella mia camera tenevo attaccate le stelline fluorescenti. Con la luce spenta, mi sembrava di stare su un'astronave».

«Mo' capisco perché sei venuto romantico! Certo, dovresti un po' ravvivare 'sta stanza. Con le pareti spoglie è 'nu mortorio. Mettici un quadro, un poster, 'na fotografia».

«Pensavo a 'na bella gigantografia di Sherlock Holmes. Che ne dice?».

Improta guardò Scapece come una chioccia guarda un suo pulcino. «Dico che mi fai tenerezza. A Natale ti regalo un peluche».

«Ne vado matto, commissario».

«Lo supponevo. Gianni, sulla nostra indagine comincia a battere un poco di sole. È stata ritrovata la Fiesta con cui l'assassino è venuto a recapitarti le linguine. Stava in via

Nuova Marina in sosta vietata e i vigili l'hanno fatta rimuovere col carro attrezzi; quando hanno inserito il numero di targa nel terminale, è venuto fuori che era la vettura che stavamo cercando. Il proprietario è un tipo sfortunato: è la terza volta che gliela rubano. Mo' per riaverla deve aspettare che facciamo i rilievi».

«Dubito che l'assassino, o l'assassina, abbia lasciato delle tracce a bordo. E della Punto con cui mi ha portato i gamberetti non si sa ancora niente?».

«No, nessuna segnalazione. Però il nostro non è un criminale volante o invisibile come quelli dei fumetti. Mi so' arrivati i rapporti sulle impronte delle scarpe che ha lasciato a casa di Amedeo Caruso e di Tania Stella. Combaciano. Calza un 41. Per entrambi i delitti ha usato delle *snacks*, come le chiamano i giovani d'oggi».

«Delle *sneakers*» precisò Scapece.

«Ecco, quelle. Delle scarpette, insomma. Marca Nike. Dev'essere un uomo alla moda».

«Lei è convinto che sia maschio?».

«Una persona che tiene un 41 di piede, è difficile che sia femmina».

«Non è detto. Nelle ultime generazioni le misure femminili sono aumentate di diversi centimetri».

«Eh, non è più come una volta. Mia moglie ci ha il 37, figurati. Però di notte, quando mi appoggia un piedino addosso, mi deporta in Siberia».

«Commissario, se davvero a Natale lei mi regala un peluche, io ricambio con una borsa dell'acqua calda».

«Patto fatto. Terza e ultima cosa che ti dovevo dire: ha chiamato un professore universitario; dice di avere un documento che potrebbe servirci per le indagini. Vuoi passarci?».

«Ci vado subito, prima che sul soffitto mi appaia la Madonna».

Università "Federico II", una delle cinque istituzioni accademiche di Napoli; la più antica, la più prestigiosa.

Il dipartimento di Scienze Sociali era nel cuore del centro antico, in vico Monte della Pietà. Qui insegnava il professor Graziano Volpicelli, uno dei luminari dell'antropologia culturale italiana. Nel suo ufficio erano ammucchiati libri, riviste, fascicoli. Lui, capelli bianchi lunghi e arruffati alla Einstein, borse sotto gli occhi e tre profonde rughe sulla fronte, sembrava il vecchio saggio di un film fantasy.

«Vivo in uno stato di entropia creativa» disse a Scapece. «Volendo ricorrere a un ossimoro, il mio fittizio disordine è un razionale ordine. E proprio ieri, scartabellando fra le carte per metterle a posto, è tornata alla luce questa...».

Il professore prese da un cassetto una busta gialla su cui c'erano il suo nome e cognome e l'indirizzo del dipartimento, scritti con un pennarello nero, e due francobolli con un timbro postale che risaliva al mese di giugno.

«L'avevo gettata nel dimenticatoio» continuò. «Quando l'ho riletta ho pensato che poteva esservi utile».

«Cos'è?» chiese l'ispettore.

«Una lettera. La prenda pure. E la legga con comodo. Io aspetto».

Scapece tirò fuori dalla busta un foglio piegato in quattro parti sul quale era stampato un testo.

Esimio Professore,

mi pregio di scriverLe dal mio ritiro di dolore per manifestare un forte disappunto in merito ad alcune tesi da Lei sostenute nel suo

ultimo saggio "Superstizioni, scaramanzia e religione all'ombra del Vesuvio".
Mi riferisco innanzitutto alle parti in cui Lei considera il sacro e il profano un corpus unico nei culti religiosi napoletani. Non è così. Sarebbe assurdo e sacrilego se fosse così. I Santi e le Divinità non si impastano con il volgo e con il paganesimo. Essi comandano, guidano, indicano la strada da percorrere, e noi miseri mortali dobbiamo soltanto eseguire i loro celesti voleri. Essi non sono alla nostra mercé; al contrario, siamo noi i Loro strumenti, il Loro tramite per sconfiggere il demonio.
Lei dunque ha commesso un errore grossolano nel mescolare la vita terrena con quella trascendentale. E si è sbagliato anche quando ha messo a paragone i talismani con le reliquie sacre, che sono ben altra cosa. Gli amuleti sono oggetti materiali e dozzinali che non hanno alcuna efficacia. Le reliquie, invece, hanno ben altra importanza; ad esse, e solo ad esse, va riservata la giusta devozione.
Prendiamo, ad esempio, i cornicelli portafortuna, i quali altro non sono che peperoncini di corallo, di plastica o di metallo. Si dice che portare addosso un cornicello e toccarlo serva a scacciare il malocchio e le iatture. Che eresia! Meglio avere con sé l'immaginetta di un Santo: questa sì che ha il vero potere di allontanare il male. Tutt'al più, un peperoncino può essere utilizzato per purificare un corpo da cui Lucifero è stato cacciato.
Questo è quanto, professor Volpicelli. Sotto ispirazione ultraterrena, mi sono sentito in dovere di metterLa sull'avviso. Mi auguro che nella prossima edizione del libro possa correggere i Suoi errori. Se non lo farà, sarò costretto a farLe visita.

Saluti

L'Arcangelo

Finito di leggere, Scapece ripiegò il foglio e lo rimise nella busta.

«Allucinante» disse.

«È ciò che pensai anch'io quando la lessi» fece Volpicelli. «Il delirio di un invasato. Può essere il vostro assassino?».

«Tutto lo lascia supporre; ci sono marcate coincidenze. La ringrazio per averci contattati».

«Dovere. Siamo accerchiati dai folli. Però chi ha scritto questa lettera mostra una certa lucidità di pensiero. È una persona di cultura, convinta delle proprie idee. Forse si ritiene un messaggero divino. Quanto alle contestazioni che muove nei miei riguardi, lasciano il tempo che trovano. In molte civiltà gli elementi sacri e quelli pagani viaggiano di pari passo. I casi accertati sono innumerevoli. Uno dei più eclatanti è rinvenibile proprio a Napoli nella chiesa di San Raffaele, situata nel rione Materdei. Qui le donne andavano a baciare un grosso pesce presente ai piedi di una statua del santo. Non lo facevano per scopi spirituali ma per augurarsi fecondità e per trovare un marito sessualmente ben dotato. Giocavano così sul doppio significato della parola *pesce*, che nel lessico popolare indica anche il pene. Da questa usanza è nato il detto: "Va' a vasa' 'o pesce 'e san Rafele". Ancora oggi qualche signorina si reca a Materdei con l'auspicio di assicurarsi un appagante futuro erotico».

«Un po' come la "mazzarella di san Giuseppe"...».

«Sì, anche lì c'è il doppio senso. Fu il cantante lirico Nicolino Grimaldi all'inizio del Settecento a portare a Napoli, di ritorno da un viaggio in Inghilterra, un bastone che si riteneva fosse appartenuto a san Giuseppe. Grimaldi ogni 19 marzo lo esponeva in pubblico nella sua cappella privata. I fedeli e i curiosi accorrevano a frotte per vederlo e toccarlo, e alcuni ne approfittavano per portarsene via un pezzetto. Nacque così l'ammonimento "Non sfrocoliate la mazzarella di san Giuseppe", cioè "Non date fastidio, non siate molesti, non fate cose che potrebbero crearvi un danno". E che dire della venerazione del Santo Prepuzio di Gesù Cristo, cioè della reliquia proveniente dalla circoncisione a cui fu sottoposto, secondo quanto narrato da san Luca nel suo Vangelo, il figlio di Maria? Chiese, monasteri e abbazie ne hanno rivendicato la paternità per secoli. Ad Anversa fu addirittura istituita una Confraternita del Santo Prepuzio, che ogni anno portava in processione la reliquia. Ai primi del Novecento c'erano in giro tanti di quei presunti prepuzi di Gesù che la Chiesa, con un apposito decreto, dovette minacciare di scomunicare chiunque osasse scriverne o parlarne. Quanto alla commistione fra il sacro e la sessualità, le prove abbondano. Sulle parti laterali dell'affresco *Madonna del Belvedere*, realizzato nel Quattrocento dal pittore Ottaviano Nelli e conservato a Gubbio nella chiesa di Santa Maria Nuova, ci sono due colonnine su cui sono raffigurate scene erotiche. A Trasacco, in provincia dell'Aquila, su uno dei portali della basilica dedicata ai santi Cesidio e Rufino, è scolpita la figura di una donna accovacciata con le gambe divaricate. Devo continuare?».

«No, professore, anche se starei ad ascoltarla per ore».

«Venga a seguire uno dei miei corsi».

«Lo farò, prima o poi; l'antropologia mi ha sempre intrigato. Il suo libro quando è uscito?».

«Ad aprile».

«Devo leggerlo».

L'antropologo prese una copia del testo da uno scaffale e la porse a Scapece: «Tenga, glielo regalo».

«Grazie mille!».

«Di nulla. Da quanto ho appreso, nel primo omicidio l'assassino ha usato una zappetta a doppia punta?».

«Sì».

«Una precisa scelta figurativa. Le punte dell'attrezzo rappresentano due corna. Nel linguaggio dei segni, come lei sa, fare le corna è non solo un'offesa ma un gesto scaramantico. La pratica è antichissima. Nel Museo Etrusco di Volterra è esposta un'opera in terracotta risalente a più di duemila anni fa; si tratta del coperchio di un'urna funeraria che raffigura due coniugi anziani. Ebbene, il maschio della coppia ha l'indice e il mignolo della mano sinistra distesi, mentre le altre tre dita sono chiuse. Praticamente sta facendo le corna».

«Incredibile. Tornando alla lettera, secondo lei perché l'autore ha usato l'espressione "dal mio ritiro di dolore"?».

«Probabilmente quando l'ha redatta stava attraversando un periodo di sofferenza».

«E la firma *L'Arcangelo*?».

«Forse pensa di avere la stessa potenza di un capo supremo degli angeli».

«Lei sicuramente conoscerà la chiesa di Santa Maria del Parto…».

«Certo. Lì c'è il noto dipinto di san Michele Arcangelo che uccide Lucifero. Il cosiddetto "diavolo di Mergellina". Ne ho diffusamente parlato nel libro».

«Quell'opera potrebbe essere collegata a questa lettera e quindi all'assassino?».

Il professore fece una pausa di riflessione.

«Ora che ci penso, sì».

37
Due solitudini

«Ciao, Gianni, sono Isabella. Mi sono fatta dare il tuo numero da nonno. Come stai?».

«Con un assassino per capello. Tu?».

«Bene. In questi giorni ho sperato di incontrarti, ma quando sono stata in trattoria non sei passato».

«Gli eventi sono precipitati».

«Lo so. Ti va di vederci stasera? Devo dirti una cosa importante».

«In trattoria?».

«Preferisco di no. Andiamo in un altro posto».

«Io purtroppo non ne conosco».

«C'è un pub a San Martino dove si sta tranquilli. Ti ci porto io».

«Andiamo col mio scooter?».

«No, passo a prenderti con la macchina. Alle otto e mezza in piazza Sannazaro?».

«Ok».

Vissuta dal di dentro, Napoli è coinvolgente, contaminante, trascinante.

Vista dall'alto, lascia senza respiro. Strappa il cuore dal petto.

Dal belvedere di largo San Martino si ha l'impressione di poter toccare con mano le case, le strade, il lungomare, Castel dell'Ovo, la curva del golfo, la collina di Capodimonte. E Spaccanapoli, il decumano tracciato in epoca greca, che taglia a metà il centro storico.

«Hai chiesto tu di tornare a Napoli?» domandò Isabella davanti al panorama.

Faceva freddo, ma le luci della città davano calore.

«Sì» rispose Scapece. «L'ho abbandonata per troppo tempo, non per mia decisione. E quando un figlio di questa città è costretto ad andare via, non vede l'ora di riassaporare ciò che ha perduto. Avrei voluto rientrare prima, per stare accanto ai miei. Non mi è stato possibile, pazienza. Ora mi piacerebbe finire qui la carriera».

«Il commissario Improta non ti mollerà».

«Sono io che non voglio mollare lui».

«Anche mio padre, mio fratello e mio nonno si sono affezionati. Non fanno che parlare di te».

«E tu?».

«Mettimi pure nella schiera dei fan».

«Se apro un club, ti nomino presidente».

«Da uno a dieci, Gianni, quanto ti piace il tuo lavoro?».

«Dieci e lode. Rifarei mille volte la scelta che ho fatto. Noi poliziotti non siamo visti di buon grado da una parte della popolazione; qualcuno dice che siamo violenti, che agiamo con eccessiva durezza. Non posso negare che fra i miei colleghi ci sia qualche esaltato che non onora la divisa; ma le pecore nere si trovano in ogni mestiere. I cittadini onesti, i deboli, gli emarginati sanno bene che stiamo dalla loro parte. Conoscono i nostri sacrifici, i pericoli che corriamo, gli orari impossibili a cui sono sottoposte le nostre vite. Per guadagnare, a fine mese, quello che certe persone guadagnano in meno di una settimana. Chi non sa, farebbe meglio a stare zitto».

«Non devi prendertela, siamo in un'epoca decadente».

«L'ignoranza mi irrita. Se io non sono capace di fare una cosa, lo dico e non la faccio, così non procuro danni. Se non ho cognizione di un argomento, lo studio, lo approfondisco e poi ne parlo, prestando ascolto a chi ha più conoscenze di me. Oggi, invece, tutti vogliono intervenire su tutto, a vanvera. La vita sociale sembra un carrozzone delle banalità».

«Non salvi nessuno?».

«Te».

«Questa è *captatio benevolentiae*. Dai, andiamo a mangiare qualcosa».

Lasciarono il piazzale antistante la certosa di San Martino e passarono accanto agli imponenti bastioni di Castel Sant'Elmo per raggiungere, in via Tito Angelini, il Paturcium, un piccolo accogliente pub che proponeva una varietà di panini i cui nomi riprendevano i toponimi latini di città campane: *Pompeii*, *Surrentum*, *Herculeanum*, *Oplontis*, *Sinuessa*, *Salernum*.

«Carino, vero?» disse Isabella togliendosi il cappotto, sotto il quale indossava un tubino nero con le maniche lunghe.

«Molto» confermò Scapece, che per la serata aveva scelto una giacca blu e una camicia a righe sottili bianche e azzurre.

Si accomodarono e ordinarono un *Neapolis*, un *Puteoli* e due birre artigianali.

«Se tuo padre e tuo nonno ci vedessero, resterebbero scandalizzati» fece l'ispettore.

«Invece no» obiettò Isabella. «Sanno che con gli amici frequento locali che propongono una gastronomia differente da quella della Parthenope, e a volte sono loro stessi a consigliarmeli. Basta che siano posti in cui si cucina bene, con prodotti di qualità».

«Prima di mangiarli, i cibi li sottoponi ad analisi nel tuo laboratorio?» disse Scapece con ironia.

«In certi momenti mi viene davvero voglia di farlo».

«Accade pure a me. Se vedo qualcuno con le braccia sollevate o aggrappato a qualcosa, per esempio a un sostegno in un mezzo pubblico, mi scatta l'impulso di perquisirlo».

«Questa è bella! Devo stare attenta, allora, a non alzare le braccia in tua presenza».

«Essendo tu una donna, la perquisizione non la farei io; chiederei l'intervento di qualche collega poliziotta».

«Una prospettiva entusiasmante».

«Io ti ho parlato del mio. E il tuo lavoro, invece? Ti piace?».

Gli occhi verdi di Isabella si illuminarono. «Mi sono laureata in Scienze Biologiche perché fin da piccola sono attratta dai meccanismi che regolano la vita sulla terra: le cellule, il genoma, le molecole, i cromosomi, l'evoluzione delle specie. Anni fa stavo per trasferirmi negli Stati Uniti per un progetto di ricerca genetica, poi non ne ho fatto più niente».

«Perché?».

«Avevo ventisei anni, ero fidanzata. Il mio ragazzo mi costrinse a una scelta: "O me o l'America". Io per amore scelsi lui, e lui dopo un anno ricambiò con un addio».

«Ingrato».

«Le mie storie sono finite tutte così. Non che ne abbia avute tante... Do il massimo, mi impegno, mi faccio in quattro per l'altro, poi vengo piantata. Sono un'ingenua. Dovrei essere più cattiva, ma non ci riesco; la mia indole è quella che si vede a occhio nudo. Anche nel laboratorio dove lavoro mi lascio coinvolgere emotivamente da ciò che faccio. Se da un'analisi emergono valori sballati o patologie, prendo a cuore la situazione del paziente e gli consiglio le prime cure. Non so distaccarmi da ciò che mi avviene intorno».

Scapece pensò a quanto Isabella fosse diversa da Viola Mazza. E probabilmente da tutte le donne che aveva conosciuto nella sua vita.

«È per questo che hai voluto vedermi?».

«Sì, Gianni. In quest'indagine che stai svolgendo ti vedo troppo solo».

«L'ha detto anche il pubblico ministero. Ma io ho sempre agito così. Sono un *solitudinario*».

«Pur conoscendoti pochissimo, posso immaginare che tu prenda le dovute precauzioni. Ma da quello che mi raccontano papà, Diego e mio nonno, sei eccessivamente esposto. Questo assassino ha già ucciso due ragazzi in modo barbaro e ti ha sfidato. Mia mamma l'aveva previsto».

Scapece si accigliò. «Tua mamma?».

«La settimana scorsa, prima che l'omicida ti portasse le linguine e commettesse il secondo delitto, lei disse: "Ucciderà ancora". Lo ripeté due volte. Disse pure che tu dovevi stare attento. "Non poco, ma assai". Le sue parole e l'espressione con cui le pronunciò mi sono rimaste impresse nella mente».

«Ma lei manco mi conosce...».

«Non significa nulla. È una sorta di sensitiva. Riesce, non so come, a prevedere gli avvenimenti prima che accadano».

«Percezione extrasensoriale. I parapsicologi lo chiamano "settimo senso"».

«Io non credo a queste cose, ma vedo che lei ne azzecca una dietro l'altra».

«Avrà una spiccata sensibilità».

«Questo di sicuro».

«Perché tuo nonno ne parla sempre male?».

«Non si sono mai sopportati. Hanno due caratteri forti, orgogliosi, e dialogano a fatica. Il loro non è odio ma distacco. Anche con papà mia mamma litiga spesso; poi fanno pace e sembrano due ragazzini innamorati».

«Convincila a venire in trattoria la sera della Vigilia; potrebbe essere una buona occasione per farla parlare con tuo nonno».

«Hai saputo della cena solidale?».

«Sì».

«Tu ci sarai?».

«Certo».

«Grazie, Gianni! I ragazzi dell'associazione sono la mia seconda famiglia. Diamo una mano ai poveri, ai senza fissa dimora, agli ultimi. A Napoli più di mille persone vivono in strada; non possiedono nulla. Facciamo il possibile per farli sentire meno soli».

«Siete fantastici».

«Com'è questo *Neapolis*?» chiese Isabella indicando il panino scelto da Scapece.

«Buono. E il tuo *Puteoli*?».

«Squisito. Sai qual è il mio piatto preferito? Zucchine alla scapece».

«Comincio a volerti bene» disse l'ispettore sfiorando con un dito la punta del naso di Isabella.

«Anch'io».

«Però vacci cauta con me. Sono pericoloso».

«Lo so. Ingenua sì, stupida no».

38
Voti gastronomici

Come facevano nella fase di preparazione di ogni evento importante, Peppe e suo padre si sedettero al tavolo dei negoziati. Mancavano pochi giorni, andava deciso il menu della Vigilia.

A Nonno Ciccio toccò il preambolo: «Bisogna stabilire bene le portate. Trattandosi di una cena solidale per i senza fissa dimora, vanno assicurati sobrietà e decoro. Accoglieremo i nostri ospiti con la massima gentilezza; dovranno sentire il calore umano, la nostra vicinanza, l'affetto generale. Isabella mi ha detto che saranno una ventina, oltre a cinque ragazzi dell'associazione. Più i clienti che vorranno partecipare; già abbiamo ventitré prenotati. Per le portate ci atterremo alla tradizione, senza esagerare. Regola fondamentale: niente sprechi. Si' d'accordo, Peppe?».

«D'accordissimo».

«L'antipasto lo prevediamo?».

«Direi di sì. Polpo fresco all'insalata e alici marinate?».

«Solo il polpo. Verace e maschio. Tagliato a pezzetti. Con olio, aglio, limone, prezzemolo e sale quanto basta».

«In ogni piatto aggiungerò due foglie di lattuga come decorazione. Io comunque proporrei pure le alici marinate».

«Io no».

«Io sì» insisté Peppe.

«Allora questa scelta la mettiamo a votazione. Passiamo al primo. Vermicelli con le vongole?».

«Meglio gli scialatielli ai frutti di mare. Oppure i paccheri all'astice».

«Insisto per i vermicelli».

«Io per gli scialatielli o i paccheri».

Nonno Ciccio si arrese: «Dopo mettiamo ai voti anche questa scelta. Come secondo, baccalà fritto».

«Aggiungerei 'na spigola all'acqua pazza».

«E aggiungiamola».

«I capitoni?» chiese Peppe.

«Non piacciono a tutti, però facciamoli. Sia fritti che in umido. Non possono mancare. Senza capitoni non sembra Natale. Poi 'na bella insalata di rinforzo. Con olive nere di Gaeta, olive bianche, cavolfiore, *papaccelle*, cetriolini, cipolline, olio e aceto».

«Le acciughe no?».

«Decidi tu. In chiusura, i dolci: struffoli, roccocò, mustacciuoli e susamielli».

«Papà, lo sai perché i dolci natalizi napoletani tengono questi nomi strani?».

«So che gli struffoli prendono il nome dalla parola greca *stroggulos*, che significa "di forma rotonda". È così?».

«Sì. I padri fondatori di Napoli venivano dalla Magna Grecia».

«E io gli ho reso onore chiamando Parthenope la nostra trattoria. So pure perché i mustacciuoli si chiamano così: nel passato li facevano con il mosto».

«Bravissimo!».

«Per i roccocò e i susamielli non mi ricordo».

«La parola roccocò viene dal francese *rocaille*, cioè "pietraia". E i susamielli, che tengono la forma di una esse, nella ricetta originale venivano ricoperti di sesamo».

«Erano queste le domande che domenica scorsa ti dovevano fare in quella monnezza di trasmissione» esclamò Nonno Ciccio.

Peppe fece una smorfia di disgusto. «Nun me ce fa' penza'!».

«Infatti. Pensiamo alla cena. Non ci scordiamo gli *spassi*: noci, nocciole, arachidi, ficusecche, castagne, mandorle, pistacchi, datteri».

«E 'a frutta: melone bianco, uva e clementine».

«Per il vino andrei sul sicuro: Falanghina dei Campi Flegrei».

«Approvata. Papà, e se fra gli ospiti ci sono vegetariani o vegani?».

«Mangiano l'insalata di rinforzo; in aggiunta, gli prepariamo un po' di broccoli lessati. I tempi del servizio vanno calcolati bene. Arrivati alla mezzanotte, dobbiamo calare il Bambin Gesù sul presepio e fare un brindisi. Che spumante usiamo, l'Asprinio di Aversa versione brut?».

«Sì. Con panettone e pandoro a supporto».

«E un paio di fiaschi di rosolio a portata di mano. Per il tovagliato e gli addobbi a tavola decide Isabella».

«Ottimo. Mi pare che non ci siamo scordati niente».

«No. Dobbiamo solo passare alle votazioni».

Diego, Bettina e Cristina furono convocati al tavolo nella qualità di "grandi elettori".

«Io e Peppe abbiamo stabilito il menu per la cena solidale di domenica sera» comunicò Nonno Ciccio. «Ci siamo trovati in sintonia su tutto, tranne che sull'antipasto e sul primo. Per l'antipasto io ho proposto il polpo all'insalata; Peppe vorrebbe aggiungere le alici marinate. Per il primo io ho detto vermicelli con le vongole; Peppe, invece, vorrebbe gli scialatielli ai frutti di mare o i paccheri all'astice. Per sbrogliare la matassa, dobbiamo andare ai voti. I votanti sarete voi. Ora vi dico quali sono le regole».

«Nonno, vado a pigliarti lo scanno?» chiese Diego.

Le sorelle Giaquinto ridacchiarono.

«Nun fa' 'o deficiente, si no te spacco 'o bastone 'ncapa» avvertì Nonno Ciccio. «E voi due non ridete!». I provocatori si ricomposero. «Diego, tu sarai anche scrutatore, quindi invece dello scanno prendi 'na ciotola, tre penne e sei foglietti; 'a ciotola farà da urna. Prima votazione: se parteggiate per me, sul foglietto dovete scrivere solo la parola *Polpo*; se vi schierate a favore di Peppe, dovete scrivere *Polpo e alici*. Non è consentita nessuna forma di propaganda elettorale».

«Il voto è a scrutinio palese o segreto?» domandò Peppe.

«Segreto, così nessuno s'intossica».

«Le schede bianche e le schede nulle sono ammesse?».

«No».

Preparato l'occorrente, Diego si appartò a votare; Cristina e Bettina fecero altrettanto. Poi ciascuno di loro ripiegò il proprio foglietto e lo mise nella ciotola.

Diego agitò il recipiente, raccolse i foglietti, li aprì e annunciò i risultati: «*Polpo* voti uno; *Polpo e alici* voti due. Vince *Polpo e alici*».

«Alé!» gioì Peppe.

«Esaltato» mugugnò Nonno Ciccio. «Passiamo alla seconda votazione. Avete tre possibilità: *Vermicelli*, *Scialatielli* o *Paccheri*. Fate la vostra scelta».

I tre votanti espressero le loro preferenze e Diego, concluso lo scrutinio, dichiarò: «*Vermicelli* voti uno; *Scialatielli* voti uno; *Paccheri* voti uno. Situazione di parità, non vince nessuno».

«E mo' come facciamo?» si disperò Peppe.

Nonno Ciccio stette a pensarci su per qualche istante, poi annunciò la soluzione: «Diego, richiudi i foglietti e rimettili dentro alla ciotola. Facciamo decidere a Zorro». I votanti e Peppe lo guardarono con scetticismo. «È un cane intelligente e democratico, pure lui ha diritto al suffragio. Zorro, vieni qua».

Zorro, che da alcuni minuti stava avendo una conversazione telepatica con il pastorello Benino addormentato sul presepe, mai si sarebbe aspettato di dover partecipare, nella sua esistenza canina, a una consultazione elettorale, per cui si appropinquò al seggio con aria baldanzosa.

Diego gli piazzò la ciotola sotto il muso. «Zorro, scegli uno dei tre foglietti».

Il cane annusò ben bene i pezzetti di carta, poi ne addentò uno e lo passò a Diego, che lo aprì e ne rivelò il contenuto: «*Vermicelli*!».

«Urrà!» gridò Nonno Ciccio. Zorro gli saltò sulle gambe e guaì.

«Buffoni» disse Peppe.

«Diego, Cristina e Bettina, potete tornare alle vostre occupazioni, grazie» fece il sovrintendente. «Peppe, vogliamo regalare a Zorro una coscettina di pollo?».

«Non se la meriterebbe» rispose Peppe carezzando la testa del cane votante. «Però gliela diamo lo stesso».

39
Corni, cornicelli e cornucopie

“Devo cambiare aria” pensò Scapece. “Allontanarmi per qualche ora da Mergellina e dal commissariato. Non per accantonare le indagini ma per guardarle da una prospettiva diversa”.

Dall’8 dicembre erano accadute tante cose. Nella memoria dell’ispettore si erano accumulate immagini su immagini. Un particolare dietro l’altro.

Il corpo nudo di Amedeo. Il sangue. Il coltello nella schiena.

Il pianto della donna delle pulizie.

I volti dei vicini di Amedeo.

L’arma del delitto.

Gli occhietti di Fabozzi. Le barchette di Pappalepore. Le provocazioni di Viola Mazza.

La villa dei Caruso in via Manzoni. Il rancore del padre di Amedeo.

La stanza dell’anatomopatologo.

Il ragazzo della Bmw.

Il Moby Dick. Anna D’Ambrosio. Melville.

Kennedy e la vedova allegra.

I funerali nella chiesa di San Gioacchino. Eleonora.

La vaschetta con le linguine. L’assassino sotto casa.

Santa Maria del Faro. Il corpo della ragazza nella valigia. L'orrore della morte.

La disperazione dei genitori di Tania. La casa di Tania. Il tatuaggio con le rondini.

La promessa fatta a Daniela.

Il questore. Il pubblico ministero.

Il *gorgoneion*. Il diavolo di Mergellina.

La maledizione della Gaiola.

La lettera arrivata all'antropologo.

La tenacia di Improta.

I Vitiello, la Parthenope, Zorro. Il nascondiglio segreto. Isabella.

Il peperoncino, il peperoncino, il peperoncino.

"Devo staccare. E devo farlo ora, prima che la caccia a questo criminale spietato e senza volto diventi per me un'ossessione. Dormo poco, mangio di meno, non faccio altro che pensare all'indagine. Questa non è vita".

La città era pronta ad accogliere il Natale. Mercatini, addobbi, luminarie, le strade del centro piene di gente.

Scapece parcheggiò in via Mezzocannone, sotto il bassorilievo dell'uomo scimmia dalla doppia identità: gli storici lo avevano identificato nel gigante Orione, il popolo nel leggendario pescatore Colapesce.

Si tolse il casco, lo sistemò nel bauletto dello scooter e alzò gli occhi verso la figura semi-umana, la cui mano destra stringeva un pugnale.

"Uno yeti armato" pensò.

Salì verso piazza San Domenico Maggiore, svoltò a destra e dopo un centinaio di metri si fermò davanti alla statua del dio Nilo. *'O cuorpo 'e Napule*. Il centro assoluto della città.

Chi avesse lanciato un'occhiata fugace all'ispettore avrebbe avuto l'impressione di un attraente turista interessato alle bellezze partenopee. Le mani nel giubbotto trapuntato, un paio di jeans effetto délavé, gli stivaletti stringati in pelle, lo sguardo penetrante. Nulla del suo aspetto esteriore lasciava immaginare ciò che aveva nella testa: un turbinio di pensieri scatenato dal tentativo di ricostruire le mosse dell'assassino.

"Tra aprile e giugno legge il libro del professor Volpicelli e si incazza. Ha già maturato idee strambe sul sacro e sul profano; non accetta la convivenza fra i due elementi; è convinto che la spiritualità guidi le azioni umane e porti le persone anche a uccidere, pur di annientare il male. Conosce la chiesa di Santa Maria del Parto e la storia del dipinto fatto realizzare da Diomede Carafa. Sa che è esistito un "mostro di Posillipo" ed è informato dei misteri della Gaiola. A giugno scrive all'antropologo e si firma *L'Arcangelo*. Ad agosto invia degli avvertimenti ad Amedeo e a Tania. Sta pianificando i delitti. Fa sopralluoghi e appostamenti in via Orazio e alla Discesa Gaiola e decide come ammazzare i due ragazzi. Studia i loro movimenti; forse li conosce personalmente. Nutre verso di loro un odio profondo. Li ritiene colpevoli di atti talmente gravi da meritare la morte. Sceglie il peperoncino come sostanza purificatrice simbolica".

Continuando a riordinare le tessere del puzzle, Scapece si incamminò lungo via San Biagio de' Librai.

"Decide di entrare in azione nel giorno dell'Immacolata. La Vergine, la Pura. Un'altra scelta non casuale. Sa che Amedeo torna in via Orazio sempre ubriaco o strafatto di cocaina. Lo aspetta sotto casa. O forse è già in agguato nell'appartamento; per entrare ha usato un passe-partout. Aspetta che il ragazzo crolli dal sonno. Per esserne certo, lo chiama. Ha con sé una borsa o uno zaino con dentro il coltello, l'olio, l'aglio, i peperoncini e la zappetta che ha prelevato dalla casetta degli attrezzi in giardino. Ha le mani protette da guanti di lattice o di gomma. Si avvicina al letto. Amedeo ha la testa reclinata su un lato; un bersaglio facile. L'assassino gli conficca la zappetta nel cervello. Poi estrae la forca e la ripulisce alla meglio con un panno o un fazzoletto. Mette tutto nella borsa. Spoglia il cadavere. Infila il coltello nella schiena di Amedeo. La precisione con cui fa arrivare la lama fino al cuore lascia pensare che sia esperto di anatomia. È un medico? Un cuoco? Oppure, visto il suo delirio religioso, un sacerdote? Si cambia i guanti e va in cucina. Trova una padella e la porta in camera da letto. Mette l'aglio e l'olio nella padella e la sistema sotto il pube di Amedeo. Raccoglie la borsa e lascia l'abitazione. Va nel giardino e rimette a posto la zappetta. Esce sulla strada, sale in auto e fila via".

Meccanicamente Scapece imboccò via San Gregorio Armeno, gremita di turisti attratti dalle botteghe di arte presepiale. Oltre ai pastori, alcuni dei quali ispirati a personaggi famosi, sui banchi di vendita e lungo le mura della strada erano esposti migliaia di oggetti scaramantici e protettivi *made in Naples*.

Corni, cornicelli e cornucopie di ogni dimensione.

Ferri di cavallo.

Busti e statuine di san Gennaro.

Capuzzelle di morto.

Gobbetti con lo *scartiello* da toccare e strofinare.

Pulcinella con mandolino. Pulcinella con pizza e fiasco di vino. Pulcinella con *tammorra* e *putipù*.

Corone d'aglio per scacciare i demoni e le streghe.

Piennoli di peperoncini.

"Sempre loro, i peperoncini: è una persecuzione!".

Tra la folla sotto l'arco del campanile di San Gregorio Armeno, l'ispettore intravide una figura nota. Un ometto magrolino con gli occhiali.

Pasquale Fabozzi.

"Che ci fa da queste parti?".

Il portinaio di via Orazio aveva un corno rosso fra le mani e stava discutendo col titolare di una bottega.

Approfittando della confusione, Scapece si piazzò alle loro spalle per ascoltare la conversazione.

«Lo voglio come dice la tradizione: tuosto, vacante, stuorto e cu 'a ponta» sentì dire a Fabozzi.

«E io così ve l'ho dato: duro, vuoto, storto e appuntito» rispose l'artigiano.

«Questo non è appuntito a dovere».

«Per i prossimi che faccio, uso il temperamatite, va bbuono? Ridatemelo e nun me facite perdere cchiù tiempo!».

Il portinaio restituì il manufatto e fece per andare via.

Scapece lo affiancò. «Ha fatto bene a non prenderlo: aveva la punta arrotondata».

Fabozzi riconobbe subito l'ispettore e rimase basito. «Sa... salve...».

«Salve a lei. Come mai stava acquistando un corno?».

«Mi serve... Lo devo mettere nel mio gabbiotto».

«A che scopo?».

«Scopo difensivo. Voglio tenere lontani gli spiriti maligni».

«Dove stanno questi spiriti?».

«Nel palazzo».

«Davvero? E chi sono?».

«Non posso dirlo...».

«Fabozzi, non le sembra anomalo il suo comportamento? A quest'ora lei dovrebbe essere al lavoro».

«Mi so' fatto sostituire da un amico».

«Per venire qua a cercare un corno?».

«Sì. Quelli di San Gregorio sono i migliori. Comprarli è vietato dalla legge?».

«Non è vietato. Questo suo amico lavora gratis per lei?».

«Gli do qualcosina per il disturbo. Ora posso andare?».

«Vada. Se trova un corno ben appuntito, mi faccia un fischio: lo prendo anch'io».

Fabozzi si allontanò nella folla.

Scapece lo seguì con lo sguardo. "Non m'è mai piaciuto, fin dal primo momento. Magari non ci azzecca niente coi delitti, ma è da tenere sott'occhio".

L'ispettore raggiunse la parte superiore della strada e si fermò in piazza San Gaetano, davanti al portale della basilica di San Lorenzo Maggiore, dove riannodò i fili dei suoi ragionamenti sull'assassino.

"Dopo aver ucciso Amedeo, diventa fiero di ciò che ha fatto; la stampa parla del delitto e lui se ne compiace. Si sente al riparo dalle indagini e la sera del 15 prepara la confezione con le linguine. Aspetta che si faccia notte fonda, ruba la Fiesta e la usa per venire nella mia zona. Parcheggia in via Galiani e raggiunge a piedi il mio palazzo. Entra, sale le scale fino al quarto piano e mi lascia il cadeau davanti alla porta. Torna in strada, riprende l'auto e la abbandona in via Nuova Marina. Ha deciso di uccidere di nuovo. È su di giri, eccitato, come lo sono tutti gli assassini che programmano con cura i loro crimini. Alle diciotto di sabato 16 dicembre Tania finisce di lavorare, saluta Daniela e torna a casa. Prepara da mangiare, poi accende il televisore e si distende sul divanetto. L'assassino la sta osservando dall'esterno; quando la vede rilassata, irrompe dalla veranda e le stringe una cintura attorno al collo. La ragazza si dibatte, prova a liberarsi, si graffia la gola. Inutilmente. L'omicida la finisce, poi la spoglia, va a prendere il trolley e lo porta nell'abitazione. Ha con sé un flacone di peperoncino in polvere. Incastra il corpo di Tania nella valigia, lo "purifica" col peperoncino e lo va a mettere nel bagagliaio dell'auto. Si sposta in via Marechiaro, scarica il trolley davanti alla chiesa di Santa Maria del Faro e torna nelle tenebre. I napoletani lo temono, i giornalisti raccontano le sue gesta. L'assassino se la gode e riappare martedì mattina nella chiesa di Santa Maria del Parto per rendere omaggio a san Michele, suo ispiratore. Ma in chiesa c'è pure il sottoscritto. Mi vede e scappa. O forse non era lui e io ho preso un abbaglio...".

L'ispettore scrutò l'orologio sul campanile di San Lorenzo.

"Le tre e mezza. Meglio che mangi qualcosa, prima che mi tornino le allucinazioni. Il giro meditativo lo continuo dopo".

Trovò posto in una trattoria in via dei Tribunali e consultò il menu.

"Vado sul classico: una margherita. Oppure una quattro stagioni. O una diavola. Cazzo, la diavola no: è piccante!".

40
Se Improta ordina, Scapece esegue

«Sono io l'assassino. Arrestatemi».

Vito Ciccarelli, trentotto anni, pluripregiudicato per reati contro la persona e il patrimonio, era seduto di fronte a Improta, a Scapece e all'agente scelto Ivan Cafiero, che lo guardavano increduli. Aveva le occhiaie, le guance non rasate e i pantaloni sgualciti. I polsini di una camicia dal colore indefinibile gli fuoriuscivano di una decina di centimetri dalle maniche del cappotto.

Il commissario si alzò dalla sedia. Scapece gli fece segno di mantenere la calma.

Improta girò lentamente attorno alla scrivania e si piantò a pochi centimetri dal soggetto. «Ti ricordo, Ciccarelli, caso mai ti fosse sfuggito dalla mente, che tu agli arresti già ci stai».

«Domiciliari» specificò l'uomo. «Io voglio essere arrestato veramente. Mi dovete portare a Poggioreale».

Improta si sentì prudere le mani. «Un'ora fa, Ciccarelli, su tua richiesta telefonica, due agenti di pattuglia, fra cui il qui presente Cafiero Ivan, sono venuti a casa tua. Sempre su tua richiesta, stavano provvedendo a portarti via quando la tua gentile consorte, non contenta del trasloco del proprio coniuge, che saresti tu, si è avventata con furore belluino contro gli agenti suddetti, e Cafiero Ivan, sempre qui presente, ha riportato una scorticatura a una mano e due strappi alla divisa. Ora ti trovi in un commissariato di polizia, nella stanza di un dirigente, che fra parentesi sarei io, nonché alla presenza dell'ispettore capo Scapece Giovanni. Ciò premesso e considerato, perché cazzo dovremmo portarti a Poggioreale?!».

«Perché ho ucciso Amedeo Caruso e Tania Stella» rispose Ciccarelli senza scomporsi.

«E sentiamo, come li avresti uccisi?».

«Caruso con una sciamarrella».

«Con una che?!».

«'Na sciamarrella. 'Nu piccone. Di quelli che usano i muratori. So' trasuto a casa sua per rubare, lui è arrivato all'improvviso e io gli ho chiavato due sciamarrate in testa. 'Nfrùnchete e 'nfrànchete! Per ammazzarlo definitivamente, ho preso un pugnale che mi trovavo a portata di mano e gliel'ho infilato dentro al petto. L'ho spogliato, l'ho sdraiato sopra al letto e ci ho messo a fianco 'na pentola con aglio, olio e peperoncino. Poi me ne so' scappato».

«E Tania Stella?».

«Volevo rubare pure da lei. Ho sfondato la finestra della veranda pensando che non stesse in casa, invece l'ho trovata sopra a una poltrona e l'ho strangolata con una corda. Le ho levato i vestiti per farla entrare in una valigia, ci ho versato addosso dell'olio di peperoncino che tenevo a portata di mano e l'ho portata a Marechiaro».

«Hai sempre a portata di mano tutte queste belle cose?».

«Sì, so' attrezzato».

«E mo' che vuoi?».

«Ve l'ho detto: voglio andare in galera».

«Ciccarelli, non ti abboffo di mazzate perché sono un rappresentante della legge nel pieno esercizio delle sue funzioni. Ma quant'è vero Iddio, in galera ti ci porterei di corsa! Ti farei chiudere in una cella in fondo a un pozzo e butterei la chiave. Cafiero, riaccompagna a domicilio questo millantatore».

Ciccarelli crollò in ginocchio. «Non fatelo, commissa', aiutatemi!».

«Fai silenzio».

«Nun voglio turna' a casa! Mia moglie è un'arpia, nun 'a supporto cchiù! Liberatemi da lei, vi prego. In carcere sto sereno: tengo vitto e alloggio assicurati e un'ora d'aria al giorno per respirare. Da quando sto agli arresti domiciliari, altro che respirare: sto soffocando. Mi so' ammalato gravemente. Subisco torture e maltrattamenti continui, giorno e notte. Salvatemi!».

Scapece vestì i panni del consulente legale. «Ciccarelli, sa cosa può fare? Evadere. Così il magistrato di sorveglianza le sospende la detenzione domiciliare».

L'uomo si rianimò. «Ispetto', aggie capito bbuono? Che devo fare? Evadere?».

«Ha capito bene».

«Allora scappo di casa oggi stesso. Però prima vi dico dove mi vado a nascondere, così non perdete tempo a cercarmi. Non voglio darvi fastidio».

«Cafiero, toglimelo da davanti agli occhi!» ordinò Improta.

L'agente prese Ciccarelli per un braccio e lo portò via.

«Lei cercava un mitomane e il mitomane è arrivato» disse Scapece.

«Tu, poi, gli vai a consigliare di evadere!» fece il commissario. «Quello lo fa davvero».

«La mia è stata un'operazione umanitaria».

Improta riprese posto dietro la scrivania. «Di che mi stavi parlando, prima che venissimo disturbati da Ciccarelli?».

«Del protettore di noi poliziotti: san Michele».

«Ah, sì! Quindi tu ritieni che l'assassino voglia mettersi a paragone col nostro patrono?».

«È in pieno delirio mistico e si sente il suo braccio armato. Lo vede come un modello, una guida per la sua battaglia contro il male. L'arcangelo Michele viene ricordato dalla Chiesa come principe delle milizie celesti che sconfissero Satana e gli altri angeli ribelli e li mandarono all'inferno; per questo viene rappresentato in forma di guerriero con una lancia o una spada. Oppure con una tromba, che secondo le profezie suonerà nel Giorno del Giudizio per risvegliare i morti nei sepolcri».

«Mi fai venire i brividi, Gianni».

«Ce li ho anch'io. Pensi alla pelle d'oca che veniva ai fedeli quando, tra la fine dell'Ottocento e fino agli anni Sessanta, al termine di ogni messa il prete si inginocchiava sull'altare e recitava una preghiera esorcistica in onore di san Michele. La pratica fu introdotta da papa Leone XIII ed è scomparsa solo con le riforme introdotte dal Concilio Vaticano II. In più, secondo l'*Apocalisse della Vergine*, che è una versione apocrifa del Nuovo Testamento, san Michele guidò Maria nell'oltretomba per farle vedere le condizioni in cui versavano i dannati».

«Come fa Virgilio con Dante Alighieri nella *Divina Commedia*?».

«Sì».

«Gianni, come sai queste cose? Sei tu l'assassino?».

«No, altrimenti gliel'avrei detto, commissario. A lei non nascondo nulla».

«Bravo, figliuolo».

«Ieri sera mi so' messo a studiare religione a casa».

«Niente uscite con le femmine?».

«No. L'uscita l'ho fatta l'altra sera. Con Isabella Vitiello, la ragazza che le ho presentato la settimana scorsa nello chalet di via Caracciolo».

Improta sussultò. «Proprio quella Isabella lì? Quella coi capelli rossi?».

«Sì».

«Quella con le lentiggini e gli occhi verdi?».

«Sì».

«Vieni qua, fatti abbracciare!» fece il commissario allungandosi sulla scrivania. «Come so' contento! Ti preparo subito una nota di encomio e chiedo al ministro dell'Interno di farti diventare capo della polizia ad honorem».

«Troppo. Mi accontenterei del ruolo di vice capo».

«E com'è andata, com'è andata?».

«Bene. Siamo stati in un pub a San Martino. Abbiamo trascorso una serata divertente».

«E quando vi sposate?».

«Commissario, mi sa che sta precorrendo i tempi...».

«Ma che precorrendo e precorrendo! Non trovarti scuse, Gianni. Io voglio fare il compare di fazzoletto. Per la scelta delle bomboniere e delle partecipazioni ti faccio consigliare da mia moglie; ci ha gusto. Il ristorante te lo trovo io. Sul mare, nella zona di Posillipo».

Scapece capì che non sarebbe riuscito ad arginarlo. «Quando verrà il momento, mi affiderò completamente a lei e alla sua signora».

«Due figli, eh, dovete fare due figli! 'Nu masculo e 'na femmina. 'O masculo me lo cresco io. Lo porto in giro sulle volanti. Altro che giostre e cavallucci; sulle volanti, lo porto! Sai come se la spassa».

«Niente pistola, però».

«'Sto fatto che non ti piacciono le armi è un'anomalia» disse Improta tornando serio. «Bisogna usarle solo in caso di estrema necessità, questo è vero, ma non portarsele appresso può essere controproducente. La pistola d'ordinanza la stai lasciando sempre a casa?».

«Sì. In cassaforte».

«Gianni, fai attenzione. Se incontri l'assassino, come lo blocchi?».

«Con lo spray al peperoncino».

«Non prenderla sottogamba. Abbiamo a che fare con un criminale che non si fa scrupoli».

«Sono passate esattamente due settimane da quando è stato ritrovato il cadavere di Caruso...».

«E nonostante gli sforzi investigativi, non abbiamo ancora un colpevole. Ieri sera i nostri tecnici hanno installato una microcamera nella chiesa di Santa Maria del Parto, puntata sopra al dipinto del diavolo di Mergellina, e un'altra davanti alla chiesa di Santa Maria del Faro. Stamattina ne mettono una pure nell'androne del tuo palazzo. E poi mi sono arrivati i risultati dei controlli sul cellulare di Daniela Ferraro, la socia di Tania Stella; ci ha detto la verità: sabato sera è rimasta a casa con i genitori, da dove ha fatto delle chiamate».

«L'assassino ha creato intorno a sé una nebulosa di misteri» disse Scapece. «Eppure lo sento vicino; ne percepisco la presenza».

Il telefono sulla scrivania squillò. Improta sollevò la cornetta, restò in ascolto per alcuni secondi, poi diede una conferma: «Alle quattordici saremo sul posto».

«Guai all'orizzonte?».

«Insieme ai colleghi del commissariato di Posillipo andiamo a catturare un latitante della camorra. Abbiamo avuto 'na soffiata: si nasconde a Santo Strato, nella zona dei vigneti. La Questura ha affidato a me il comando. Vuoi partecipare pure tu all'operazione?».

«Se Improta ordina, Scapece esegue».

«Allora va' a casa a pigliare la pistola e torna qua, che ti spiego il piano».

41
Blitz a Santo Strato

Liberio Perrotta, conosciuto nella malavita come Capaliscia per via del cranio pelato, era ritenuto, malgrado la giovane età, ventinove anni, uno dei boss emergenti della camorra. Nella lista dei ricercati più pericolosi della criminalità organizzata napoletana occupava la terza posizione. Girava armato e vantava precedenti per associazione a delinquere, spaccio di droga, estorsione e omicidio. Si era reso latitante a metà novembre, nel giorno in cui aveva fatto fuori un suo rivale. Un testimone presente sul luogo dell'agguato lo aveva riconosciuto e le forze dell'ordine avevano dato il via alla caccia. Grazie a una spiata e all'uso di un drone, era stato individuato il suo covo: un casolare nascosto in fondo a un vigneto di Santo Strato, a Posillipo.

Con una serie di appostamenti e intercettazioni la polizia aveva scoperto che un pregiudicato raggiungeva tutti i giorni il boss nel suo rifugio per portargli cibo e quotidiani e farsi dare ordini da trasmettere agli altri componenti del clan; arrivava alle tredici e andava via alle quattordici e trenta.

I poliziotti raggiunsero la zona con delle macchine civetta e si posizionarono nei pressi del casolare. Erano venti uomini; dieci per il commissariato di Posillipo e dieci per quello di Mergellina, fra cui Improta, Scapece e Cafiero. Provvisti di giubbotti antiproiettile, pistole e mitragliette.

Alle quattordici e trentadue, lo scagnozzo di Capaliscia uscì in auto dal viottolo che portava al casolare. Giunto in via Posillipo, si vide tagliare la strada da una macchina e fu costretto a una frenata brusca. Stava per lanciare una bestemmia ma non ne ebbe il tempo: quattro agenti, armi in pugno, uscirono dalla vettura con cui lo avevano bloccato e gli intimarono di scendere con le mani alzate. Il pregiudicato non oppose resistenza e fu portato via in manette.

«Fuori uno» disse Improta. «Mo' passiamo al pezzo grosso».

Il commissario, Scapece e una decina di agenti attraversarono i filari del vigneto, posto su un terreno scosceso, e si sparpagliarono a ventaglio attorno al casolare, una struttura in pietra a due piani celata da una fitta vegetazione.

Gli altri poliziotti si piazzarono nelle retroguardie, a ridosso dei muri di recinzione.

Arrivato a pochi metri dalla costruzione, Improta intimò: «Polizia! Perrotta, esci, sei circondato!».

Dall'interno del casolare giunse un rumore. Come di una sedia che cadeva.

«Arrenditi!».

Capaliscia non gradì l'invito. Si sporse da una finestra al secondo piano e sparò tre colpi di pistola.

«'Stu piezzo 'e mmerda» inveì il commissario riparandosi dietro il tronco di un pino. «Ragazzi, tutto a posto?».

«M'è andata una scheggia di legno dentro a un occhio!» gridò Cafiero, acquattato nei pressi di un leccio.

«Torna indietro!» gli ordinò Improta. «Va' a farti controllare!».

Con una mano sul viso, Cafiero ripiegò.

«Perrotta, non fare altre cazzate!» gridò Improta. «Vieni fuori!».

Capaliscia esplose altri colpi che andarono a vuoto.

Scapece si spostò di qualche metro per avere una buona visuale della finestra e si mise in posizione di tiro, con le braccia distese e la pistola impugnata a due mani.

Appena Perrotta rimise fuori l'avambraccio, l'ispettore sparò.

Il proiettile centrò il gomito del boss, che urlò dal dolore e lasciò cadere la pistola dalla finestra.

«L'ho preso?» domandò Scapece, quasi non credendo a ciò che aveva fatto.

«Cazzo se l'hai preso, Gianni!» esclamò Improta. «E meno male che la pistola la usi poco!».

«Mica l'ho ucciso?».

«No, solo ferito».

Perrotta per quasi mezz'ora non si fece vedere né sentire. Poi d'un tratto apparve da una porta sul retro del casolare e tentò una fuga disperata. Si era fasciato alla meno peggio il gomito sanguinante e impugnava un'altra pistola, con cui fece fuoco all'impazzata senza colpire nessuno dei poliziotti. Quando il caricatore si esaurì, lo sganciò per sostituirlo. L'operazione, però, gli venne lenta a causa della ferita.

Improta sfruttò l'occasione: nonostante fosse di due spanne più basso di Perrotta e più leggero di una trentina di chili, gli si scagliò addosso come un toro infuriato, gli portò via la pistola e lo atterrò con un pugno.

Se le circostanze fossero state meno drammatiche, Scapece e gli agenti avrebbero fatto partire un'ovazione.

«Complimenti per lo scatto, commissario. Sembrava un ragazzino».

«Nel passato ho fatto pure di meglio» disse Improta tenendo sotto tiro il boss. «Una volta ho affrontato una banda di dieci criminali. Il più fesso teneva 'na sfilza di precedenti penali lunga quanto uno scontrino del supermercato».

«E come ha fatto a cavarsela?».

«So' andato a chiamare rinforzi».

Frastornato e dolente, Capaliscia fu condotto all'interno del casolare. Improta ordinò ai suoi uomini di guardarlo a vista.

Scapece chiese l'intervento di un'ambulanza e si informò sulle condizioni di Cafiero.

«L'hanno portato al pronto soccorso» gli disse un agente. «Mezzo centimetro più a sinistra e la scheggia gli avrebbe lesionato la cornea».

Improta richiamò l'attenzione dell'ispettore su un particolare: a una trave della grossa stanza al pianterreno in cui si trovavano, erano appesi tre grappoli di peperoncini rossi.

«Perlustriamo il resto del casolare» fece il commissario.

Al piano superiore trovarono altre due sorprese: in una stanza, su un tavolo, erano ammucchiate le pagine di vari quotidiani con gli articoli di cronaca che parlavano dei delitti di Amedeo e Tania; in un armadio era conservato un giaccone scuro con cappuccio.

«Abbiamo pescato il jolly?» chiese Improta.

Scapece, concentrato a guardare i fogli di giornale e a riflettere, non replicò.

I due tornarono giù e il commissario pungolò il giovane boss: «Perrotta, niente niente sei tu l'assassino di Caruso e Stella?».

Capaliscia si mostrò sbigottito. «'E chi?!».

«Non fare il finto tonto. Sai bene a chi mi riferisco. Sopra abbiamo trovato i giornali».

«Ah, 'o fatto degli omicidi a via Orazio e a' Gaiola! Magari fossi stato io. Chill'assassino è 'nu talento da ammirare. In questi giorni, stando qua senza fare niente, me so' letto tutta 'a storia. Secondo me non lo acchiapperete mai».

«O forse lo abbiamo già acchiappato?».

«No, no, vi sbagliate, non sono io».

«E per quale motivo tieni tutti 'sti peperoncini appesi?».

«Me piace 'o ppiccante».

«Non è lui» disse Scapece mentre tornava in commissariato con Improta. «Non può essere lui».

«Perché? I giornali, i peperoncini e il giaccone sono tre indizi abbastanza evidenti».

«Soltanto in apparenza. Questo buzzurro non risponde affatto al profilo del nostro assassino. Lei lo vedrebbe capace di fare ragionamenti su san Michele Arcangelo o di scrivere una lettera come quella che è arrivata al professor Volpicelli?».

«No. Però sono tenuto a informare il questore e il pubblico ministero di quello che abbiamo scoperto. Il questore, come ha sempre fatto, si muoverà con prudenza, in attesa di una confessione o di prove schiaccianti. Per il pubblico ministero non ho idea».

«Il problema è tutto lì» commentò Scapece con amarezza. «Il magistrato. Utilizzerà Perrotta come agnello sacrificale».

Ciò che accadde nelle ore successive confermò le sue previsioni.

Dopo essere stato suturato, fasciato e incerottato, Liberio Perrotta fu condotto negli uffici della Procura e sottoposto, alla presenza del suo avvocato, a un primo interrogatorio di garanzia. Gli fu chiesto di confessare non solo l'omicidio di camorra commesso un mese prima, di cui si assunse in parte la responsabilità, ma anche quelli di Amedeo e Tania. Lui si rifiutò adducendo ragioni d'onore: «Io mi tengo i crimini miei e non mi rubbo quelli degli altri, in special modo se so' stati commessi da un maestro».

Ciò nonostante, dalla Procura filtrò la voce che l'assassino di Amedeo e Tania era stato arrestato e gli organi d'informazione, dal web alle televisioni, dalle radio alle agenzie di stampa, fecero a gara a diffondere notizie sul blitz a Santo Strato e sulla cattura di Capaliscia.

«Non è lui» continuò a ripetere Scapece per tutta la sera. «Non posso credere che sia lui».

42
Pollo alla diavola

«Confondermi con un banale camorrista» mormorò l'Arcangelo mentre seguiva, di primo mattino, un servizio televisivo sull'arresto del boss Perrotta. «Attribuire le mie gesta a un delinquentuccio cafone e ignorante: un errore da dilettanti. Da Scapece mi sarei aspettato di più. Me la pagherà, insieme a quel suo commissario Improta. Devo agire subito. Il mondo ha bisogno di sapere che sono ancora in libertà. Michele guiderà per la terza volta la mia mano».

Spense il televisore, lanciò il telecomando su una poltrona e si spostò in cucina.

"Dicono che io abbia una mente disturbata" pensò. "Sì, disturbata dalle umiliazioni, dalle cattiverie che mi sono state inflitte. Mi sottovalutano. Non sanno che godo della protezione divina. Ho la mia guida. Ce l'hanno forse gli altri questo privilegio? Corrono, corrono, alla ricerca del nulla. Si affannano, si affaticano come bestie da soma; consumano esistenze inutili e alimentano il male e le perversioni. Si illudono di fare e sapere ogni cosa, invece sono soltanto dei miserabili schiavi. Io, all'opposto, ho trovato un senso alla mia vita. Ho trasformato le mortificazioni in robustezza e potenza. Ho una corazza indistruttibile, nessuno può ostacolare il mio cammino. Ascolto la Voce, ne sento le disposizioni. Sono chiare, inequivocabili. *Praeliare hodie cum beatorum Angelorum exercitu proelia Domini, sicut pugnasti olim contra ducem superbiae Luciferum, et angelos ejus apostaticos: et non valuerunt, neque locus inventus est eorum amplius in coelo. Sed projectus est draco ille magnus, serpens antiquus, qui vocatur diabolus et Satanas, qui seducit universum orbem; et projectus est in terram, et angeli ejus cum illo missi sunt*".

Indossò dei guanti di lattice.

"È necessario il terzo annuncio".

Preparò un intingolo con peperoncino in polvere, olio e sale.

Prese dal frigo una confezione contenente un pollo già spennato, eviscerato e decapitato. Lo tolse dal cellophane e con un coltello lo incise verticalmente lungo la schiena. Con delle forbici tagliò la spina dorsale e la gettò.

Appoggiò il pollo su un foglio di carta da forno, lo appiattì con un batticarne e lo massaggiò dentro e fuori con l'intingolo, aggiungendo qualche manciata di rosmarino macinato. Poi si sfilò i guanti e lo lasciò a riposare.

"Mia madre era brava a cucinare. Ho imparato da lei. Mi bastava osservarla".

Dopo una ventina di minuti versò un cucchiaio d'olio in un tegame, vi adagiò il pollo con la parte spaccata rivolta verso il basso e lo ricoprì con un coperchio più piccolo rispetto al diametro del tegame.

Spostò il tutto su un fornello e mise una pentola piena d'acqua sul coperchio in modo che il pollo restasse schiacciato.

Accese il fornello e lasciò cuocere a fuoco vivace per un'ora, girando il pollo ogni dieci minuti. Quando le carni furono ben rosolate e cotte, spense il fornello.

"Peccato non poterlo servire a tavola. Mangiato caldo è buonissimo. Invece devo farlo raffreddare".

Guardò l'ora: le otto e cinque.

Attivò sul cellulare la funzione per le chiamate in anonimo e compose un numero.

«Sono io. C'è da consegnare un pacco regalo. Ci incontriamo alle nove e un quarto a Mergellina, davanti al terminal degli aliscafi».

Dopo qualche secondo di esitazione, la voce all'altro capo della linea chiese: «A chi va fatta la consegna?».

«Te lo dico quando ci vediamo».

«Ho paura».

«Non m'interessa! Oggi devi farlo tu, io non posso. Riceverai la giusta ricompensa».

«Voglio tirarmi fuori».

«Non puoi. I patti erano chiari».

«Quanto durerà questa storia?».

«Fino a quando lo dirò io».

«E se mi rifiutassi?».

«Sai cosa ti accadrebbe».

Mezz'ora più tardi, l'Arcangelo rimise i guanti e sistemò il pollo in un contenitore di plastica trasparente, insieme a tre peperoncini interi. Quindi sigillò il recipiente e lo tappezzò con carta regalo rosso metallizzato; la stessa che aveva adoperato una settimana prima per la vaschetta con le linguine.

In una piegatura della carta nascose un biglietto su cui aveva scritto due parole.

Ficcò la confezione in uno shopper insieme a un altro biglietto e aprì la porta per uscire.

"Gianni Scapece, il prossimo della mia lista sei tu".

43
Nulla è lasciato al caso

Giacomo Leopardi a Napoli non ebbe vita facile. Vi si trasferì nel 1833 insieme all'amico Antonio Ranieri con la convinzione che "la dolcezza del clima, le bellezze della città e l'indole amabile e benevola degli abitanti" avrebbero migliorato il suo precario stato di salute e alleviato le sue pene interiori.

Non fu così. O almeno lo fu solo in parte.

Il grande e fragile poeta provò a frequentare circoli culturali e locali alla moda, scrisse versi sublimi, gli ultimi della sua esistenza, e restò affascinato da paesaggi e monumenti. Ma ad attrarlo più di ogni altra cosa furono i quartieri popolari, con i loro vicoli brulicanti di un'umanità verace e chiassosa, di vizi e tentazioni. Si innamorò del gioco del Lotto e si lasciò andare, nonostante i consigli dei medici, a molte trasgressioni alimentari: bignè, gelati, granite, caffè esageratamente zuccherati, mitili, maccheroni, budini, frittelle, fiori di zucca fritti.

Gli intellettuali partenopei mal lo tollerarono. E lo derisero anzi per i suoi vestiti logori, che gli davano l'aspetto di un mendicante, per la sua presunta misantropia e per il fisico deforme. *'O ranavuottolo*, lo chiamavano. Il ranocchio.

I malanni di Leopardi – fra cui l'asma, la tisi e una cataratta – erano talmente tanti che la causa effettiva del suo decesso, avvenuto nel giugno del 1837, non è mai stata accertata con precisione. Coma diabetico, edema polmonare, pericardite, un'indigestione? O il colera, che in quei mesi stava decimando la popolazione partenopea?

Lo stesso destino della sua salma è avvolto nel mistero. Secondo alcuni finì in una delle fosse comuni allestite dalle autorità per raccogliere i corpi infetti delle persone morte a causa del *colera morbu*. Ranieri, invece, affermò fino alla fine dei suoi giorni di aver fatto seppellire il poeta nella chiesa di San Vitale a Fuorigrotta.

Nel 1900 la cassa che avrebbe dovuto contenere le spoglie di Leopardi fu aperta per una ispezione. All'interno furono rinvenute alcune ossa, una scarpa e dei brandelli di stoffa. Il cranio era sparito.

A Napoli girò una voce: «Leopardi ha perduto 'a capa!».

Sulla faccenda calò il silenzio fino al 1939, quando il regime fascista, su richiesta dell'Accademia d'Italia, fece traslare i resti del poeta recanatese dalla chiesa di San Vitale al Parco Vergiliano, a Piedigrotta, dove in suo onore fu eretta, davanti a una grotta di tufo, una maestosa ara funeraria dichiarata monumento nazionale.

Alle nove e un quarto Peppe Vitiello uscì dalla sua abitazione in via Fedro e andò ad acquistare, in un negozio di fiori sul corso Vittorio Emanuele, una stella di Natale. Doveva portarla a Giacomo Leopardi.

Stava per svoltare verso la Salita della Grotta per raggiungere l'ingresso del Parco Vergiliano, quando vide, accanto al sagrato della chiesa di Santa Maria di Piedigrotta, l'ispettore Scapece, impalato in un giubbotto con il collo di pelliccia, una sigaretta fra le dita e lo sguardo fisso davanti a sé.

Peppe attraversò la strada e gli si avvicinò.

«Buongiorno!».

Scapece sembrò svegliarsi da un sogno. «Oh, Peppe, buongiorno».

«Che ci fate qua?».

«Pensavo».

«Vi state rilassando perché l'assassino l'avete acchiappato? Complimenti!».

I muscoli facciali dell'ispettore si contrassero. «Non è lui».

Peppe rimase interdetto. «Come, non è lui? L'ho sentito in televisione».

«La televisione dice un sacco di fesserie. Abbiamo catturato un delinquente di camorra, e per alcuni indizi tutti si stanno convincendo che sia pure l'omicida di Amedeo e Tania. Invece non lo è».

«Uh mamma mia! Quindi l'assassino vero sta ancora in circolazione?».

«Credo proprio di sì. Dove sta andando con questa bella *Poinsettia*?».

«È il nome scientifico della stella di Natale?».

«Sì. La porta in trattoria?».

«No, a Leopardi».

«Chi è, un suo amico?».

«No, è proprio *Leopardi Leopardi*».

«Il poeta?».

«Sì. La voglio mettere davanti alla sua tomba, qua nel Parco Vergiliano. Fra due giorni è Natale, vado a rendergli omaggio. Non lo pensa nessuno, sta sempre da solo. Ogni tanto gli vado a portare un fiore».

«Lei è un uomo buono, Peppe».
«Grazie. Volete veni' pure voi?».
«Con piacere. Ci manco da un po'».

Insieme all'ispettore, Peppe entrò nel Parco, percorse la salita che portava alla tomba leopardiana, depositò la *Poinsettia* ai piedi dell'ara funeraria e recitò mentalmente una preghiera. Poi si sedette con Scapece sotto il mausoleo, sui gradoni del basamento.

«Papà ci resterà male» disse. «Stamattina voleva chiamarvi per felicitarsi».

Scapece si passò le mani sul viso. «Questo assassino mi sta togliendo la salute di dosso. Ma io non lo mollo».

«Perché pensate che non corrisponda al malvivente che avete preso?».

«Perché ha tutta un'altra caratura. Ieri lo stesso Perrotta, dopo che l'abbiamo catturato, l'ha definito "un talento da ammirare". Chi ha ucciso i due ragazzi è un criminale di alto profilo, un calcolatore. Prepara i delitti con una minuziosità aberrante e li attua come se stesse costruendo un carro allegorico».

«Cioè?».

«Guardi lì» indicò Scapece puntando un braccio verso due pareti ad angolo ai lati del mausoleo.

Su quella a sinistra c'era una lastra di marmo che recava la trascrizione del decreto con cui il re Umberto I, "per grazia di Dio e per volontà della nazione", aveva dichiarato la tomba di Leopardi monumento nazionale. L'altra ospitava una lapide su cui era scolpita una toccante epigrafe:

AL CONTE GIACOMO LEOPARDI RECANATESE
FILOLOGO AMMIRATO FUORI D'ITALIA

SCRITTORE DI FILOSOFIA E DI POESIE ALTISSIMO
DA PARAGONARE SOLAMENTE COI GRECI
CHE FINÌ DI XXXIX ANNI LA VITA
PER CONTINUE MALATTIE MISERISSIMA
FECE ANTONIO RANIERI
PER SETTE ANNI FINO ALL'ESTREMA ORA CONGIUNTO
ALL'AMICO ADORATO MDCCCXXXVII

«Quella a destra è la lastra sepolcrale proveniente dalla chiesa di San Vitale, che fu il primo luogo di sepoltura dei presunti resti di Leopardi. Cosa nota sopra e sotto l'epigrafe?».

«Delle figure» rispose Peppe.

«Giusto. Più il segno lasciato sul marmo da una croce latina che purtroppo è scomparsa. Le figure sono sei. Una civetta, emblema della saggezza ma anche presagio di morte. Un uruboro, il serpente che si morde la coda, che indica l'eternità, l'infinito, l'immortalità. Una lucerna, immagine della luce divina, della rinascita, della resurrezione. Una farfalla, rappresentazione dell'anima. Un ramoscello di alloro, pianta apollinea indicativa della sapienza e della gloria. Per finire, un ramo di quercia, espressione della forza fisica e morale».

«Tutto calcolato».

«Sì. Allegorie, messaggi, allusioni: nulla è lasciato al caso. Napoli è così: trabocca di simboli ed evocazioni; ovunque ti giri, trovi qualcosa di misterioso. E il nostro assassino si muove su questo palcoscenico come se stesse ballando una danza macabra. Cattura i segni e li trasforma in azioni di morte. In cima alle sue preferenze c'è il diavolo di Mergellina».

«Papà e Diego ci hanno azzeccato».

«La loro è stata un'ottima intuizione. Il nesso l'ho trovato mediante una lettera minatoria che a giugno l'assassino ha spedito a un antropologo. Si è firmato *L'Arcangelo*. La partita si gioca qui a Mergellina, caro Peppe. Quando prima ci siamo incontrati, stavo pensando proprio a questo: io abito in piazza Jacopo Sannazaro, di fronte alla sirena Parthenope; a duecento metri da casa mia ci sono il commissariato e la sua trattoria; poco più avanti, la chiesa di Santa Maria del Parto col diavolo di Mergellina».

«E mo' stiamo nel Parco Vergiliano davanti alla tomba di Giacomo Leopardi» completò Peppe. «A quattro passi da noi ci sono la chiesa di Santa Maria di Piedigrotta, il cenotafio di Virgilio e la Crypta Neapolitana».

Si sentì il fischio di un treno.

«E la stazione di Mergellina» aggiunse Scapece. «Siamo circondati».

Si scambiarono un sorriso.

Il telefonino di Peppe squillò.

«Dimmi, papà... Sto al Parco Vergiliano con l'ispettore Scapece... Sì...». Braciola all'improvviso cambiò espressione e si alzò. «Che cosa?!... Ma sei sicuro?... Veniamo subito!».

«Che è successo?».

«L'assassino ha lasciato un avvertimento davanti al nostro palazzo!».

44
La squadra al completo

Lo shopper e il suo contenuto, sorvegliati a vista da Nonno Ciccio e da Zorro, erano appoggiati per terra, accanto al cancello d'ingresso del palazzo di via Fedro in cui abitavano i Vitiello.

Scapece si piegò sulle gambe ed esaminò con la lente d'ingrandimento i nuovi messaggi di morte dell'assassino.

Il recipiente di plastica contenente il pollo e i tre peperoncini.

La carta regalo rossa.

I biglietti con due scritte, AI VITIELLO e DESTINATARIO SCAPECE, entrambe vergate con un pennarello nero.

"Lo stesso che ha usato per scrivere l'indirizzo sulla busta inviata al professor Volpicelli. E la grafia è identica. La carta regalo è quella con cui mi ha impacchettato le linguine".

«Pollo alla diavola» disse Nonno Ciccio.

«Come l'ha trovato?» domandò Scapece.

«È stato Zorro». Il cane, ritto sulle zampe anteriori, fissava la pietanza con gli occhi semichiusi. «Siamo scesi per andare in trattoria e lui, appena ho aperto il cancello, è corso vicino alla busta e l'ha annusata. Io l'ho presa, ci ho guardato dentro e ho visto il biglietto con la scritta AI VITIELLO. Mi so' incuriosito, ho tirato fuori la confezione e l'ho aperta. Dentro ci stava l'altro biglietto con tutto il resto».

«Dopo l'antipasto e il primo, è passato al secondo» fece l'ispettore. «Sta preparando un nuovo omicidio e ha voluto farmelo sapere per vostro tramite».

«È un indemoniato» esclamò Peppe. «È posseduto dal male».

Improta, avvisato da Scapece, arrivò con una volante insieme a due agenti. «Ci hai visto giusto» disse subito all'ispettore. «Perrotta non c'entra».

Braciola si attaccò al telefono per informare Isabella e per chiedere a Bettina e a Cristina di badare alla trattoria. Poi propose all'ispettore e al commissario di salire nel suo appartamento. «In attesa che arrivi la Scientifica, ci scambiamo qualche impressione».

Improta e Scapece accettarono.

A guardia del pollo restarono i due agenti e il crocchio di curiosi che si era formato davanti al cancello.

Ignara di quanto accaduto, Angelina si vide sfilare davanti in fila indiana gli ospiti inattesi.

«Commissario Improta, onorato».

«Piacere, Angelina».

«Ispettore Scapece, molto lieto».

«Piacere, Angelina».

«Sono tuo suocero Francesco Vitiello, ci siamo già visti altre volte».

«Dispiaciuta, Angelina».

Zorro fu tentato di porgere la zampa ma si astenne per timore di rappresaglie.

Diego spuntò mezzo assonnato dalla sua stanza.

Peppe informò velocemente la moglie e il figlio del ritrovamento e fece accomodare tutti nel soggiorno.

«Mi spiace che la nostra conoscenza debba avvenire in una circostanza del genere» disse Improta ai Vitiello. «L'ispettore Scapece mi ha detto un gran bene di voi. Avevo messo in programma una serata nella vostra trattoria con mia moglie, più avanti ce ne sarà il tempo. Ho avuto modo di conoscere Isabella e ne sono rimasto incantato. A proposito, non c'è?».

«L'ho chiamata, adesso viene» fece sapere Peppe. «Sta al lavoro, si prende un permesso».

«Mi associo alle parole del commissario» disse Scapece. «Siete finiti coinvolti in questa faccenda per colpa mia. Vi chiedo scusa».

Nonno Ciccio batté il bastone sul pavimento. «Niente scuse, ispetto'. Le cose dovevano andare così e così sono andate. La famiglia Vitiello non si tira indietro e balla insieme a voi. Il coraggio non ci manca. Se dobbiamo essere una squadra, nessuno può tirarsi indietro».

«Una squadra?» domandò Improta.

«Dopo le spiego...» gli sussurrò Scapece.

«Perché questo avvertimento l'assassino l'ha portato a noi?» si chiese Peppe.

«Da me non poteva tornare» rispose Scapece. «Sarebbe stata una mossa azzardata».

«Sì, però avrebbe potuto lasciarlo davanti alla chiesa di Santa Maria del Parto. O a quella di Santa Maria del Faro».

«Le teniamo sotto controllo e lui l'avrà capito».

«Questo palazzo è videosorvegliato?» domandò Improta.

«No, non ci sta manco il portiere» rispose Nonno Ciccio. «E comunque non sarebbe servito a niente. Per via Fedro passano migliaia di persone al giorno. 'A busta l'assassino l'ha lasciata indisturbato».

«Ha comunque corso un bel rischio a muoversi in pieno giorno» opinò Scapece. «È incollerito. Non ha accettato di essere identificato con un camorrista. Forse non voleva nemmeno agire adesso ed ha accelerato i tempi. Può darsi che questo avvertimento sia un bluff. Un modo per dire: "Voglio farvi sapere che avete preso fischi per fiaschi e che io sono ancora a piede libero"».

Angelina freddò l'ispettore: «Invece vuole colpire proprio ora. Ne sono certa. Ho sognato una chiesa. C'era un bambino che piangeva. Una donna lo prendeva in braccio. Il mare. Il vento. Una croce. Un faro. Due aste incrociate. O forse erano spade. Un guanto nero macchiato di sangue».

Nel soggiorno cadde il gelo.

Zorro si strinse alle gambe di Nonno Ciccio.

L'ispettore e il commissario deglutirono in simultanea.

Fu Peppe a rianimare il consesso: «Angeli', dovresti darci qualche numero da giocare. Ci faremmo i soldi».

In casa irruppe Isabella, e Scapece e Improta scattarono sull'attenti.

«Mo' la squadra è al completo» disse Nonno Ciccio.

«Giù c'è un sacco di gente!» comunicò la ragazza.

«Scendiamo, Gianni» fece Improta. «La giornata sarà lunga».

«Commissario, dobbiamo prendere qualche precauzione?» domandò Peppe.

«No, state tranquilli. Però per sicurezza stanotte faccio sorvegliare il palazzo da una volante. Quanto a Scapece, me lo porto a dormire da me».

«Potrebbe stare da noi» propose Diego. «Ispettore, se volete, vi ospito nella mia stanza. Vi do il mio letto e io riposo su una branda. E prima di addormentarci ci facciamo una partita a Risiko».

Scapece si intenerì. «Vi ringrazio per la solidarietà, mi fate commuovere. Ma se non sto nella mia culla non riesco a pigliare sonno. E poi ho un appuntamento con l'assassino; non posso deluderlo».

«Gianni, ti prego, non scherzare» fece Isabella. «Tutti teniamo a te. Io stavo anche pensando di annullare la cena di domani».

Nonno Ciccio batté di nuovo il bastone. «Non esiste proprio! La cena si farà. Per colpa di un assassino schifoso io non rinuncio a dedicare una serata di umanità a persone che ne hanno bisogno. Su questa cosa non accetto contestazioni».

Nessuno contestò.

«Una chiesa...» mormorò Angelina come se si trovasse in un'altra dimensione.

Improta la guardò dal basso in alto.

I due emisferi cerebrali di Scapece si consultarono per stabilire se le parole della mamma di Isabella meritassero un approfondimento.

45
San Michele bis

Dopo due ore di viaggio in auto, l'Arcangelo arrivò nell'Alta Valle del Calore, attraversò il territorio di Montella e parcheggiò nella contrada Folloni.

Il complesso conventuale era lì, sotto i suoi occhi, sul limitare del bosco in cui san Francesco d'Assisi nel 1222, in una fredda notte di gennaio, aveva trovato riparo con i suoi confratelli durante una tormenta. Raccontava la leggenda che gli abitanti del posto, accorsi la mattina dopo nel bosco, avevano trovato i frati radunati sotto un albero su cui non era caduto neanche un fiocco di neve.

L'Arcangelo scese dalla macchina e respirò l'aria frizzante del luogo.

Era quasi mezzogiorno.

Nello stesso momento Improta e Scapece stavano avendo un vivace tête-à-tête.

«Tu fai come dico io, Gianni. Fino a nuova disposizione, riduci i tuoi spostamenti. E quando non sei qui in commissariato o sotto chiave a casa tua, ti muovi scortato. Ti affiancheranno due agenti. Me l'ha raccomandato pure il questore».

«Commissario, l'assassino due settimane fa mi ha portato

i gamberetti e ha massacrato Amedeo. La settimana scorsa le linguine e ha ucciso Tania. Non vuole me. Le sue sono provocazioni, canagliate. Sono annunci mortuari».

«Non voglio sentire ragioni! Dimmi, che vorresti fare? Regalare il tuo nome e cognome a un manifesto a lutto?». Il commissario assunse un tono grave. «*Si è spento tragicamente all'età di anni quaranta l'ispettore capo Scapece Giovanni... Addolorati e affranti, ne danno il triste annunzio i colleghi tutti, fra cui il commissario Improta Carlo... Si dispensa dai fiori, solo opere di bene...* Questo vorresti? Io ho il dovere di proteggere la tua incolumità. È un eccesso di zelo? Può darsi. Ma voglio essere criticato per essere stato eccessivamente zelante e non per essermi dimostrato esageratamente coglione. Questo scornacchiato di criminale ti ha minacciato. Sul biglietto l'ha scritto chiaro e tondo: DESTINATARIO SCAPECE. 'Sto destinatario sei tu, te lo vuoi mettere in testa?».

«Mi arrendo. Ma almeno mi risparmi la circolazione in pubblico con due guardie del corpo. Mi sentirei come un criaturo accompagnato a scuola da mammà e papà. Al mio fianco vorrei un solo agente. Armato ma senza divisa. E vorrei sceglierlo io».

Improta rifletté sulla proposta.

«Chi vorresti?».

«Cafiero».

Il vescovo Diomede Carafa era stato previdente. Per meglio tutelarsi dai malefici e dai tentativi di seduzione di Vittoria d'Avalos, si era blindato facendo realizzare al pittore Leonardo da Pistoia una copia del dipinto di Mergellina ed era filato a nasconderla nella sua terra natìa, l'Irpinia.

Aveva così creato un forziere a doppia mandata: se una delle due opere fosse andata distrutta, l'altra avrebbe fatto da antidoto.

Esistevano, quindi, due diavoli uguali in forma di donna: uno a Napoli, nella chiesa di Santa Maria del Parto, e l'altro in provincia di Avellino. A trafiggerli con una lancia c'era sempre lui: san Michele.

«Cafiero, ieri te la sei vista proprio brutta» disse Scapece. «Prima le botte della moglie di quel Ciccarelli, il mitomane, e poi i botti di Capaliscia. Come va con la pupilla? La vedo molto arrossata».

«Rispetto a ieri meglio, ispettore. Ci ho dovuto mettere un unguento e una benda fino a stamattina. La pallottola ha preso l'albero e mi so' sentito un bruciore forte dentro all'occhio. La scheggia era bella grossa; i medici hanno detto che ci potevo restare cieco. M'è dispiaciuto di avervi dovuto lasciare in quella brutta situazione».

«Pensa in positivo: se invece della scheggia ti beccavi la pallottola, mo' non stavi qua. E non avresti potuto raccontare l'avventura ai tuoi figli».

«Vero».

«Sempre fidanzato? Confessa: alla fine hai accettato di andare a casa della tua ragazza, eh?».

«Sì...».

«Non ne avevo dubbi; so' sempre i migliori che se ne vanno per primi. Lo sai che Improta ti ha scelto come mio angelo custode?».

«Veramente il commissario mi ha detto che siete stato voi a scegliermi».

«Ah, ha detto così? E tu a chi credi?».

«Al commissario».
«Perché?».
«Ha un grado superiore».
«Farai strada, Cafiero! Allora da questo momento dovrai farmi compagnia e buttarmi ogni tanto *un* occhio».
L'agente scoppiò a ridere.

L'Arcangelo varcò il portale d'accesso all'area conventuale, percorse il viale dei platani e superò il campanile. Il posto lo conosceva bene, lo aveva già visitato altre volte.

Entrò nel museo e arrestò il passo davanti alla tela di Leonardo da Pistoia. Davanti al san Michele bis.

Il dipinto differiva da quello di Mergellina per alcuni particolari. Il gonnellino da guerriero indossato dal principe delle milizie celesti non era lo stesso e le sue ali piumate erano più corte e aperte. Il santo mostrava un'espressione più compiaciuta dell'atto che stava compiendo e reggeva con la mano sinistra una bilancia. La donna diavolessa, il cui sguardo rivelava una maggiore sofferenza, aveva fra le mani un tridente e quattro corna di caprone sul capo; sul suo addome la faccia mostruosa simile al *gorgoneion* era appena abbozzata.

Il pittore toscano aveva realizzato la copia "a memoria", senza avere l'originale sotto mano.

«Mi impediscono di renderti onore nella chiesa di Santa Maria del Parto» disse l'Arcangelo a bassa voce. «Ma tu sei anche qui e in ogni luogo, e sarai sempre con me. Dovevo assolutamente vederti, sentirti. Ricevere da te la forza per compiere il terzo atto. Le tue leggi non possono essere infrante».

«Gianni, dove sei?». La voce di Isabella.

«In giro col mio angelo custode».

«Sarò io, un giorno, il tuo angelo custode».

«Apprezzo l'ottimismo. Per ora devo accontentarmi dell'agente scelto Cafiero, che in questo momento è accanto a me in uno chalet di via Caracciolo a mangiare una sfogliatella come se stesse vivendo un'esperienza ascetica».

Cafiero strizzò l'occhio sano.

«Improta ti ha assegnato una guardia del corpo?».

«Sì, io faccio da esca. Se compare l'assassino, Cafiero estrae la pistola e lo trasforma in una groviera».

«Come riesci a essere così calmo?».

«È solo apparenza. Cerco di ridere per non piangere».

«Non farmi stare in pensiero».

«Tu cosa fai?».

«Sono a casa con mamma».

«E i maschi della famiglia?».

«In trattoria. Non vogliono darlo a vedere, ma sono agitati. Il fatto di stamattina li ha scossi».

«Stasera passo a trovarli. Se Cafiero è d'accordo».

L'Arcangelo allungò una mano sul dipinto e sfiorò con la punta delle dita la lancia di san Michele.

«Ciò che è successo ieri è inaudito. Mettermi a paragone con un miserabile pregiudicato. Farò giustizia. La tua potenza merita ben altro. Otto secoli fa san Francesco, dopo essersi fermato qui, proseguì il suo cammino verso il santuario eretto in tuo nome a Monte Sant'Angelo, sul Gargano. Tu eri per lui e per la cristianità una guida, un maestro. Sovrani e sudditi ti veneravano, e ancora oggi è così».

Il custode del museo entrò nella sala. «Dobbiamo chiudere».

L'Arcangelo annuì, recitò una preghiera in latino e se ne andò.

Prima di tornare alla macchina fece visita alla chiesa del complesso conventuale e sostò davanti al mausoleo funebre noto come Monumento degli Innamorati: uno spettacolare sarcofago – retto da tre cariatidi raffiguranti la Giustizia, la Prudenza e la Temperanza – in cui erano conservate le spoglie del condottiero Diego Cavaniglia, conte di Montella e di Troja, morto a ventotto anni nel 1481 a seguito di una ferita riportata nella battaglia di Otranto.

Fedelissimo del re Ferrante d'Aragona e amante delle lettere, Cavaniglia nel suo palazzo di Montella aveva ospitato più volte Jacopo Sannazaro: un altro elemento che univa idealmente il convento irpino alla chiesa di Santa Maria del Parto.

Realizzato dallo scultore Jacopo della Pila, il mausoleo era stato voluto dalla vedova del nobile, la contessa Margherita Orsini dei duchi di Gravina, ed era subito diventato meta di un pellegrinaggio misterioso: il primo venerdì di ogni mese, al tramonto, una donna vestita di nero e incappucciata, forse una spasimante del giovane conte, andava a deporre tre rose rosse sul sarcofago. Cavaniglia era così diventato "il cavaliere delle tre rose"; le stesse che erano state dipinte da un artista anonimo sullo sportellino del *sacrarium*, alle spalle dell'altare.

Nel frattempo la Orsini era stata costretta a risposarsi per ragion di Stato, ma per tutta la vita non fece altro che pensare al suo primo marito. Prima di morire lasciò detto che desiderava essere sepolta nei pressi del suo amato Diego.

Le sue ultime volontà vennero rispettate: il corpo della contessa fu inumato ai piedi del mausoleo.

"Una nobildonna fedele in eterno" pensò l'Arcangelo. "La devozione dovrebbe essere la misura di ogni azione umana".

Poi uscì, si mise in auto e raggiunse un ristorante della zona.

«Mi porti delle salsicce» ordinò al cameriere. «Le più piccanti che avete».

Nel tardo pomeriggio Improta convocò Scapece nella sua stanza.

«Se mia moglie sapesse quante volte oggi ho sentito il questore, andrebbe in gelosia. Stasera e per l'intera notte ci saranno posti di controllo in ogni quartiere della città, in particolare qui a Mergellina, a Posillipo, a Chiaia, al Vomero e sul lungomare. Saranno fatte ispezioni capillari su auto e moto. I Falchi gireranno nelle zone meno accessibili e fermeranno i pedoni sospetti. Abbiamo la massima collaborazione della Mobile, della Stradale e di tutti i commissariati cittadini. Anche i Carabinieri ci hanno dato la loro disponibilità. Nelle prossime ore il nostro "Arcangelo" avrà un po' di problemi a muoversi».

«E se decidesse di starsene a cuccia?» domandò Scapece.

«Avremmo comunque fatto un lavoro utile. Deve capire che gli stiamo addosso e che non può fare quello che cazzo gli pare».

«Se solo trovassimo un legame, uno soltanto, fra le due vittime... Tania e Amedeo avevano vite opposte e non si conoscevano. Tania faceva sacrifici e badava a conservarsi i pochi soldi che guadagnava; Amedeo i soldi li teneva e li sperperava. Tania si stava costruendo una storia d'amore con Daniela; Amedeo cambiava una donna al giorno. Non frequentavano gli stessi ambienti, erano lontani anni luce. Le loro famiglie appartengono a strati sociali completamente differenti».

«È stato l'assassino a creare il nesso».

«Dovremmo scavare nel loro passato. Capire se sia avvenuto qualcosa che li abbia accomunati».

Alle venti e dieci l'Arcangelo uscì dalla rampa autostradale e si infilò nel traffico della zona portuale di Napoli.

La visita a Montella era stata rinfrancante. Il bel convento, la tela con san Michele, la diavolessa morente, san Francesco d'Assisi, il mausoleo di Cavaniglia, le salsicce, i boschi dell'Irpinia.

"Tutto torna" pensò.

In via Amerigo Vespucci un agente fermo accanto a una macchina della polizia alzò la paletta e gli intimò l'alt.

L'Arcangelo accostò.

"Mantieni la calma, non ti succederà niente, non ti succederà niente, non può succedere niente...".

«Buonasera» fece il poliziotto accanto al finestrino. «Patente e libretto».

L'Arcangelo glieli consegnò. L'agente li portò a un suo collega che era nella macchina e tornò indietro.

«Per cortesia, scenda dall'auto e apra il cofano e le portiere».

L'Arcangelo obbedì.

Il poliziotto accese una torcia e illuminò il portabagagli. Vuoto. Poi esaminò accuratamente l'abitacolo e lo spazio sotto i sedili. Niente.

«Può richiudere, grazie».

L'altro agente si avvicinò e restituì i documenti. «Tutto a posto, può andare. Si ricordi che il mese prossimo deve fare la revisione».

«Sì, ce l'ho segnato» disse l'Arcangelo. «State cercando qualcuno?».

«Quello stronzo di assassino che usa il peperoncino. O forse è una stronza, lei che ne dice?».

L'Arcangelo fece spallucce. «Boh, chi lo sa. È difficile indovinare, può essere chiunque. Magari stava nella macchina davanti alla mia e voi non l'avete fermato».

Nonno Ciccio non era del solito umore.

«Sul fatto che l'assassino sia venuto fin sotto casa mia, non ci posso proprio passare. È 'nu sfregio inaccettabile. Se sapessi chi è, lo andrei a pigliare per le orecchie e gli farei mangiare tanto di quel peperoncino da farlo schiattare».

Scapece e Cafiero si erano appena seduti con lui in trattoria.

Peppe e Diego stavano servendo ai tavoli.

Zorro era di sentinella vicino alla porta d'ingresso, attento a controllare chi entrava e chi usciva.

«Signor Vitiello, non deve farsi il sangue amaro» disse l'ispettore. «Ricorda cosa mi disse quando ci conoscemmo? "Lo acciufferemo". E così sarà».

«Quando lo prenderete, lasciatemelo per due minuti, non di più».

«Lo torturerebbe?».

«No, gli direi due paroline che so io e poi gli sputerei in faccia».

«Il minimo sindacale».

«Chi è questo bel giovanotto?» fece Nonno Ciccio indicando l'accompagnatore di Scapece.

«Il mio bodyguard. Agente scelto Ivan Cafiero. Fa parte anche lui della squadra. Il commissario Improta gli ha ordinato di seguirmi come un'ombra. Rischio di trovarmelo dietro pure al gabinetto».

«Là non la seguo, ispettore, stia sicuro» si affrettò a dire Cafiero.

«Buon per te».

«Ispetto', è confermata la vostra presenza alla cena di domani?» domandò Nonno Ciccio.

«Salvo imprevisti dell'ultim'ora, sì. Saremo in due. O devi stare con la tua fidanzata, Cafiero?».

«No, prima il dovere» rispose l'agente.

«Due coperti per la polizia, allora» dispose Nonno Ciccio. «Ora volete mangiare qualcosa?».

«Vorrei tornare alle origini» dichiarò Scapece. «Si potrebbero avere i polipetti con i ceci?».

«Sicuro. Agente Cafiero, tu cosa gradisci?».

«Anch'io i polipetti, grazie».

«Non devi per forza fare le cose che faccio io» gli disse Scapece.

L'agente restò imperturbabile: «Infatti io non le faccio. A me i polipetti piacciono. Me fanno muri'».

46
Impressioni

«E siamo a tre, Gianni» esclamò Improta. «Tre domeniche consecutive a lavorare. Oggi è pure la vigilia di Natale. Ma se servisse a evitare che l'assassino compia il terzo delitto, lavorerei per altre trecento domeniche».

«Come sono andati i controlli di stanotte?».

Il commissario prese un foglio dalla scrivania e lesse il resoconto dell'operazione: «Controllati 1230 veicoli, di cui 54 risultati privi di copertura assicurativa e 92 senza revisione periodica. Identificate 840 persone, di cui 21 in stato di alterazione dovuto ad abuso di alcol o droghe. Elevate 182 contravvenzioni al Codice della Strada per infrazioni varie: utilizzo del cellulare alla guida, mancato uso delle cinture di sicurezza, circolazione con veicolo sottoposto a fermo fiscale, eccetera eccetera. Sequestrati 120 grammi di marijuana, 27 di hashish e 12 di cocaina. Sei cittadini extracomunitari trovati senza documenti di soggiorno e un cittadino italiano denunciato per evasione dagli arresti domiciliari».

«Non mi dica che è Ciccarelli...».

«No, Ciccarelli ha seguito il tuo consiglio venerdì stesso, dopo che l'abbiamo riportato dalla moglie: è scappato di casa, si è fatto acchiappare ed è finito a Poggioreale».

«Ha realizzato il suo sogno».

«Il questore sta valutando la possibilità di ripetere l'operazione stanotte. Cafiero come si sta comportando?».

«È ligio al dovere. Non mi molla un attimo. Stamattina alle sette e mezza già era appostato sotto il mio palazzo».

«L'hai scelto tu, non lamentarti».

«Infatti non mi lamento. È simpatico e scetato».

«Oggi che programmi hai?».

«Vista la festività, mi dedico ai luoghi di culto».

A Scapece erano rimaste impresse le parole di Angelina, che ricordando il suo sogno aveva ripetuto per due volte *chiesa*. E se era vero, come aveva detto Isabella, che Angelina teneva doti da sensitiva, valeva la pena di non trascurare questa pista.

Tra l'arco d'ingresso e la navata della chiesa di Santa Maria del Parto, in una cappelletta protetta da un vetro, è esposto un presepe realizzato nel Cinquecento, per volere di Jacopo Sannazaro, da Giovanni da Nola, artista che Giorgio Vasari definì "scultore maraviglioso e di tutti migliore".

Delle quattordici statue policrome in legno di tiglio di cui il presepe era formato in origine, ne restano solo cinque: la Madonna, san Giuseppe e tre pastori. Il Bambin Gesù, disteso su un mucchietto di paglia al centro del quintetto, non appartiene alla composizione cinquecentesca.

«Tu sei credente?» chiese Scapece a Cafiero davanti all'opera.

«Cattolico poco praticante» rispose l'agente.

«Guarda le espressioni di san Giuseppe e della Madonna: che cosa ti trasmettono?».

«Bontà, tenerezza, dolcezza».

«Anche a me. Una raffigurazione di questo genere potrebbe mai scatenare istinti omicidi?».

«No».

«A casa tua lo fate il presepe?».

«I miei genitori preferiscono l'albero. Il presepe lo fa mio nonno».

«I pastori li va a prendere a San Gregorio Armeno?».

«Sì, ogni anno ne aggiunge due o tre nuovi».

«Adesso vieni con me. Ti faccio vedere un'opera assai diversa da questa».

Fatti sei passi, l'ispettore e l'agente si ritrovarono di fronte alla tela di Leonardo da Pistoia.

«Questo è il dipinto del diavolo di Mergellina?» domandò Cafiero. «Quello che ha ispirato l'assassino?».

«Sì. Guardalo bene e dimmi che ne pensi».

L'agente lo osservò da diverse angolazioni.

«Effettivamente ci ha dei particolari troppo strani. Le code di serpente intrecciate, la brutta faccia sulla pancia della donna, la mano di san Michele sulla spada, le ali colorate, lo sguardo sereno con cui sta infilzando il collo del mostro con la lancia... È 'nu quadro impressionante. Niente a che vedere con la delicatezza del presepe».

«Talmente impressionante da scatenare una volontà omicida».

«Però il paesaggio sullo sfondo è sereno. È il golfo di Napoli?».

«Probabile. Si vede un'isola, forse Capri».

«E quella che cos'è, 'na chiesetta?» domandò Cafiero indicando un punto sulla tela. «A fianco ci ha pure un obelisco, mi pare. Oppure è un faro?».

Scapece saltò. «Cos'hai detto? Una chiesetta? Un faro?».

«Sì, guardate».

L'ispettore guardò. Con molta, molta attenzione. E notò

ciò che gli era sfuggito quando, qualche giorno prima, aveva visitato la chiesa.

Nella parte sinistra del dipinto, in secondo piano, dietro una delle due code del diavolo, c'era un edificio accanto al quale si ergeva un'alta struttura cilindrica.

«Sei un genio, Cafiero!».

Scapece corse a prendere lo scooter e col suo angelo custode raggiunse la chiesa di Santa Maria del Faro.

Don Giacinto, il sacerdote che aveva rinvenuto il cadavere di Tania, stava dicendo messa.

L'ispettore e l'agente diedero un'occhiata al panorama marino, parzialmente occultato dalle ville costruite sul costone sotto la chiesa.

«Capri» disse Scapece indicando l'isola all'orizzonte. «Ho la sensazione che questo posto nasconda la soluzione del caso. Cafiero, fotografa mentalmente tutto ciò che vedi e senti».

Osservarono il luogo di culto da ogni lato. La facciata, il campanile, gli stucchi, i fregi. Da una porticina laterale si intravedeva, sopra una porta, in una cornice ovale di piperno, un bassorilievo raffigurante il busto di un uomo anziano imparruccato. Scapece individuò anche, su un lampioncino accanto al portale, la microcamera di sorveglianza di cui gli aveva parlato Improta.

Don Giacinto terminò la celebrazione e Scapece, con Cafiero incollato, lo avvicinò nella sacrestia.

«Buongiorno. Ci siamo conosciuti domenica scorsa, in occasione del ritrovamento del corpo di Tania Stella».

Il prete si tolse la stola e lo fissò. «Sì, sì, mi ricordo... Lei è il commissario di polizia...».

«Ispettore. Ispettore Gianni Scapece. Lui è l'agente Ivan Cafiero. Come sta, padre?».

Il sacerdote alzò le spalle. «Come vuole che stia... Non faccio che pensare a quella scena terribile, quando ho aperto la valigia... Uno dei momenti più brutti della mia vita. Prego ogni giorno per la ragazza, per la sua anima. Sicuramente il Signore l'ha accolta fra le sue braccia».

«Stiamo cercando di capire perché l'assassino ha portato il cadavere proprio qui. Poiché si tratta di un criminale ossessionato dai simboli e dai luoghi religiosi, vorremmo sapere qualcosa in più su questa chiesa. Perché si chiama così? Era nei pressi di un faro?».

«Le fonti non sono concordi» rispose don Giacinto. «Alcuni dicono che quassù ci fosse un faro a protezione del porticciolo di Marechiaro. Altri parlano di una torre di avvistamento».

«Lei conosce la chiesa di Santa Maria del Parto?».

«Sì».

«Ecco, in quella chiesa c'è un dipinto famoso realizzato nel Cinquecento da Leonardo da Pistoia».

«Quello con san Michele Arcangelo e il "diavolo di Mergellina"?».

«Esatto. Sulla tela, nel paesaggio alle spalle delle due figure, ci sono un edificio con le caratteristiche simili a quelle di questa chiesa, un'isola che potrebbe essere Capri e una specie di torre. Ha presenti questi particolari?».

«Sinceramente no».

«Cafiero, cerca il quadro su internet».

Col cellulare l'agente trovò l'immagine del dipinto e la mostrò al sacerdote.

«È vero...» disse don Giacinto. «Sembra proprio questo luogo visto da lontano...».

«Cosa sono queste?» domandò Scapece indicando due lastre di pietra appoggiate a una parete della sacrestia.

«I frontoni di due sarcofagi trovati durante gli scavi archeologici fatti in questa zona. Del passato qui non è rimasto granché».

«Chi è l'uomo sul bassorilievo di fronte all'ingresso laterale?».

«Uno dei nobili che nel Settecento finanziò il restauro della chiesa. Grazie a quei lavori si salvò l'affresco della *Madonna col Bambino* che sta dietro l'altare e di cui non si conosce l'autore. L'avete visto?».

«Sì. Padre, non vogliamo disturbarla oltre. Potremmo avere il suo numero di telefono, in modo da poterla contattare nel caso ci venisse in mente qualche altra curiosità?».

«Certo».

«Cafiero, segna».

«Allora?» fece l'ispettore appoggiandosi alla sella dello scooter.

«Mi è sembrato sincero» disse Cafiero.

«Non devi guardarlo come un sospettato, perché non lo è. O almeno non lo è ancora. Sul ritrovamento del trolley con il corpo di Tania ci siamo fidati della sua versione, e per ora non ci sono motivi per metterla in dubbio. Pensa piuttosto a quello che ha detto e a quello che hai visto in chiesa e fuori. Hai anche tu l'impressione che ci stia scappando qualcosa?».

«Sì».

«E questo che vuol dire?».

«Che dobbiamo spremerci di più le meningi».

«Cafiero, se tu fossi una donna ti darei un bacio in bocca».

47
La trappola

Compatti e allineati, alle diciannove e trenta Nonno Ciccio, Peppe, Diego e Zorro accolsero Isabella, i senza dimora e i ragazzi dell'associazione davanti alla Parthenope.

Ci furono le presentazioni e i Vitiello, felici per l'opera buona che stavano compiendo, fecero accomodare gli ospiti nella sala, in cui avevano apparecchiato otto tavoli da dieci posti ciascuno.

Alcuni dei clienti prenotati erano già in posizione: Ottavio, Antimo, Umberto, i Cimmino marito e moglie, Gabriele Barbuto, Davide Sperandeo, Silverio Cuoppo, Emilia e consorte, Enrichetta e Filippo, la polpacciuta Mariapia con il coniuge Cristoforo, 'O Tedesco Rodolfo Wurzburger, 'O Sicario Battista Anzalone, Ciro Ceparano con la famiglia al completo.

Con grande felicità di Zorro, era venuta pure Bigodina con la coppia dei suoi padroni.

Persino Angelina aveva risposto presente. Prima ancora che Isabella la pregasse di partecipare, si era autoinvitata chiedendo di stare allo stesso tavolo di Nonno Ciccio.

«Almeno a Natale scurdammece 'o passato» aveva dichiarato in un impeto di mitezza. «Ma se in trattoria si presenta quella Lola, so' mazzate!».

Scapece e Cafiero arrivarono poco prima delle otto e si sistemarono accanto a Isabella.

Nel disporre le sedute, la figlia di Peppe aveva fatto in modo che i senza dimora fossero distribuiti fra tutti i tavoli, in modo da poter familiarizzare con i commensali.

Per ciascun banchettante Isabella aveva preparato dei variopinti segnaposto di feltro le cui forme ricordavano le festività natalizie: renne, alberelli, pupazzi di neve, calze della Befana, stelline, fiocchetti.

Il tovagliato era bianco con agrifogli ricamati a mano. I centrotavola, a forma di stella, avevano delle candele rosse al centro.

Bettina e Cristina erano ai fornelli dalle quattro del pomeriggio.

Il clima era di festa e gioia.

Alle venti e cinque, a trattoria riempita, Nonno Ciccio diede il benvenuto: «Gentili amiche, cordiali amici e cari parenti, prima di iniziare la nostra cena, voglio raccontarvi una storiella. A Betlemme, nella grotta dove Gesù era venuto al mondo, una notte entrò un uccellino. Maria, Giuseppe, il Salvatore, il bue e l'asinello dormivano. Il fuoco che teneva calda la grotta iniziò a spegnersi. L'uccellino, per paura che il neonato potesse morire dal freddo, si avvicinò agli ultimi tizzoni ardenti e si mise a sbattere le ali per tenere vive le fiamme. Delle scintille gli bruciarono le piume sul petto, ma lui non si fermò e continuò a muovere le ali fino all'alba, quando cadde stremato e si addormentò. Quando si risvegliò, vide Gesù Bambino fargli un sorriso. L'uccellino si guardò il petto e si accorse che le penne gli erano ricresciute e avevano un colore rosso brillante. Era nato il pettirosso, che porta sul piumaggio il segno della gratitudine di Dio per la sua devozione... Voi stasera siete tanti piccoli pettirossi. Continuate a esserlo per i giorni che verranno. Continuate a tenere acceso il fuoco di chi non tiene niente. Stasera saremo una comunità unita dal bene, e io sono felice di trascorrere questo momento insieme a voi e ai miei familiari: mio figlio Peppe, i miei nipoti Isabella e Diego, mia nuora Angelina e il più giovane di casa Vitiello: il coraggioso Zorro. E poi Bettina e Cristina, che sono per me come sorelle. Manca solo mia moglie Rosaria, che veglia su di noi dal mondo dei più. Grazie di cuore a tutti».

La sala applaudì con partecipazione.

Su invito di Isabella, un ragazzo alto, bruno, dai modi semplici e cortesi, si alzò. Era Alessandro, presidente dell'associazione. «Quando ero ancora uno studente universitario, riunii un gruppo di amici per poter aiutare i senza dimora. Nacque così la nostra associazione, che si chiama "Vite invisibili". La sede, piccola ma confortevole, si trova nel centro storico, in via Sapienza; veniteci a trovare, sarà per noi un onore e un piacere. Facciamo il possibile per dare assistenza materiale e conforto psicologico alle persone che vivono per strada e che molti fingono di non vedere. E ora, col vostro permesso, vorrei dare la parola a una di loro. Vieni, Marina».

Una donna sulla quarantina si mosse dal tavolo dove era seduto 'O Sicario. Aveva i capelli raccolti a coda, le mani nodose, il passo svelto. Alessandro le chiese di parlare.

«Due anni fa andai a dormire su una panchina perché nel mio letto c'erano i serpenti» iniziò Marina. «E i serpenti mi stavano divorando. Sulla panchina, invece, non mi toccava nessuno. Solo l'indifferenza mi toccava; mi lacerava dentro.

Ero una bambola rotta, senza braccia e senza gambe, fatta a pezzi, impossibile da ricomporre. La mia casa sembrava perfetta, come una casa di bambola nuova di zecca, appena uscita da un negozio. Niente di più falso. Nei muri c'erano crepe, uguali a quelle che avevo nel cuore e sul corpo. Pugni, schiaffi, prepotenze. Mio marito era il carnefice. Io ero sua; un oggetto da imprigionare in casa. Un giorno trovai la forza. Mi aveva picchiata a sangue e rinchiusa in una stanza per due giorni, senza cibo né acqua. Pensai di morire. "Ora mi uccide e il terrore finirà" mi dissi. Potevo lasciarmi andare alla deriva o combattere. La prima scelta mi pareva irresistibile, semplice. Invece trovai la forza per rialzarmi. Ma non avevo vie di fuga: solo una finestra e un armadio pieno di vestiti e biancheria. Indossai tutti gli indumenti che potevo; uno sopra all'altro. Mi fasciai la testa con asciugamani e lenzuola e feci una scommessa con la vita. Aprii la finestra e mi lanciai dal secondo piano. La caduta durò pochi secondi; a me sembrarono un'eternità. Toccai l'asfalto. Bum! Non sentii dolore; soltanto un formicolio che mi percorreva il corpo e urlava liberazione. Finalmente libera. La mia prima panchina fu morbida e accogliente, in confronto al mio letto di spine. Dovevo camminare, stare all'aria aperta. Più camminavo e più mi sentivo libera. La strada mi faceva sentire viva. Poi mi resi conto che pure la strada era infestata di serpenti; serpenti più pericolosi di quelli della mia casa di bambola. Fu Alessandro a salvarmi. Lo incontrai una sera alla Stazione Centrale. Si sedette accanto a me, si mise a chiacchierare. Pensai che volesse farmi del male, invece era un ragazzo buono; una creatura scesa dal cielo. Quella sera mi innamorai di lui».

«E io di te» disse Alessandro dandole un bacio sul capo.

Nonno Ciccio, Angelina e Peppe si commossero.

Molti si alzarono per abbracciare Marina.

"E io per un poco di febbre faccio 'na tragedia..." pensò Scapece.

Tra un polpo e un'alice, un vermicello e una spigola, un capitone e un'insalata di rinforzo, il tempo corse via veloce.

Zorro flirtò con Bigodina, Filippo con Enrichetta, Cristoforo con Mariapia.

'O Tedesco tracannò due litri di Falanghina e trangugiò un chilo di ficusecche.

Barbuto narrò ai suoi vicini di banchetto le gesta compiute durante il Coppa Parthenope Challenge.

Nonno Ciccio, spalleggiato da Peppe e Diego, girò fra i tavoli raccontando aneddoti e facezie e fece distribuire a fette ai commensali la soppressata, il capocollo e il caciocavallo che aveva vinto al torneo.

Cristina e Bettina si affacciarono più volte dalla cucina per controllare che le pietanze fossero benaccette.

Cafiero spazzolò un piatto dopo l'altro con voracità.

«Quando i tuoi suoceri scopriranno quanto mangi, non ti inviteranno più a pranzo o a cena» gli disse Scapece.

«Io divoro di tutto e non ingrasso» fece l'agente afferrando un dolce da un vassoio. «Soltanto 'sti roccocò mi fanno dannare. So' tuosti comme 'e prete!».

"Tuosti comme 'e prete..." ripeté Scapece nella sua mente. "Duri come le pietre... *Prete* in italiano è sinonimo di *sacerdote*, mentre il sacerdote in napoletano è *'o prevete*... Prevete, prete, pietre... Pietre! E sulle pietre ci sono le aste incrociate di cui ha parlato Angelina!".

L'ispettore sollevò le sue parti meno nobili dalla sedia. «Cafiero, abbandona il roccocò. Dobbiamo uscire un attimo».

«Dove vai?» chiese Isabella.

«A fare una telefonata».

Appena fuori dal locale, l'ispettore si fece dare dall'agente il numero di don Giacinto e lo compose sul telefonino.

«Salve, padre, sono l'ispettore Scapece, disturbo?».

«Buonasera. No, non disturba. Sono in chiesa, mi sto preparando per la messa di mezzanotte. Immaginavo che mi avrebbe chiamato».

«Sa com'è, io sono un poliziotto pieno di dubbi. E quando mi vengono, devo risolverli subito».

«Mi dica».

«Stamattina le ho chiesto cosa fossero quelle lastre di pietra in sacrestia e lei mi ha spiegato che si tratta di frontoni di sarcofagi».

«Sì».

«Ho visto che tutt'e due i frontoni hanno delle scanalature e un simbolo a forma di X. Cosa rappresenta quel simbolo? Due bastoni incrociati? Due aste?».

«Né bastoni né aste» rispose il sacerdote. «Sono due mazze ferrate, di quelle che i soldati usavano in battaglia nei corpo a corpo. Erano parte dello stemma della famiglia di origine longobarda che fece restaurare la nostra chiesa».

«La stessa famiglia del signore raffigurato sul bassorilievo?».

«Sì».

«Qual è il cognome di questa famiglia?».

«Mazza».

Scapece saltò come se avesse ricevuto un pizzicotto. «Come, scusi?! Mazza?!».

«Sì, Mazza».
«E il tizio sul bassorilievo chi è?».
«Francesco Maria Mazza».
«Cazzarola!».
«Prego?».
«Niente, padre, m'è scappata un'imprecazione; verrò a confessarmi. Arrivederci, grazie e buon Natale!».
L'ispettore si accese una Rothmans e iniziò a girare attorno alla Fontana del Leone esprimendo i pensieri a voce: «Mazza... Sono io che non ci ho capito una mazza!... No, no, non è possibile... Ingannarmi così, sotto il naso... Non può essere... Faremo un altro sbaglio, come con Ciccarelli...».
«Ispettore, di che state parlando?».
«Di mazze. Anzi di Mazza».
«Quali mazze?».
«Non quelle che pensi tu. Mazze ferrate e mazze nobiliari. Che ore sono?».
«Le dieci meno un quarto».
«Saliamo in ufficio!».
«E la cena?».
«Dopo ci ritorniamo, così finisci di ripulire i piatti».
«Andiamo dal commissario?».
«No, Improta non c'è. Sta a casa con la moglie, lasciamolo in pace. D'Amico è in servizio?».
«Prima che scendessimo in trattoria l'ho visto».
«Corriamo a consultarlo».

Il vice ispettore Ferruccio D'Amico, detto Backup per la capacità di estrarre informazioni e documenti da ogni angolo del web, era al solito posto: dietro un computer.

«D'Amico, mi fai 'na ricerca più veloce della luce?» gli chiese Scapece.

«Ne ho mai fatta una lenta?».

«Mai. Sei un asso».

«Cosa devo cercare?».

«Nome e cognome del marito di una signora che abita in via Orazio 190».

«Come si chiama 'sta signora?».

«Viola Mazza».

Backup entrò nella banca dati anagrafica della popolazione residente a Napoli e in pochi secondi trovò la risposta.

«Ecco il vostro uomo» disse all'ispettore mostrando il monitor.

Scapece lesse.

«Noooooo...». Per convincersi che stesse davvero vedendo *quel* nome e *quel* cognome, avvicinò la sua lente d'ingrandimento allo schermo.

«Noooooo...» ripeté. «E dove abita?».

Backup gli fece vedere l'indirizzo. «Noooooo... Sei sicuro, D'Amico?».

«Mi so' mai sbagliato?» fece il vice ispettore.

«Mai. Grazie! Cafiero, torniamo giù».

Altri dieci giri attorno alla fontana e seconda sigaretta.

«Hai capito, Cafiero? La Mazza e l'Arcangelo!».

«Non ci sto capendo niente, ispettore».

«Dopo ti spiego; mo' non c'è tempo. Fammi ragionare... E se fosse un caso di omonimia? Farei la figura del pivello, mi dovrei dimettere... Urge un test... Devo farli incontrare... Subito! O la va o la spacca. Cafiero, dov'è il mio cellulare?».

«Ce l'avete addosso, penso».

«Giusto». Scapece prese lo smartphone da una tasca dei pantaloni e fece una chiamata. «Rispondi, rispondi, rispondi...».

«Pronto».

«Ciao, Viola» fece l'ispettore con voce suadente.

«Ciao, Gianni. Che vuoi?».

«Lo so che ce l'hai con me, e ne hai tutte le ragioni. Martedì sera mi sono comportato come un idiota. Avevo delle preoccupazioni per la testa, ero in un momento di stress. È un brutto periodo».

«Mi hai trattata come una ragazzina».

«Ti chiedo scusa di nuovo. Dammi una possibilità per farmi perdonare».

«...».

«Ti prego, ti prego, ti prego... Dove sei adesso?».

«A casa».

«Da sola?».

«Sì».

«Vogliamo rivederci da me?».

«Gianni, non prendermi in giro».

«Non è mia intenzione. Dài, puoi venire? Stavolta non sarò freddo, anzi...».

«...».

«Dài, Viola...».

«A che ora?».

«Finisco di lavorare fra trenta minuti».

«Alle undici sono da te».

«Vediamoci in via Mergellina, davanti al commissariato, così da me saliamo insieme. Non proprio davanti al commissariato... Sul lato opposto della strada, tra la Fontana del Leone e la trattoria Parthenope. Conosci?».

«Sì».

«Ok, grazie, ti adoro!».

Scapece rimise in tasca il telefonino.

«Ispettore, è bella questa Viola Mazza?».

«Sì».

«Più di Isabella Vitiello?».

«No».

«In trattoria ho notato che vi scambiavate sguardi dolci».

«Cafiero, fatti i fatti tuoi! Forza, torniamo a tavola».

«Una telefonata lunga...» disse Isabella quando Scapece riapparve al suo fianco.

«Perdonami, so' dovuto salire in commissariato».

«Problemi?».

«Nulla di grave».

«Ti vedo pensieroso».

«Solo stanchezza. È successo qualcosa di importante in nostra assenza?».

«Vi siete persi un paio di barzellette esilaranti raccontate da nonno. Hanno fatto ridere pure Zorro».

«Mitico Zorro. Stasera sta con la fidanzata».

«Sai come si chiama? Bigodina».

«Fa la parrucchiera?». Isabella rise. «Sei contenta di come sta andando la serata?».

«Molto! Tu?».

«Io sono felice per te, per la tua famiglia, la tua associazione. Ma soprattutto per i senza dimora. Stanno vivendo una vigilia di Natale indimenticabile».

Scapece aveva deciso di gestire la situazione da solo. I misteri intorno all'assassino stavano prendendo forma. Ma non bastava. Gli ultimi pezzi dell'enigma, quelli più importanti, cercavano ancora una collocazione.

“Devo agire d’astuzia, senza mettere in pericolo nessuno”.

Alle undici meno venti si appartò con Diego nei pressi dei bagni. «Il telefonino ce l’hai con te?».

«Sì».

«Acceso?».

«Sì».

«Mi dai il tuo numero?». Diego lo dettò e Scapece lo memorizzò sullo smartphone. «Ascoltami bene. Io fra poco vado su in commissariato. Intorno alle undici ti chiamo e tu inviti una persona a uscire dalla trattoria».

«Chi devo invitare?».

L’ispettore gli disse nome e cognome. «Mi raccomando, comportati con naturalezza. Usa queste parole: “Fuori c’è *un signore* che chiede di lei”. Tutto chiaro, Diego?».

«Chiarissimo».

«Ripeti».

«Fuori c’è un signore che chiede di lei».

«Veramente? Chi è?».

«Ispetto’, è la frase che mi avete detto di dire a...».

«Già, scusami. So’ andato in confusione».

Scapece tornò al tavolo.

«Isabella, devo lasciarti di nuovo. Cafiero, molla i pistacchi e vieni con me».

«Cosa sta succedendo?» chiese la figlia di Peppe.

«C’è un arresto in corso» inventò l’ispettore. «Vado a capire se serve una mano».

«Torni?».

«Credo di sì».

«Chi stiamo arrestando?» domandò Cafiero mentre entrava nel commissariato con Scapece.

«Nessuno, per il momento. Aspettami in guardiola, io salgo nel mio ufficio. Tieni il ferro a portata di mano».

L'ispettore lasciò le luci spente nella sua stanza e si appostò accanto al finestrone che affacciava su via Mergellina, con gli occhi fissi sull'ingresso della Parthenope e sulla Fontana del Leone.

Le undici meno dieci, le undici meno cinque, le undici.

Alle undici e tre minuti una utilitaria si fermò in seconda fila davanti alla trattoria con i lampeggianti accesi. Dal lato conducente la porta si aprì e Viola Mazza scese.

"Eccoti" pensò Scapece. "Io sono qui nel buio a spiarti. La vedova allegra sarebbe orgogliosa di me".

L'ispettore chiamò Diego: «Procedi».

Un minuto dopo, l'Arcangelo uscì dalla trattoria, si guardò attorno e vide Viola.

I due restarono a fissarsi per tre secondi, stupefatti.

L'Arcangelo si avvicinò a Viola e le disse qualcosa che Scapece non riuscì a captare.

Viola reagì con forza. Con una mano allontanò da sé l'Arcangelo e alzò la voce: «Vattene, mi fai schifo! Sparisci dalla mia vita! Sei un essere immondo!». Poi risalì in auto e corse via.

L'Arcangelo seguì la macchina con lo sguardo e restò ferma a riflettere.

"Non muoverti da lì, vengo a prenderti" ragionò Scapece.

L'Arcangelo lo deluse: ritornò nel locale.

«Cazzo, è di nuovo dentro!» imprecò l'ispettore. «E ora?!».

Il cellulare gli squillò. Era Viola. Scapece rifiutò la chiamata, spense l'apparecchio, rifletté rapidamente sul da farsi e scese al pianterreno a recuperare Cafiero. «Torniamo in trattoria!».

«Sembriamo due pendolari» disse l'agente.
«Speriamo di arrivare a destinazione sani e salvi».

Rientrando nella sala della Parthenope, Scapece ammiccò verso Diego e lanciò un'occhiata all'Arcangelo.
"Impassibile. Come fa?! Ma io ora ti fotto!".
Peppe sparecchiò un tavolo e portò piatti e bicchieri in cucina.
L'ispettore lo seguì e lo prese sotto braccio. «Una cortesia: mi può aprire l'accesso alla scala che conduce al nascondiglio segreto e portarmi giù due sedie?».
«Deve fare un interrogatorio?».
«Più o meno. Dopo che sono sceso, deve accompagnare da me una persona».
Scapece gli disse quale e impartì altre istruzioni.
«Insieme formerete una bella coppia!» esclamò Peppe.
«Sì, ma ci separeremo subito».

48
L'Arcangelo della morte

Sotto terra, sugli ultimi gradini che portavano al nascondiglio segreto, Peppe disse all'Arcangelo: «Siete amante dei vini, apprezzerete questo posto. Era da un po' che ve lo volevo mostrare».

Nella caverna adibita a cantina Scapece li aspettava con una bottiglia fra le mani.

Quando lo vide, l'Arcangelo impallidì.

«Ispettore, pure voi qua!» recitò Peppe.

Scapece sorrise. «Da quando suo padre mi ha fatto scoprire questa grotta, non posso fare a meno di scenderci».

«Eh, questo è un posto speciale. Vi posso lasciare in compagnia? Io torno sopra a controllare la situazione».

«Vada, faccio io da intrattenitore».

Peppe risalì la scala.

«Falerno del Massico rosso...» disse l'ispettore guardando l'etichetta della bottiglia. «Sull'argomento sono poco ferrato. Lei se ne intende?».

«Il Falerno è un vino dalla grande storia» dichiarò l'Arcangelo. «Apprezzato persino dagli imperatori dell'antica Roma. Un poeta, Silio Italico, disse che era stato creato da Bacco. Oggi può essere prodotto solo in alcune zone della provincia di Caserta».

«Che cultura!».

«L'enologia è una delle mie passioni».

«Sono contento di avere questo momento di intimità con lei» disse Scapece rimettendo a posto la bottiglia. «Finora non ce n'era stata occasione. Ci siamo incontrati poche volte, però ho avuto la sensazione che lei fosse una persona erudita. Quali sono le sue passioni?».

«Be', ne ho tante...».

«Me ne dica una. Sono un poliziotto, la curiosità è il mio mestiere. La cucina, ad esempio, le piace?».

«Sicuramente».

«Quali piatti predilige?».

«Tutti quelli che preparano i Vitiello».

«Quindi ama i sapori tradizionali?».

«Sì».

«Sa cucinare?».

«Me la cavo».

«I piatti piccanti li gradisce?».

«Perché mi fa questa domanda?».

«Sediamoci, così parliamo più comodamente» invitò Scapece indicando le sedie.

«Vorrei tornare su» disse l'Arcangelo mostrando irrequietezza. «È una scortesia non stare insieme agli altri in questa serata speciale».

«Solo pochi minuti» insisté Scapece piazzandosi davanti al varco che portava alla scala.

L'Arcangelo capì che doveva accettare il confronto e prese posto su una delle sedie.

Era in trappola.

L'Arcangelo era Gabriele Barbuto.

«Non ha risposto alla mia domanda» fece l'ispettore sedendogli di fronte. «Il piccante le piace?».

«Sì. È utile, peraltro».

«A cosa?».

«Alla salute. Soprattutto alla circolazione sanguigna».

«Soltanto? Una sostanza piccante non è anche purificatoria?».

«Nel senso che ha proprietà antinfiammatorie?».

«Sotto l'aspetto simbolico, intendevo».

«Non la seguo...».

Per sbloccare la reticenza del suo interlocutore, Scapece mosse un affondo più specifico: «Signor Barbuto, lei è sposato?».

«Sì».

«Sua moglie si chiama Viola Mazza?».

Barbuto rimase in silenzio.

«Rispondo io per lei. Sua moglie è proprio Viola Mazza. Poco fa avete avuto l'ennesimo screzio davanti alla trattoria. Avete abitato insieme fino all'estate scorsa in via Orazio 190. Poi lei, avendo scoperto che Viola la tradiva, è andato via. Si è trasferito nel quartiere di Bagnoli, in via Diomede Carafa. È lì che adesso ha la residenza, esatto?».

«Come fa a saperlo?».

«I potenti mezzi della polizia. E dove poteva andare ad abitare, se non nella strada dedicata al vescovo che commissionò a Leonardo da Pistoia il dipinto del diavolo di Mergellina? Lei ha una cura maniacale per i particolari; scegliere un domicilio qualunque sarebbe stata una bassezza».

«Non tollero questo tono inquisitorio!» protestò Barbuto alzandosi. «Se vuole accusarmi di qualcosa, mi convochi in commissariato; verrò col mio avvocato. Io ora me ne vado».

L'ispettore gli premette con forza una mano su una spalla e lo rimise a sedere. «Lei non va da nessuna parte! Da persona intelligente e astuta qual è, sa che da qui non può scappare. Faccia il bravo, una volta tanto, e si spogli dell'aura di candore e mestizia che ha avuto finora. Non si mostri come una vittima; le vittime sono ben altre. Fingere non le serve più a nulla».

Barbuto si sistemò la giacca. Era vestito elegante: completo scuro, camicia bianca, cravatta grigia, scarpe Oxford nere con punta traforata. La barba e i capelli sale e pepe, qualche chilo di troppo e molte rughe sul viso lo facevano sembrare più un cinquantenne che un quarantaquattrenne.

«Cosa vuol sapere?».

«Tutto».

«Avanti, allora, mi interroghi. Ciò che dirò resterà qui, in questa caverna, e lei non potrà usarlo contro di me».

«A questo penseremo dopo».

Scapece aveva nascosto il cellulare dietro una fila di bottiglie. Prima che Barbuto e Peppe arrivassero nella cantina, lo aveva riacceso e ne aveva attivato il registratore.

«Negherò ogni mia dichiarazione in tutte le sedi».

«Va bene, Barbuto. Cominciamo dall'inizio. Due anni e mezzo fa, come mi ha detto sua moglie Viola...».

«Non è più mia moglie».

«Vi siete già separati legalmente?».

«No».

«Quindi lo è ancora».

«Per la legge, non per me».

«Tenendo conto del suo modo di pensare, afferro la sottigliezza. Comunque, due anni e mezzo fa lei e Viola Mazza vi siete sposati. Perché?».

«Che domanda è?».

«Perché l'avete fatto, visto che avete due caratteri e due concezioni della vita agli antipodi? Cosa vi ha uniti?».

«L'amore. All'inizio ci siamo amati. Io, dopo varie delusioni sentimentali, pensavo di aver trovato la persona giusta, e credo lei pure. Poi qualcosa è cambiato».

«Cosa?».

«È venuta fuori la sua vera identità di donna perversa, attratta solo dal sesso. Da solo non riuscivo a soddisfarla, ero impossibilitato».

«Per quale motivo?».

«Ho scoperto di essere impotente».

«Per questo non avete avuto figli?».

«Sì».

«Quand'è che si è reso conto che Viola andava con altri?».

«In primavera. Ho trovato dei messaggi sul suo telefonino e le ho chiesto spiegazioni. Lei ha confessato tutte le sue relazioni. Con donne e uomini. Viola è bisessuale».

«E poi?».

«E poi niente. Siamo andati avanti fino ad agosto, litigando tutti i giorni. Alla fine me ne sono andato».

«Viola era stata anche con Amedeo Caruso?».

«Sì».

«E con Tania Stella».

«Sì».

«Ecco il collegamento! Non riuscivo a capire come fossero connessi Amedeo e Tania. Viola ha conosciuto Amedeo nel palazzo e ci è andata a letto. E Tania?».

«A una festa».

«Ragionando con la *sua* logica, Barbuto, lei avrebbe potuto vendicarsi dei tradimenti uccidendo Viola; invece ha preso di mira Amedeo e Tania. Perché?».

«Se avessi ucciso Viola, sarei stato il primo sospettato e mi avreste catturato subito. Ho voluto punirla in un altro modo, eliminando le persone con cui aveva fatto sesso».

«Quindi nel suo elenco di morte c'erano altre potenziali vittime?».

«Non dica *c'erano*. Dica *ci sono*».

«Quante?».

«Sette».

«E lei pensava di poter continuare a uccidere come se niente fosse?».

«Continua a sbagliare i tempi verbali, ispettore. Lo *penso* ancora». Barbuto puntò un dito verso l'alto. «Da lassù mi proteggono».

«Quando è nato il suo interesse per la religione e la simbologia?».

«Me l'ha trasmesso mia madre, insieme ad altri insegnamenti. Mi portava in chiesa e mi faceva leggere testi sacri. Non ho avuto un'infanzia normale. Mio padre era un alcolizzato come Amedeo, spesso ci picchiava a sangue. Poi è morto».

«Come?».

«Dovrebbe chiederlo a mia madre, ma non credo che riuscirebbe ad avere una risposta. È in una clinica psichiatrica, non parla più da anni».

«Perché ha scelto proprio il quadro del diavolo di Mergellina? Si è identificato con la storia di Diomede Carafa e Vittoria d'Avalos e con la figura di san Michele, tanto da arrivare a definirsi *L'Arcangelo*?».

«Dentro quel dipinto c'è la mia vita, con le mie battaglie contro le tentazioni, contro il male, contro le ipocrisie e le immoralità del mondo. Michele è da sempre lo sterminatore dei malvagi. *Tuque, Princeps militiae caelestis, Satanam aliosque spiritus malignos, qui ad perditionem animarum pervagantur in mundo, divina virtute in infernum detrude*».

«È una delle *Preci leonine*?».

Gli occhi di Barbuto si accesero. «Le conosce?».

«Non a memoria; a questo livello non ci arrivo. Me ne sono occupato in questi giorni indagando su di lei».

«Io sono un predestinato. Il mio nome è Gabriele, che significa "fortezza di Dio". E Gabriele è uno dei tre arcangeli, insieme a Michele e a Raffaele».

"Ecco un'altra folle spiegazione!" pensò Scapece.

«Fu Gabriele ad annunciare a Maria il concepimento del figlio del Signore...».

«Scendiamo sulla terra, Barbuto. Era lei la persona che ho visto uscire martedì mattina dalla chiesa di Santa Maria del Parto?».

«Sì. Quando l'ho incrociata lì, ho capito che non potevo più tornarci».

«Ha provato rabbia?».

«No. A Montella, nel museo del convento di San Francesco a Folloni, c'è un duplicato del dipinto, anch'esso realizzato da Leonardo da Pistoia».

«Con san Michele e la diavolessa?».

«Sì, stessa scena. Diomede Carafa lo fece fare come "copia di riserva", per tutelarsi doppiamente dai malefici».

«Furbacchione, 'sto Carafa».

«Il complesso conventuale è incantevole. Dovrebbe andare a vederlo».

«Ci organizzerò una gita».

«Io ci sono stato ieri mattina. E ieri sera, di rientro a Napoli, mi ha fermato una pattuglia di suoi colleghi. Hanno controllato i documenti e la macchina».

«E l'hanno lasciata andare perché aveva tutto a posto...».

«Io ho *sempre* tutto a posto. Non trascuro niente».

«L'ho notato. La rabbia, invece, l'ha provata quando è stato associato al camorrista Perrotta...».

«Sì, mi sono sentito umiliato».

«E quando l'hanno definita "nuovo mostro di Posillipo"?».

«Anche in quel caso ho avuto un moto di ribrezzo».

«Non ha provato ribrezzo per se stesso quando ha ammazzato Amedeo e Tania?».

«Perché avrei dovuto? Io sono un purificatore. Amedeo e Tania sono andati a letto con Viola pur sapendo che fosse sposata. Erano persone luride, senza morale».

«Erano ragazzi innocenti».

«Questo lo dice lei».

«Mi racconti della notte fra il 7 e l'8 dicembre. Nel palazzo è entrato con le chiavi rimaste in suo possesso dopo essersi trasferito a Bagnoli?».

«Sì».

«E per aprire la porta di Amedeo ha usato un passe-partout?».

«No. Quello l'ho usato per accedere all'abitazione di Tania Stella e per entrare nel suo palazzo. Sono un agente immobiliare; con le chiavi ho una certa dimestichezza».

«A proposito: grazie per gli omaggi culinari, li ho apprezzati. Il passe-partout l'ha adoperato anche per rubare le macchine?».

«Non le ho rubate. Le ho prese in prestito».

«La Fiesta l'abbiamo ritrovata in via Nuova Marina. La Punto dove l'ha messa?».

«Cercatela nei vicoletti lì vicino».

«Perché le ha portate in una zona opposta a quella in cui lei abita? Per depistarci?».

«Sì».

«Quando Amedeo è tornato, lei era già nel suo appartamento?».

«Sì».

«Come ci è entrato?».

«Con una copia delle chiavi».

«Chi gliel'ha data? Non mi dica Pasquale Fabozzi, il portiere...».

«Proprio lui».

«L'avevo intuito che in qualche modo fosse implicato! Perché Fabozzi ha deciso di farle da spalla?».

«Non sopportava Caruso. Ci aveva litigato più volte per via della pigione e di altre storie di condominio. Fabozzi non voleva pagare neanche un affitto minimo, ma Caruso, che era sempre a caccia di soldi, non aveva accettato».

«E nei dissidi si è intrufolato lei, corrompendo Fabozzi...».

«Sì. Ieri mattina l'ho incaricato di depositare il pollo alla diavola davanti al palazzo dei Vitiello».

«Ah, ha fatto lui da postino! Quando le ha dato i doppioni delle chiavi, Fabozzi sapeva che lei sarebbe andato a uccidere Amedeo?».

«No, ho evitato di dirglielo per non farlo agitare».

«E la zappetta?».

«L'ho presa io dalla casetta degli attrezzi. L'avevo vista usare a Fabozzi in giardino e m'è venuta l'idea di trasformarla in un'arma».

«Perché la forca è simile a due corna, e le corna simboleggiano anche il tradimento. Sa chi me l'ha fatto notare?

Il professor Volpicelli, quello a cui ha scritto a giugno. Era anche lui nella lista di morte?».

«Se non correggerà il libro, lo inserirò».

«Stavolta è lei che ha sbagliato il tempo verbale».

«No, è lei che continua a usarlo male».

«Perché la zappetta non l'ha fatta sparire?».

«Doveva essere Fabozzi a farlo. Invece l'ha ripulita sommariamente e l'ha riportata nella casetta degli attrezzi. "Mi dispiaceva buttarla e non pensavo che la polizia scoprisse che era stata usata per il delitto" mi ha detto. Fabozzi è uno stupido».

«Ma anche gli stupidi possono servire, vero? Quando ha ucciso Amedeo, Fabozzi era nell'appartamento con lei?».

«No, mi ha aspettato giù, a casa sua. Mi sono cambiato, gli ho lasciato gli abiti, i guanti, la zappetta, i soldi che gli avevo promesso e la bottiglietta con cui avevo portato l'olio».

«Quanto gli ha dato?».

«Mille euro».

«Un complice a buon mercato».

«Lui ha aspettato che me ne andassi, e invece di gettare tutto nei rifiuti come gli avevo ordinato, è andato a rimettere a posto la zappetta e ha sepolto il resto in giardino».

«Nel giardino? In che punto?».

«Dove le ha detto di aver seppellito un piccione. Vede quant'è stupido? E ancora più stupido è stato lei, ispettore, a non controllare».

«Tutti commettono degli errori. Sa qual è stato il suo? Aver trasportato il corpo di Tania a Santa Maria del Faro. Voleva mandare un messaggio indiretto a Viola?».

«Sì. Lo ammetto, è stato un eccesso di perfezionismo.

Viola conosceva la storia della chiesa; l'avevamo visitata insieme».

«Viola è una discendente dei Mazza che la fecero restaurare?».

«No, si tratta solo di un'omonimia. Ma a me è bastata per scegliere proprio quel luogo».

«Sa come ci sono arrivato? Grazie a un roccocò. Ma questa è un'altra storia che forse un giorno le racconterò. Torniamo ad Amedeo: perché lo ha accoltellato? Un eccesso di perfezionismo anche questo?».

«Sapevo che era già morto, ma dovevo compiere un rito: colpirlo alle spalle, come lui aveva fatto vigliaccamente con me fornicando con Viola».

«E la messinscena con l'aglio, l'olio e il peperoncino?».

«Ne abbiamo già parlato: volontà di purificare».

«In questi giorni in che modo ha comunicato con Fabozzi?».

«Via telefono. Gli ho dato un cellulare con una scheda telefonica clonata».

«Quando? Prima o dopo l'omicidio di Amedeo?».

«Prima».

«Ha chiamato lei Amedeo alle due di notte?».

«No, Fabozzi. Gliel'avevo detto io di farlo. Dovevo avere conferma che Caruso si fosse addormentato».

«Quindi lei ha atteso gli squilli, e avuta la certezza che Amedeo dormisse così profondamente da non sentire neanche il telefono, ha agito».

«Sì».

«Mi risolva un altro dilemma: perché ha strangolato Tania con una cintura da donna?».

«Quando mio padre mi frustava, usava le cinture di mia madre per non sporcare le sue».

Scapece ebbe un brivido. «Qual era il terzo nome sulla sua lista d'attesa?».

«Qual *è*, vorrà dire».

«Ok, voglio assecondarla: qual è?».

«Il suo».

«Il mio?!».

«Sì».

«E perché mi ha messo nell'elenco?».

«Non finga di non saperlo, ispettore. Si ricorda di martedì sera, quando ho vinto il torneo di carte? Nel momento in cui mi ha premiato, le ho sentito addosso un profumo di gelsomino, con cui ha impregnato anche il trofeo. Lo stesso profumo che usa Viola. In quel momento ho capito che eravate stati insieme».

«Ci siamo incontrati ma non è successo nulla. E non devo certamente giustificarmi con lei. Fra i suoi obiettivi delittuosi io già c'ero: i gamberetti e le linguine me li ha portati *prima* di martedì».

«Lei non era un obiettivo diretto. Tramite lei io stavo sfidando l'intera polizia. Ho deciso di iniziare le purificazioni il Primo novembre, quando avete inaugurato il commissariato qui a Mergellina, a quattro passi dalla *mia* chiesa di Santa Maria del Parto. Un oltraggio inaccettabile. A quel punto dovevo farvi capire che sono più forte di voi. Ho cominciato a venire qui in trattoria quando ha iniziato a farlo lei. L'ho seguita e ho scoperto che abitava nella piazza dedicata al grande Jacopo Sannazaro: un altro affronto inaudito. Michele mi ha chiesto di armarmi e di agire. Sulla parete a destra del dipinto, in una cornice di gesso, è raffigurata una bilancia, simbolo della giustizia. Io sto operando nel giusto».

«San Michele non le ha chiesto proprio niente! I santi non

chiedono di uccidere. Quindi le minacce scritte che ad agosto ha fatto avere ad Amedeo e a Tania erano solo avvertimenti finalizzati a impaurire i due ragazzi?».

«Sì. In quel periodo avevo una vaga idea di come rimuovere il male. Poi Michele mi ha educato».

«Insiste... In che modo voleva uccidermi? E quando? Stasera?».

«Sì, con questo» rispose Barbuto estraendo una boccetta da una tasca interna della giacca.

«Veleno?».

«Arsenico. Incolore, inodore e insapore».

«Come se l'è procurato?».

«Su internet si trova di tutto...».

«E come voleva farmelo ingerire?».

«L'avrei versato nel suo bicchiere durante il brindisi finale di auguri. Nella confusione sarebbe stato facile».

«E se non ci fosse riuscito?».

Barbuto infilò di nuovo una mano nella giacca, tirò fuori un coltello a serramanico, ne premette il pulsante e fece scattare la lama. «Magari avrei usato questo. In un modo o nell'altro, ispettore, lei dovrà finire all'inferno per le sue azioni demoniache».

«Il demonio è lei, non io».

I muscoli di Barbuto si contrassero. I tratti del viso si fecero tesi. La sua voce cambiò.

«*Sancte Michael Archangele, defende nos in proelio*!» gridò scagliandosi su Scapece con il coltello spianato.

L'ispettore si spostò su un lato ed evitò la lama, ma perse l'equilibrio e cadde dalla sedia. Barbuto gli si lanciò addosso. Scapece schivò il secondo colpo e gli bloccò il braccio con cui impugnava il coltello.

Avvinghiati, si rotolarono per terra e con i piedi urtarono una scaffalatura. Da un ripiano caddero delle bottiglie.

Scapece con una ginocchiata colpì Barbuto allo stomaco, afferrò il collo di una bottiglia frantumata e si rialzò.

Anche Barbuto si rimise in piedi.

I due erano l'uno di fronte all'altro, in posizione di attacco.

«Forza, venga a colpirmi!» sfidò l'ispettore. «Vediamo se san Michele ora la protegge». Barbuto restò fermo. «Avanti, cosa aspetta? Ha perso la fede?».

Con uno scatto fulmineo, Barbuto corse verso la scala.

49
Battaglia in trattoria

Mancavano sette minuti alla mezzanotte. Nella sala della Parthenope si chiacchierava, si rideva, si facevano battute. Nessuno immaginava quello che stava accadendo nella grotta sotterranea.

Nonno Ciccio si alzò e richiamò su di sé l'attenzione dei commensali: «Carissimi, siamo prossimi alla Sacra Nascita. Fra poco sganceremo il Bambin Gesù dalla cordicella e dall'alto dei cieli lo faremo volare sul presepe, per farlo accoccolare in mezzo ai suoi santi genitori. Poi ci sarà un bel brindisi di auguri, ci mangeremo il pandoro e il panettone e berremo il rosolio. Mi auguro che abbiate gradito la serata. E in particolar modo spero che i nostri ospiti siano stati bene. Noi non ci fermeremo qui. Faremo quello che è nelle nostre possibilità affinché lo spirito del Natale viva tutto l'anno e gli "invisibili" tornino a essere visibili per tutti».

Peppe e Diego misero una bottiglia di spumante e una di rosolio su ogni tavolo e distribuirono i calici.

«Perché Gianni non sale?» chiese Isabella a Cafiero. «Cosa starà facendo giù in cantina con quel Barbuto?».

«Non saprei... Vado a vedere».

L'agente entrò in cucina e si fece indicare da Bettina e Cristina la porta che conduceva al nascondiglio segreto.

Stava per varcarla quando Barbuto, in fuga dalla caverna, il coltello in una mano, gli occhi iniettati di sangue, lo travolse e lo fece cadere. Dietro di lui spuntò l'ispettore.

Cristina lanciò un grido.

Barbuto si gettò su Bettina, la afferrò da dietro e le puntò la lama alla gola.

Cafiero tirò fuori la pistola.

«La metta giù o la ammazzo!» gli urlò Barbuto.

L'agente guardò l'ispettore.

«Fai come ti ha detto» gli ordinò Scapece.

Cafiero appoggiò l'arma sul pavimento.

«Ispettore, la prenda e me la dia!» ordinò Barbuto. «Dal lato dell'impugnatura».

Scapece eseguì.

Barbuto prese la pistola, la puntò sotto il mento di Bettina e si liberò del coltello.

«Ora spostatevi» disse.

L'ispettore, Cafiero e Cristina si fecero da parte.

Indietreggiando e facendosi scudo di Bettina, Barbuto si diresse verso la sala.

«Vergine benedetta, aiutaci...» pregò Cristina piangendo. «Madre nostra pietosa e amorosa, salva mia sorella...».

Quando Barbuto e Bettina sbucarono dalla cucina, tutti si voltarono a guardarli.

«Che fate, giocate a guardie e ladri?» chiese Nonno Ciccio.

«Stia zitto, Vitiello!» fece Barbuto. «State zitti tutti!».

Scapece e Cafiero uscirono dalla cucina.

«Gianni, che sta accadendo?» domandò Isabella.

«Gabriele Barbuto è l'assassino di Amedeo Caruso e Tania Stella» annunciò l'ispettore.

A Peppe cadde un piatto, a Diego una pila di bicchieri.

Zorro e Bigodina rizzarono i peli.

Nonno Ciccio non si capacitò: «Jamme, finitela di pazziare».

«Le ho detto di fare silenzio!» urlò Barbuto. «Addossatevi alle pareti e non azzardatevi a usare i telefonini, altrimenti le spappolo il cervello!».

Bettina recitò fra le labbra una preghiera.

La signora Mariapia svenne.

'O Tedesco sacramentò in tedesco, 'O Sicario in napoletano.

Scapece si spostò di fronte all'assassino, con i palmi delle mani rivolti in avanti: «Barbuto, eviti spargimenti di sangue. Non uccida altri innocenti. Lasci Bettina e prenda me in ostaggio».

Barbuto rifletté per qualche secondo e diede la risposta: «No, troppo facile, ispettore. La verrò a prendere quando deciderò io. E quando lei meno se l'aspetta. Ora si tolga di mezzo. Spostatevi tutti!».

I Vitiello, i ragazzi dell'associazione, i senza dimora e gli altri commensali abbandonarono i tavoli e si accostarono alle pareti, creando un corridoio per l'assassino. Su ogni volto era dipinto il terrore.

Tenendo sempre la canna della pistola sotto la testa di Bettina, Barbuto si spostò lentamente verso l'uscita, voltandosi a destra e a sinistra per tenere a bada eventuali reazioni.

Giunto al centro della sala, urtò il piede di un tavolo, piegò il capo per guardare a terra e meccanicamente spostò l'arma.

Bettina colse l'attimo. Con una mossa rapidissima, ghermì il braccio armato di Barbuto, si portò il polso alla bocca e con un ruggito lo azzannò in perfetto stile draculesco, staccando un pezzo di pelle e sputandolo subito dopo.

L'assassino urlò e schiacciò il grilletto. Dalla pistola, rivolta verso l'alto, partì un proiettile che colpì il cordoncino rosso sospeso nell'aria e andò a conficcarsi nel soffitto.

Bettina morsicò un altro pezzo della mano di Barbuto e lo espulse con disgusto.

L'arma cadde sul pavimento.

Il cordoncino vibrò e si spezzò.

Il bassorilievo dei Re Magi e la statuina del Bambin Gesù si staccarono dai ganci.

Il Bambinello fece una serie di capriole nell'aria e andò a depositarsi sul presepe, proprio nel posto in cui doveva stare: sul mucchietto di paglia fra la Madonna e san Giuseppe.

«Miracolo!» esultò Nonno Ciccio.

I Re Magi, spaesati per l'improvvisa interruzione del loro viaggio verso Betlemme, pensarono a un terremoto. A salvarli fu Diego: con un tuffo plastico da portiere li afferrò al volo prima che toccassero il suolo.

Barbuto si abbassò, riacciuffò la pistola, la puntò su Bettina e premette di nuovo il grilletto. L'arma si inceppò. Bettina gliela strappò di mano e la buttò sotto un tavolo.

«Ispetto', pigliate 'a pistola vosta!» urlò Nonno Ciccio.

«Non ce l'ho!» replicò Scapece.

«E che cazzo!».

Dagli spalti partì una fitta sassaiola e Barbuto fu colpito con piatti, bicchieri, posate, susamielli, castagne, mandorle, bucce di melone, struffoli, clementine e bottiglie di rosolio e di Asprinio di Aversa.

Alcune gittate dalla scarsa mira causarono la caduta di varie foto storiche dalle pareti. Nonno Ciccio enumerò i crolli con tono addolorato: «È caruto 'o presidente Kennedy!... So' caruti Richard Burton e Liz Taylor!... So' caruti 'e Genesis!».

Gabriele Barbuto pareva King Kong quando viene mitragliato da una pattuglia di aeroplani sulla cima dell'Empire State Building.

Angelina gli si parò davanti e gli mollò sulla faccia due papagne che avrebbero messo al tappeto Muhammad Ali. Con un grugnito, Barbuto la spinse via.

'O Tedesco cercò di placcarlo ma ricevette una gomitata sul naso e dovette firmare l'armistizio.

'O Sicario fece il sicario: colpì l'assassino alla schiena con un calcio da kung-fu. Barbuto barcollò ma non cadde.

Zorro e Bigodina partirono alla carica. Il cane della Parthenope addentò il polpaccio sinistro di Barbuto, la sua fidanzata il destro. L'assassino si liberò con due allunghi di gamba. Zorro finì nella rete da pesca appesa su una parete, Bigodina fra le braccia di Isabella.

L'Arcangelo era indomabile. Sanguinante, impataccato, pesto, con gli abiti laceri, continuò ad avanzare verso l'uscita.

Il reparto cavalleria, composto da Scapece, Cafiero e Peppe, lo colpì con calci e pugni. Lui respinse le cariche con veemenza. Cafiero rimediò un cazzotto sull'occhio sano.

A due metri dalla meta, Barbuto fu attaccato dalla fanteria pesante: i senza dimora e i ragazzi dell'associazione, guidati da Marina, Isabella e Alessandro, gli stracciarono i vestiti, lo graffiarono, quasi lo denudarono.

L'assassino vacillò, si piegò sulle gambe, si rimise in posizione eretta, tentò di aggrapparsi al vuoto.

Nonno Ciccio con una bastonata sulla nuca gli diede il colpo finale: «Tiè, spergiuro canaglia criminale!».

Barbuto crollò in avanti e con la testa sfondò uno dei vetri satinati della porta d'ingresso: quello con la serigrafia della sirena Parthenope con il corpo di rapace. Privo di sensi, restò incastrato nella porta, col bacino e le gambe all'interno della sala e il busto e la testa fuori.

Scapece si chinò su di lui per constatarne le condizioni.

«È muorto?» chiese Nonno Ciccio.

«No, respira».

«Mettetegli le manette».

«Non ce l'ho».

«Manco 'e manette?!».

«Lo leghiamo col cordoncino. Fa più effetto».

50
Chiudere il cerchio

In via Mergellina piombarono il commissario Improta, il questore Lambiase, il pubblico ministero Andreozzi, tre ambulanze, sei macchine della Mobile e un manipolo di giornalisti.

L'area davanti alla Parthenope fu circoscritta e una decina di poliziotti crearono un cordone per impedire l'accesso ai non autorizzati.

Con un'ambulanza scortata da due volanti, Barbuto fu trasportato d'urgenza al pronto soccorso. Un pezzo di vetro gli aveva procurato un lungo squarcio alla gola; se fosse penetrato per qualche millimetro in più, gli avrebbe tranciato la giugulare.

La trattoria presentava tutti i segni del combattimento: pareti imbrattate, piatti e bicchieri rotti, residui di cibo dappertutto, le foto cadute dalle pareti, le tovaglie per terra.

«Sembra esserci passato un uragano» disse il questore.

Alcuni contusi furono medicati sul posto; altri, fra cui due senza dimora, vennero condotti in ospedale.

Uno dei più malconci era Cafiero: l'occhio arrossato per i postumi del conflitto a fuoco con il camorrista si era illividito; l'altro era chiuso e gonfio.

I Vitiello e Cristina erano tutti raccolti attorno al presepe a confortare Bettina.

Zorro, acciaccato e scioccato, si faceva leccare le orecchie da Bigodina.

«Esempi di eroismo!» disse Nonno Ciccio. «Pure tu, Angelina, sei stata molto coraggiosa e io non me lo scorderò mai».

Scapece informò rapidamente Improta, Lambiase e Andreozzi della confessione di Barbuto.

«Il resto ve lo racconta Cafiero. Adesso vorrei concludere l'operazione, chiudere il cerchio, prima che la notizia della cattura si diffonda».

«Ce la fai?» gli chiese Improta.

«Sono ammaccato ma non distrutto».

«Vai» gli disse il questore.

Con una volante e due agenti, Scapece raggiunse la palazzina di via Orazio 190 e citofonò a Pasquale Fabozzi.

Il custode rispose dopo un paio di minuti. «Chi è?».

«Polizia, sono Scapece. Apra».

L'ispettore e gli agenti salirono al primo piano.

Fabozzi, in pigiama e babbucce, era davanti alla porta della sua abitazione.

«Stavo dormendo. Come mai a quest'ora?».

Scapece lo guardò con disprezzo. «Ho provato repulsione per lei dalla prima volta che sono venuto qui. Vendersi a un assassino per quattro denari... Giuda!».

Fabozzi, già minuto, si rimpicciolì ancora di più. «Io sono innocente! Ha fatto tutto lui! Sono innocente!».

«Ammanettatelo e portatelo in macchina» ordinò Scapece agli agenti.

Dalla porta di fronte si affacciò Pappalepore. «Caro ispettore, che bella sorpresa! È venuto a farci gli auguri?».

«Sì, capitano, buon Natale».

«Vuole entrare? Le offro un roccocò».
«No, guardi, quello proprio no!».

Secondo piano. L'appartamento di Viola Mazza.

Stavolta la donna non era in vestaglia. Aveva addosso gli stessi abiti con cui era andata all'appuntamento davanti al commissariato.

«Ti stavo aspettando» disse. «Quando Gabriele è uscito dalla trattoria, ho capito che eri stato tu a preparare l'incontro. L'avete arrestato?».

«Sì».

«Ha confessato tutto?».

«Ogni minimo particolare».

«Così finirà di tormentarsi. E io concluderò le mie sofferenze. Come mai sei così malmesso?».

Scapece aveva escoriazioni e lividi sulle mani e sul viso.

«La cattura di tuo marito è stata alquanto movimentata. Perché in queste settimane non l'hai denunciato?».

«Avevo paura».

«Quando sono venuto qui per l'omicidio di Amedeo mi sei sembrata tutt'altro che impaurita».

«Apparenza, Gianni. Io sembro sempre ciò che non sono».

«Lo sai che potresti essere accusata di favoreggiamento?».

«Meglio questo che continuare a vivere nel terrore. Lui mi ha perseguitato per mesi. Telefonate in piena notte, appostamenti, minacce. Non vivevo più».

«A pagare sono stati due innocenti. La loro unica "colpa" è stata quella di aver avuto una relazione con te».

«Li sto piangendo e li piangerò per tutta la vita».

«Dopo che tuo marito ha ucciso Amedeo, potevi raccontarmi tutto, Tania si sarebbe salvata».

«Non ero sicura che fosse stato Gabriele ad ammazzarlo. Amedeo aveva frequentazioni di tutti i tipi, poteva essere rimasto vittima di qualcun altro».

«Capisco fino a un certo punto le tue perplessità, Viola. A volte basta poco per mettere le forze dell'ordine in condizione di fare indagini mirate e catturare un criminale prima che commetta altri reati. Se non lo fermavamo in tempo, tuo marito avrebbe continuato alla grande la sua carriera di serial killer».

«Ho le mie responsabilità, ne sono consapevole. Prima di tradirlo avrei dovuto lasciarlo, e forse si sarebbe evitato quello che è successo. Ma col senno di poi si possono dire tante cose».

«Non tutte le sue azioni sono riconducibili a te».

«Sì, ma io l'ho spinto in un tunnel senza uscita, peggiore di quello che ha attraversato nel suo passato».

«Stasera alla Parthenope si è tenuta una cena solidale per i senza fissa dimora. È intervenuta una donna, Marina, che ha raccontato la sua storia. Subiva maltrattamenti dal marito, era segregata in casa, viveva nel terrore. Per riprendersi la sua libertà si è lanciata dal secondo piano».

«Poche donne hanno questo coraggio. Siamo fragili, indifese, sole. E la nostra fragilità sai da dove proviene? Dall'amore. Per assurdo, più amiamo e più ci esponiamo a sofferenze e sopraffazioni. Speriamo che il maschio che ci sevizia possa un giorno cambiare; continuiamo a volergli bene anche quando su di noi sta abbattendo la frusta. Ci illudiamo che le violenze finiscano presto e che il futuro sia migliore. E così facendo, restiamo in gabbia e lì moriamo».

«Adesso cosa farai?».

«Se non finirò in carcere, continuerò a fare il mio lavoro: a preparare matrimoni, per rendere piacevole agli sposi uno dei giorni più belli della loro unione; probabilmente l'unico. E magari continuerò a cercare l'amore per me, nonostante tutto».

«Buona fortuna, Viola».

«Buona fortuna a te, Gianni. Sono stata felice di incontrarti sul mio cammino».

51
Regali di Natale

Scapece spense lo schermo dello smartphone. La registrazione del dialogo e dello scontro fisico avvenuti nella cantina della Parthenope era finita.

«Pazzesco» disse Improta. «Come può un uomo arrivare a uccidere in nome di un santo? Hai fatto bene a dirglielo: il demonio è lui».

«Ha una personalità complessa, lo avevamo immaginato. Non ha avuto un'esistenza semplice, regolare. Ora saranno gli psichiatri a chiarire cosa sia avvenuto nella sua testa e quali traumi, a parte quelli coniugali, lo abbiano portato a trasformarsi in un "Arcangelo" assassino. Lo scomporranno pezzo per pezzo. La competenza del caso passa a loro. Il nostro lavoro finisce qui».

Improta annuì. «E come avviene dopo la cattura di ogni criminale, dentro ci resterà un vuoto. Finché lo stai cercando, non ci pensi; indaghi, interroghi, ricostruisci, vai a caccia; infine lo catturi e tutto finisce in un momento. Un'investigazione che conduce alla scoperta della verità assomiglia alla lettura di un buon libro: ti appassioni alla storia e ai personaggi e quando arrivi all'ultimo capitolo, alle ultime righe, ti senti appagato ma ci resti anche un po' male».

«Avremo altri criminali da rincorrere, commissario».

«Purtroppo sì. Il questore e il magistrato ci hanno fatto i complimenti. Io li faccio a te: sei stato bravo. Però in camera caritatis devo farti tre appunti. Uno: perché ieri sera, quando hai capito che Barbuto era l'assassino, non m'hai chiamato?».

«Fino all'ultimo non ho avuto la certezza assoluta che fosse lui. Ho sommato delle ipotesi e soltanto laggiù, nella grotta della Parthenope, ho avuto la conferma. È stata una lotta contro il tempo».

«Due: la pistola. Come te lo devo far capire, con una nota disciplinare? Devi portartela appresso!».

«Sono allergico ai metalli, commissario».

«Fattela passare, 'st'allergia. Tre: in trattoria hai fatto succedere un macello. Poteva scapparci una strage».

«Non avevo previsto la reazione di Barbuto. L'ho attirato nella caverna per isolarlo, metterlo in trappola. Mi ha fregato».

«Vale come esperienza per la prossima volta».

«Sperando che la *prossima volta* sia diversa da questa. Cafiero come sta?».

«L'ho messo a riposo per tre giorni. Se si fa vedere in commissariato prima di giovedì, lo rinchiudo in una camera di sicurezza».

«Troppo forte quel ragazzo. È un poliziotto con i controfiocchi».

Improta si alzò dalla scrivania, aprì un armadietto e ne estrasse un pacco voluminoso. «Non ci siamo ancora fatti gli auguri, Gianni. Buon Natale. Questo è per te, te l'avevo promesso».

Scapece scartocciò il regalo: un grosso peluche del commissario Basettoni.

«Fantastico, grazie! Le assomiglia, sa?».

«Non sfottere, io non sono così chiatto».

«Lo metto nella mia stanza. Mi attenda un attimo…». L'ispettore corse nel suo ufficio a prendere un pacco e tornò da Improta. «Queste sono per lei e sua moglie».

«*Queste*?».

«Sì, ho pensato che una non sarebbe bastata».

Il commissario aprì la confezione: due borse dell'acqua calda, una rosa e una azzurra, con fodere in pile; sulla prima era ricamato un micetto, sull'altra un orsacchiotto.

«Mai più notti siberiane!» gioì Improta.

«Ho preso dei pensieri anche per i Vitiello e per Zorro. Ci stanno aspettando in trattoria, scendiamo?».

«Sì. Porto pure io un omaggio».

La sala della Parthenope non aveva ancora ripreso il suo aspetto normale.

I muri macchiati, il foro del proiettile sul soffitto e il vetro rotto della porta ricordavano gli scontri della sera prima.

Diego aveva sostituito il cordoncino rosso e i Re Magi erano potuti tornare nella loro ubicazione aerea.

«Dobbiamo far rifare le cornici per le fotografie e il vetro per l'ingresso» disse Nonno Ciccio.

«Ho parlato con il questore» fece Improta. «Si interesserà per un risarcimento dei danni. Inoltre, il ministro degli Interni manderà una lettera di encomio a voi e all'associazione "Vite invisibili"».

Il sovrintendente della Parthenope guardò Scapece. «Siamo una grande squadra. Vero, ispettore?».

«Siete stati straordinari. Tutti. Io però vi ho messo in pericolo».

«Avete fatto il vostro dovere: trovare l'assassino. Io ho

capito che ce la saremmo cavata quando ho visto il Bambin Gesù volare sul presepe. 'Nu prodigio!».

«Io quando ho visto Diego tuffarsi per salvare i Re Magi. Roba da Champions League».

«Però che attore, chillu Barbuto! L'abbiamo tenuto sotto agli occhi per settimane e non ci siamo accorti di niente! Pareva 'nu fesso, invece...».

«Personalità bipolare».

«Io per parte mia ho già preso un provvedimento punitivo: gli ho tolto il titolo di vincitore del torneo di Asso Pigliatutto e l'ho assegnato a me a tavolino, vafammocca!».

Zorro, Peppe e Diego gongolarono.

«Vi ho portato un dono» disse Improta prendendo da una busta uno scudo di legno su cui era apposto uno stemma araldico. «È il *crest* della polizia di Stato».

Lo stemma, sormontato dalla corona turrita simbolo della Repubblica Italiana e cinto in basso dal motto *Sub lege libertas*, recava tre emblemi: un libro sulla cui copertina c'era la scritta *Lex*, due fiaccole fiammeggianti incrociate e un leone rampante armato di un gladio romano.

«Ne siamo onorati!» esclamò Peppe.

«Io invece ho immaginato che vi faceva piacere appendere questa in trattoria» disse Scapece aprendo una grossa cartella da cui apparve, protetta da un foglio di carta velina, un'antica stampa della città di Napoli. «È di inizio Ottocento. Si vede pure Mergellina».

«Bellissima!» fece Nonno Ciccio.

«E non mi so' scordato di Zorro» aggiunse l'ispettore mostrando un collare nero di cuoio da cui pendeva una medaglietta sulla quale era ritratto, a mezzo busto, il celebre giustiziere mascherato di cui il cane portava il nome.

Zorro se lo fece allacciare da Scapece e sfilò nella sala con passo da modello.

«Sarà un Natale ricordevole» proclamò Nonno Ciccio. «Niente pranzo, ma stasera ci riuniremo tutti quanti qua. Famiglia e amici. Voi siete i primi invitati».

«Verrò con mia moglie» disse Improta.

Scapece si aggregò: «Presente anch'io».

«Ispettore, porto il Risiko e ci facciamo 'na sfida?» propose Diego.

«Ok! Prima di stasera, però, ho da fare una cosa importante. E ho bisogno dell'aiuto di Isabella. Dove sta?».

«A casa con Angelina» rispose Peppe.

«Le devo chiedere di accompagnarmi in un posto».

52
Il silenzio

Discesa Gaiola 95. La casa di Tania.

«Grazie, ispettore, per aver mantenuto la promessa» disse Daniela Ferraro.

«Glielo dovevo. Le presento la mia amica Isabella».

Le due ragazze si strinsero la mano.

L'appartamentino in cui era avvenuto il delitto era stato dissequestrato e le chiavi consegnate ai genitori di Tania. Scapece era passato da loro a prenderle.

L'ispettore aprì il cancello che dava sulla strada.

La Smart con cui Tania aveva fatto il suo ultimo viaggio era ancora parcheggiata sul vialetto interno.

Scapece spalancò la porta dell'abitazione, entrò per primo e riconobbe tutti i particolari che aveva esaminato durante il sopralluogo con Cafiero.

Il saloncino con il camino e il parquet.

La stufa elettrica lasciata accesa dall'assassino.

Il televisore.

Le mensole con i libri.

Le stampe floreali.

Le piante grasse.

Il divanetto su cui Tania aveva trovato la morte.

Erano scomparsi solo i segni del delitto: gli oggetti caduti dal tavolino, gli indumenti di Tania, la cintura con cui Barbuto l'aveva strangolata, i granelli di peperoncino.

Daniela si guardò attorno. Ricordò i momenti vissuti in quella casa con la sua compagna. Le risate, l'intimità, la tenerezza.

«Le piante stanno morendo» disse.

«Potrebbe portarle al negozio» propose Scapece. «Se vuole, lo chiedo io ai familiari di Tania».

«Sì, ne sarei felice».

Con dolcezza Daniela sfiorò con le mani ogni cosa, come se stesse dialogando con Tania. Come se Tania fosse lì.

Poi si fermò al centro del saloncino.

«Lo sentite anche voi? Quello che fa più impressione in questa casa è il silenzio. "La gente parla troppo" diceva Tania. "Dovrebbe stare zitta ed entrare in sintonia col fluire del tempo, con i ritmi della natura. Le piante non parlano, stanno zitte. Dovremmo ascoltarlo, il silenzio, imparare da lui a essere migliori. Il silenzio è vita". Questo diceva. E quante volte qui lo abbiamo ascoltato, il silenzio. Lo stesso silenzio che stiamo sentendo adesso. Ma ora non è più di vita. È di morte».

Con le lacrime agli occhi, si diresse verso le altre stanze.

Scapece e Isabella andarono fuori.

«Ti ho chiesto di venire perché da solo non sarei riuscito a sostenere questo momento».

«Hai fatto bene, Gianni. In situazioni così delicate ci si sente inadeguati. Ogni gesto o parola rischia di essere superfluo, inopportuno».

Scapece guardò gli alberi spogli del frutteto.

Isabella gli appoggiò la testa su una spalla.

L'ispettore la abbracciò.
Rimasero per alcuni minuti senza parlare.

Daniela uscì. Aveva fra le mani due maglioncini.

«Li abbiamo indossati l'ultima notte che siamo state qui insieme. Vorrei tenerli con me, posso?».

«Certo» rispose Scapece.

«Io vado, allora. Grazie ancora. Venite a trovarmi, qualche volta».

Scapece e Isabella la videro uscire dal cancello.

Sentirono la sua auto mettersi in moto e andare via.

Rimasero ad ascoltare il silenzio.

Appunti di fine viaggio

Dovreste vedermi, mentre scrivo. Impasto una frase, un paragrafo, un capitolo, poi cancello o aggiungo, cambio e controllo, rileggo e correggo. Mi stacco dal computer, faccio una pausa, vado (e vago) alla ricerca delle parole giuste, interagisco col prossimo a grugniti e monosillabi, torno alla tastiera, rivedo il testo, parlo e rido da solo, mi agito, discuto con i personaggi, li tocco e ritocco, li sprono a vivere e a crescere.

Quando non sono fra quattro mura, prendo appunti, registro, osservo, rifletto. Uso taccuini, pezzi di carta, il telefonino, la memoria. Il luogo non è determinante, perché la dimensione me la creo su misura: in treno, in metropolitana, in auto, durante una passeggiata, mentre sono in coda da qualche parte, ovunque. Colmo di parole i vuoti, resuscito i tempi morti di passaggio da una stazione all'altra dell'esistenza. Intorno a me potrebbe accadere il finimondo, non me ne accorgerei.

La scrittura, almeno la mia, non è un passatempo. È materia. È carne, muscoli, movimento, polvere, contatto, fatica. Le mie storie prendono forma dalla realtà e nella realtà, e nascono da una complessa e sofferta lavorazione psicofisica. Se si vuole raccontare il reale bisogna sporcarsi le mani e sudare.

Anche *Aglio, olio e assassino* ha avuto questa gestazione. Non è solamente un giallo. È una storia di passioni e perversioni, un'investigazione sul male. Parla di noi esseri umani, di amori e crudeltà, della vita e della morte, di morti e vivi. Le sue pagine racchiudono solitudini, condivisioni, risate, slanci di solidarietà, leggende, misteri, superstizioni, vicende storiche, artistiche e religiose. Sì, c'è anche la religione. Nei miei romanzi la metto sempre, e analizzando il mio passato ho scoperto il perché.

Il giorno di Natale del 1961 il cardinale Giovanni Battista Montini, arcivescovo di Milano, che sarebbe poi diventato papa col nome di Paolo VI, fece visita alla clinica "Luigi Mangiagalli" e nel reparto maternità benedisse i neonati. Ebbene, una delle culle di quel reparto era occupata dal mio corpicino. Lì ero nato quattro giorni prima. Io, piccolo Imperatore, benedetto da un futuro pontefice. Il potere temporale e il potere spirituale uniti: un fatto raro.

Negli anni a venire non ebbi modo di ringraziare Montini, né lui si preoccupò di sapere che fine avessi fatto; la benedizione – bontà sua – me l'aveva impartita, dovevo cavarmela da solo. Nel 1963, anno in cui il cardinale ascese al soglio pontificio, i miei genitori si trasferirono (con il sottoscritto al seguito) da Milano a Napoli.

Napoli. Città in cui il sacro e il profano creano un sincretismo unico al mondo. La dea Iside e la Vergine Maria, Virgilio Mago e san Gennaro, il dio Nilo e le anime del Purgatorio, le chiese in superficie e le cripte nel sottosuolo, la venerazione dei santi e il culto delle *capuzzelle*, angeli accanto a diavoli, croci insieme a cornicelli.

Questo mondo io vivo e questo mondo racconto. *Aglio, olio e assassino* è figlio degli incantesimi di Napoli.

Mentre lo scrivevo, alcune persone straordinarie mi hanno coccolato e tenuto per mano.

I miei agenti Monica Malatesta e Simone Marchi, tifosi sfegatati delle mie matte imprese letterarie.

La formidabile squadra DeA Planeta: il patron Daniel Cladera, il coach Stefano Izzo, il top player Riccardo Barbagallo, la redazione Narrativa, l'Ufficio Stampa, Libromania, i grafici. Da loro sono stato accolto come un fratello; con loro mi diverto e mi sento al sicuro.

Le mie amatissime Felicia, Arianna e Ilaria, che mi incitano e con pazienza sopportano le mie paturnie (per farmi perdonare le faccio ridere).

I personaggi del romanzo – dai Vitiello a Scapece, da Improta a Zorro – sono inventati, così come la trattoria Parthenope e il commissariato di polizia di Mergellina. Ma per me è come se esistessero.

Più che reali, invece, i luoghi: la chiesa di Santa Maria del Parto, la Gaiola, Marechiaro, la Fontana della Sirena, la chiesa di Santa Maria del Faro, il Parco Vergiliano, Posillipo, Mergellina. Se non li conoscete, andate a visitarli, sono magnifici. Magari vi accompagno io.

Non andate a cercare la copia del "diavolo di Mergellina" a Montella: non la troverete. L'ho collocata nel complesso conventuale di San Francesco a Folloni solo per esigenze narrative. In verità l'opera nel convento c'è stata davvero, ma solo di passaggio, per essere restaurata dopo gli eventi sismici che colpirono l'Irpinia nel 1980. Proveniva da Bagnoli Irpino, dalla chiesa di San Domenico, gravemente danneggiata dal terremoto. Dopo il restauro è tornata al legittimo proprietario: il Comune di Bagnoli Irpino. Attualmente non è esposta al pubblico. Mi auguro che questo mio libro possa contribuire a riportarla alla luce.

La storia della *clochard* Marina è ispirata a una vicenda vera. È la storia di una donna maltrattata che pur di sfuggire al suo aguzzino si è lanciata nel vuoto. È una delle tante storie di persone che vivono per strada, dove si difendono dalle violenze della vita. A loro è dedicato il libro.

Il mio viaggio termina qui. Queste pagine ora sono affidate a voi, cari lettori. Fatene tesoro e portatele in giro per il mondo. Conditele con le vostre vite (ma non esagerate col piccante!). E siate felici.

Vi voglio bene

Pino Imperatore
Maggio 2018

Saluti da Zorro

Indice

Questo volume è stato realizzato nel rispetto dell'ambiente,
utilizzando carte che impiegano cellulosa proveniente
da foreste gestite in modo ecosostenibile.

Finito di stampare
nel mese di ottobre 2018
presso PuntoWeb S.r.l. - Ariccia (Roma)